Franziska Franke
Sherlock Holmes und
das Ungeheuer von Ulmen

Von der Autorin bisher bei KBV erschienen:

Sherlock Holmes und die Büste der Primavera
Sherlock Holmes und der Club des Höllenfeuers
Sherlock Holmes und die Katakomben von Paris
Sherlock Holmes und der Fluch des grünen Diamanten
Sherlock Holmes und das Ungeheuer von Ulmen

Franziska Franke, in Leipzig geboren, hat nach ihrer Schulzeit, die sie in Essen, Schwetzingen und Wiesbaden verbrachte, an den Universitäten von Mainz und Frankfurt Kunstgeschichte, Klassische Archäologie und Kunstpädagogik studiert. Sie wohnt heute mit ihrem Mann in Mainz, wo sie freiberuflich in der Erwachsenenbildung tätig ist. Mit ihrem Krimi-Debüt »Sherlock Holmes und die Büste der Primavera« erweckte sie den größten Detektiv der Weltliteratur zu neuem Leben und begeisterte Krimifans und Holmesianer.

Franziska Franke

Sherlock Holmes
und das Ungeheuer von Ulmen

KBV

Originalausgabe

www.kbv-verlag.de
E-Mail: info@kbv-verlag.de
Telefon: 0 65 93 - 998 96-0
Fax: 0 65 93 - 998 96-20
Umschlaggestaltung: Ralf Kramp
unter Verwendung von:
Burg und Maar von Ulmen · Fritz von Wille
Redaktion: Volker Maria Neumann, Köln
Druck: Aalexx Buchproduktion GmbH, Großburgwedel
Printed in Germany
ISBN 978-3-942446-90-7

Vorwort des Herausgebers

Wieder habe ich das große Vergnügen, die Übersetzung eines der auf Englisch verfassten Manuskripte zu präsentieren, die überraschenderweise in einer alten Truhe auf dem Dachboden der Florentiner Casa Tristram-Boldoni aufgetaucht sind. Ihr Verfasser David Tristram, der Großvater des Vorbesitzers dieses Hauses war ein englischer Buchhändler, der den größten Teil seines Lebens in Florenz verbracht hat. 1891 hatte er zufällig die Bekanntschaft von Sherlock Holmes gemacht, der nach dem Kampf mit Professor Moriarty und dessen vorgetäuschtem Tod in Italien untergetaucht war. In den folgenden Jahren assistierte David Tristram Holmes immer wieder bei der Lösung von Kriminalfällen. Auch verhalf er ihm zu einem norwegischen Pass, der auf den Namen Sven Sigerson ausgestellt war, dessen sich der Londoner Detektiv während seines gesamten weiteren Exils bediente.

Nach der Lektüre des von mir im Vorjahr herausgegebenen Bandes *Sherlock Holmes und der Fluch des grünen Diamanten* ging ich davon aus, dass Holmes nach seinem belgischen Abenteuer in seine Heimat zurückgekehrt sei. Schließlich hatte er wenige Wochen später Colonel Sebastian Moran in London das Handwerk gelegt.

Bang fragte ich mich, was wohl der Manuskriptband mit der folgenden Nummer enthalten mochte. Etwa David Tristrams Korrespondenz mit seiner italienischen Gattin, die er während seiner Ermittlungsarbeit im Ausland oft wochenlang alleine ließ? Vielleicht auch die Geschäftsberichte der Steinmetzwerkstatt seines Schwagers, für deren internationale Korrespondenz der ehemalige Buchhändler zuständig war? Oder wenigstens die Schilderung von Kriminalfällen, die Mister Tristram nach Holmes' Rückkehr in seine Heimat allein gelöst hatte? Seitdem ich im letzten Jahr bei einer zufälligen Stichprobe auf das Tagebuch Violetta Tristrams gestoßen war, war ich auf alles gefasst.

Trotz dieser Möglichkeiten ließ ich mich von meiner Frau überreden, das Manuskript an unsere bewährte Übersetzerin Signorina Casagrande zu schicken, die gerade ein Praktikum in Oxford absolvierte und daher leider wenig Zeit hatte. Es bedurfte einiger Motivationsarbeit, um sie davon zu überzeugen, dass nur sie David Tristrams unleserliche Handschrift entziffern konnte. Aber auch diese Hürde wurde genommen.

Ich war davon ausgegangen, David Tristram habe seinen berühmten Kollegen nach England begleitet. Umso größer war mein Erstaunen, als sich herausstellte, dass Sherlock Holmes von Belgien aus einen Abstecher nach Deutschland gemacht hatte. Zudem zeigte sich, dass der berühmte Londoner Ermittler überraschenderweise auch schon vor seiner Begegnung mit dem Hund von Baskerville wegen eines bedrohlichen Ungeheuers um Beistand gebeten worden war.

Florenz, den 7. 3. 2013,
Giorgio Battista Scalzi, Anwalt und Notar

1. Ankunft in Ulmen

Der Wind wehte kühl von der Schelde her und trieb dunkle Regenwolken in die Stadt, weshalb ich meinen Spaziergang an der menschenleeren Uferpromenade vorzeitig abbrach und ins Hotel zurückkehrte. Hier in Antwerpen hatte ich Sherlock Holmes kürzlich bei der Auflösung eines Kriminalfalls assistiert und ging davon aus, dass er in den nächsten Tagen nach England zurückkehren würde – aber es kam ganz anders.

»Haben Sie Zeit, mit mir eine kurze Reise in die Eifel zu unternehmen?«, fragte er unvermittelt, als ich mich in der Hotelbar auf einen Abschieds-Drink zu ihm gesellt hatte. »Falls nicht, wäre ich Ihnen äußerst verbunden, wenn Sie mich dennoch begleiten würden.«

»Mit dem größten Vergnügen«, antwortete ich ohne zu zögern hocherfreut. Ich hatte zwar bereits meinen Koffer gepackt, aber zum Glück noch keine Fahrkarte nach Florenz zurück gelöst. »Wo ist diese Eivel, in Irland?«

»In Deutschland, nahe der belgischen Grenze. Sie schreibt sich wie der Konstrukteur des Eiffelturms, aber nur mit einem F«, belehrte mich Holmes und zog einen an den Ecken leicht angestoßenen Briefumschlag von bester Qualität aus der Tasche. »Doktor Peeters hat mir den recht absonderlichen Brief eines gewissen Herbert Bechers gesandt, den er von seinem Studium an der Universität kennt und der inzwischen als Lehrer in Ulmen lebt. Am besten ich lese Ihnen ein paar Zeilen aus dem Schreiben vor: *»Nach einer Legende, die der Humanist Sebastian Münster im Jahre 1542 erwähnt, lebt im Ulmener Maar ein riesiger Fisch. Wann immer er erscheint, stirbt eine wichtige Persönlichkeit. Bis zu den jüngsten Ereignissen hielt ich diese Geschichte für ein Ammenmärchen. Das hat sich aber in* *der Zwischenzeit gründlich geändert. Alles fing damit an, dass im April zwei Kinder behaupteten, einen riesigen Fisch im Maar gesehen zu haben, was aber niemand ernst genommen hat. In den darauf folgenden Wochen wurde das Ungeheuer jedoch von mehreren anderen Personen gesichtet, auch von der Gattin meines Freundes, des Apothekers Bertram Steinmetz. Unweigerlich musste ich an die Saurierskelette im Berliner Museum für Naturkunde denken, und vor meinem inneren Auge baut sich eine Bestie auf, die an Größe und furchteinflößender Wirkung alle Drachendarstellungen der mittelalterlichen Künstler übertrifft. Vielleicht haben es – entgegen der herrschenden Lehrmeinung – doch einige dieser vorsintflutlichen Kreaturen geschafft, sich an die Kälte anzupassen ...«*

Holmes hob den Blick von dem Schreiben. »Diese Spekulationen sind natürlich vollkommener Unfug. Die Winter in Deutschland sind viel zu kalt für Reptilien. Wenn es sich doch wenigstens um ein abgeschiedenes Hochplateau in Südamerika handeln würde! Aber eine Echse in einem Eifelmaar? Das ist wirklich absurd!«

»Was ist eigentlich ein Maar?«, wollte ich wissen.

»Ein erloschener, abgesunkener Vulkan, dessen Krater manchmal mit Wasser gefüllt ist.«

Vor mir stieg das Bild des Vesuvs auf, in dessen Höllenschlund[1] kochendes Wasser brodelte. In welch teuflischen Landstrich wollte Holmes mich entführen?

»Vielleicht erwärmt die vulkanische Aktivität das Wasser so stark, dass Reptilien darin leben können?«, gab ich zu denken, aber Holmes schüttelte nur belustigt den Kopf.

»Meines Wissens liegt die Wassertemperatur eines Maars nicht wesentlich über der eines normalen Sees«, klärte er mich

[1] Der Vesuv brach im 19. Jahrhundert achtmal aus, die schwerste Eruption fand 1872 statt.

auf. »Zweifelsohne wurde der ganze Spuk inszeniert. Es stellt sich nur die Frage: Wem könnte dieser Betrug nützen?«

»Der Lokalpresse, die ihre Auflage steigern möchte«, schlug ich vor.

Wenigstens widersprach Holmes mir diesmal nicht. Seine Augen senkten sich wieder auf den Brief, und er deutete auf die letzte Zeile des Schreibens. »Herbert Becher äußert den Wunsch, den *vortrefflichen Detektiv* zu konsultieren, der Doktor Peeters unlängst behilflich war«, referierte er ohne die geringste Verlegenheit. »Nach reichlicher Überlegung habe ich mich entschlossen, seiner Bitte nachzukommen.«

»Das ist doch wohl nicht Ihr Ernst? Sie wollen tatsächlich ein Seeungeheuer aufspüren?«, entfuhr es mir bestürzt. Holmes musste sich zu Tode langweilen, wenn er dergleichen auch nur erwog.

»Ich lehne keinen Kriminalfall ab, nur weil er auf den ersten Blick alltäglich erscheint. Einige meiner interessantesten Fälle haben mit ganz einfachen Dingen begonnen. Außerdem entbehrt die Geschichte nicht einiger interessanter Aspekte, wie zum Beispiel die Erwähnung des Ungeheuers in der alten Legende. Daher habe ich Herbert Becher unser Eintreffen für den morgigen Tag telegrafisch angekündigt.«

Mühsam verkniff ich mir die Bemerkung, dass Holmes mich wenigstens anstandshalber hätte fragen können, bevor er in meinem Namen Zusagen machte. Stattdessen suchte ich gottergeben die nächste Buchhandlung auf und verlangte den Deutschland-Führer von Murray. Diesen hatte man dort aber nicht vorrätig, und so empfahl mir der Buchhändler mit den glühendsten Farben der Beredsamkeit die englische Ausgabe eines Reiseführers des deutschen Baedeker-Verlags.

Als wir Antwerpen am nächsten Morgen verließen, kündete ein milchiger Morgenhimmel einen trüben Frühlingstag an, aber wenigstens regnete es nicht. Nachdem wir in Brüssel, Trier und Andernach umgestiegen waren, fuhren wir jetzt durch eine melancholische Heidelandschaft. Der Himmel wurde immer grauer und die Luft zunehmend dunstig, weshalb ich gelangweilt in meinem Reiseführer herumblätterte. Aber ich konnte kaum Informationen über die Eifel finden. Nur das Tal der Ahr wurde erwähnt, die ein Nebenfluss des Rheins war. Daher vertrieb ich mir die restliche Fahrzeit mit der Lektüre einer belgischen Zeitung, die ich unterwegs erworben hatte.

Am frühen Nachmittag hielt unser Zug endlich in Mayen, der letzten Station der Eifelquerbahn[2], wo es nur zwei, obendrein unüberdachte Bahnsteige gab, auf denen wir uns vergeblich nach unserem Klienten umschauten. Auch vor dem putzigen Bahnhofsgebäude – einem Fachwerkbau mit Schieferdach – erwartete uns niemand.

»Herbert Becher hätte uns zumindest in Mayen abholen können, nachdem die Waggons zweier Eisenbahngesellschaften unsere Knochen durcheinander geschüttelt haben«, schimpfte ich leise vor mich hin.

Holmes ließ seinen Blick über den Bahnhofsvorplatz schweifen, wohl auf der Suche nach unserem Klienten. Aber an diesem trüben Nachmittag waren in Mayen nur Hausfrauen mit Einkaufskörben unterwegs. Die wenigen anderen Fahrgäste, die bis zur Endhaltestelle gefahren waren, hatten sich längst entfernt, einige zu Fuß, andere waren von Fuhrwerken abgeholt worden.

»Wir werden unsere Weiterfahrt nach Ulmen wohl selbst organisieren müssen«, verkündete Holmes und schritt zu einem Einspänner, der neben dem Bahnhof bereitstand.

[2] Erst 1895 – also im folgenden Jahr – wurde der Streckenabschnitt Mayen-Daun eingeweiht.

Leider sprach der dazugehörige Kutscher kein Wort Englisch, aber indem er das Wort Ulmen in Druckbuchstaben auf ein Blatt seines Notizblockes schrieb, gelang es Holmes, mit dem Mann handelseinig zu werden.

Nachdem wir eine Strecke von fast zwanzig Meilen über eine kurvenreiche Landstraße geholpert waren, hielt unser Fuhrwerk endlich vor einem weiß verputzten, zweigeschossigen Gebäude mit Steindurchschüssen an den Kanten, das ein Schild als *Bahnhof Ulmen* auswies.

»Da es hier eine Station gibt, könnte man gefälligst auch Züge nach Ulmen fahren lassen«, schimpfte ich vor mich hin, während Holmes den Kutscher entlohnte. »Außerdem frage ich mich, warum dieser arbeitsscheue Bursche uns nicht bis zum Haus unseres Klienten fährt.«

»Ich habe ihn darum gebeten, weil ich möglichst wenig Aufsehen erregen möchte«, entgegnete Holmes und marschierte mit seinem Koffer in der Hand los.

»So etwas wie eine Unterwelt gibt es hier bestimmt nicht. Kein Wunder, dass man private Ermittler höchstens zur Verfolgung von Seeungeheuern anheuert«, konstatierte ich beim Anblick der ländlichen, weiß getünchten Häuser mit ihren schwarzen Schieferdächern, die wir passierten. Offenbar war Ulmen viel kleiner als Mayen.

»Für das Dorf selbst mag das zutreffen, aber die einsamen Gehöfte im Hinterland sind eine andere Sache. Hinter den gepflegten Zäunen und frisch lackierten Türen schlummern zuweilen grauenvolle Geheimnisse.«

Mit der Zeit rückten die Häuser enger zusammen und wurden auch kleiner, waren jedoch noch immer adrett. In einem Hof pickten Hühner emsig nach Körnern, und irgendwo in der Nähe musste sich ein Misthaufen befinden, denn der Wind trug einen fauligen Geruch zu uns herüber.

Wir fanden Herbert Bechers Domizil, ohne uns zu verlaufen, was keine große Leistung war, denn der Ort war – um es höflich auszudrücken – überschaubar. Das schmale, zweigeschossige Steinhaus mit malerischen Dachgauben unterschied sich allenfalls durch seine geringen Abmessungen von seinen Nachbarn. Unser Klingeln provozierte einen kleinen Kläffer im Inneren des Hauses und eine hohe, sich fast überschlagende Stimme schimpfte ihn aus. Es folgte ein Augenblick der Stille, dann erneutes Bellen, scheltende Worte und der Knall einer ins Schloss geworfenen Zimmertür. Holmes betätigte nochmals den Klingelzug und lockte endlich die schlurfenden Schritte einer schweren Person herbei. Drinnen vernahm ich ein Klappern, dann ein leises Rasseln, und endlich wurde die Haustür aufgestoßen. Wir schauten in das runde Gesicht einer Hausangestellten, die uns ihrerseits mit misstrauischen Blicken taxierte. Sie war groß, korpulent, hatte breite Hüften und strähniges, dunkelblondes Haar, das störrisch unter ihrer gestärkten Haube hervorquoll. Die von feinen Falten durchzogene Haut ihres bekümmerten Gesichts war von der Arbeit im Freien gebräunt.

»Wir möchten mit Herrn Becher sprechen. Vermutlich erwartet er uns bereits«, sagte Holmes langsam und gedehnt. Dann überreichte er der Hausangestellten seine Visitenkarte.

Die dicke Frau sah uns aus angstgeweiteten, blaugrauen Augen an, brach plötzlich in Tränen aus und stammelte einige Sätze auf Deutsch. Ich meinte die Worte »tot«, »Drache« und »Fisch« herauszuhören, und eine eisige Kälte stieg in mir hoch: Offenbar war der Hausherr unter rätselhaften Umständen verstorben! Holmes schien zum selben Schluss gelangt zu sein, denn sein ohnehin schon ernster Gesichtsausdruck verdüsterte sich noch mehr.

»Wir brauchen dringend einen Dolmetscher!«, gab ich zu bedenken, hin- und hergerissen zwischen der Bestürzung über den Tod unseres Klienten, der Befürchtung umsonst in die Eifel gereist zu sein und der Hoffnung, vielleicht doch einen »richtigen« Fall zu haben.

Holmes erkundigte sich vorsichtig, ob die kräftige Frau englisch oder französisch sprach, erhielt aber keine Antwort. Die Hausangestellte stand wortlos und mit gesenktem Kopf vor uns, sodass ihr ausgeprägtes Doppelkinn hervortrat. Mit dem Zipfel ihrer gestärkten Schürze wischte sie sich über die feuchten Augen.

»Das hat doch alles keinen Sinn«, murmelte ich vor mich hin.

Holmes verabschiedete sich mit einem höflichen Kopfnicken, und die Tür wurde sofort wieder zugeschlagen.

»Wir sollten den Apotheker ausfindig machen, dessen Gattin angeblich das Ungeheuer gesehen hat. Als Akademiker beherrscht er hoffentlich eine Fremdsprache. Außerdem war er mit unserem Klienten befreundet«, sagte Holmes schlecht gelaunt. »Aber wir sind gut beraten, uns vorher eine Unterkunft suchen.«

Mit etwas Glück fanden wir in dem einzigen, Gott sei Dank reinlichen Gasthof des Ortes zwei akzeptable Zimmer mit schrägen Wänden und weiß lackierten Sprossenfenstern. Auf fließendes Wasser würden wir in den nächsten Tagen verzichten müssen, aber ich hatte beim Anblick der Butzenscheiben in der Gaststube auch nichts anderes erwartet. Nachdem man unser Gepäck auf die Gästezimmer transportiert hatte, erkundigte sich Holmes bei den Wirtsleuten nach Bertram Steinmetz und wir erfuhren, dass er der Inhaber der Einhorn-Apotheke im Ortskern war.

»Sie müssen immer auf die Kirche zugehen, die auf der höchsten Erhebung des Ortes steht«, instruierte uns der Wirt, der zum Glück etwas englisch sprach. Er war ein untersetzter Mann unbestimmbaren Alters mit breiter Nase, schweren Tränensäcken und herunterhängenden Mundwinkeln, die er, als er uns bemerkte, zu einem gekünstelten Lächeln hochzog. Seine argwöhnischen Augen wanderten zwischen Holmes und mir hin und her. »Aber Sie wissen, dass wir nur Frühstück servieren.«

Wahrscheinlich sahen wir nach der anstrengenden Reise halb verhungert aus.

»Das macht überhaupt nichts«, beteuerte Holmes, und der Wirt empfahl uns ungebeten ein Wirtshaus am Marktplatz, das sicherlich einem Verwandten gehörte.

2. Der Apotheker

Als wir eine Viertelstunde später aufbrachen, hatte sich die dunstige Luft zu einem leichten Nebelschleier verdichtet. Nur verschwommen waren die Konturen einer zweischiffigen gotischen Kirche auszumachen, auf deren Turmhelm Störche nisteten. Dort angelangt tappten wir vergeblich durch mehrere schummerige Sträßchen, bevor wir am Ende einer Sackgasse ein stattliches Haus mit verschieferter Fassade erblickten, in die ein Schaufenster eingefügt war. Ein hölzernes Firmenschild, von dem die Farbe an den Ecken abzublättern begann, hing an einer eisernen Stange, die vom Wind hin und her bewegt wurde. Auf die Holztafel war ein tänzelndes Einhorn gemalt. Wir hatten also unser Ziel gefunden.

Die wuchtige Eichentür beschwerte sich mit einem leisen Ächzen über die späten Besucher. Drinnen roch es nach Spiritus, Talg und Kräutern. Von der Decke hing ein Krokodil herab, das noch im präparierten Zustand bedrohlich seine Zähne bleckte. Im bleichen Licht, das schräg durch das Schaufenster einfiel, erinnerten mich die bis zur Decke reichenden Regale voller weißer Keramikgefäße an das Magazin eines Giftmischers. Hinter den Glasfüllungen der Türen eines Schrankes zeichneten sich die verschwommenen Umrisse von Glasgefäßen ab. Bestimmt enthielten sie in Alkohol eingelegte Frösche oder dergleichen.

Der uns zuvorkommend anlächelnde Apotheker Bertram Steinmetz war ein großer, kräftig gebauter Mann in den Vierzigern. Unter einem mit Seide gefassten, schwarzen Rock trug er eine ebenfalls schwarze Weste mit goldener Uhrenkette. Graue Beinkleider und schwarze Lackschuhe rundeten die seriöse Aufmachung ab. Aber ein dunkler Vollbart und durchdringende Augen verliehen ihm einen verwegenen Ausdruck.

»Mein Name ist Mister Sven Sigerson und das ist mein Kollege Mister David Tristram«, stellte Holmes uns auf Englisch vor, was der Apotheker aber leider nicht verstand. Es stellte sich jedoch schnell heraus, dass er überraschend gut französisch sprach.

»Mister Sigerson? Irgendwo ist mir dieser Name doch neulich untergekommen«, sinnierte er, nachdem er sich vorgestellt hatte. Das Lächeln verschwand aus seinem Gesicht und er musterte uns mit einem scharfen Blick, der etwas länger auf Holmes als auf mir verweilte. »Sind Sie nicht der norwegische Detektiv, den Herbert wegen des Seeungeheuers konsultieren wollte?«

»Sehr wohl, der bin ich!«, bestätigte Holmes.

»Ich fürchte, hier gibt es nichts mehr für Sie zu tun. Herbert Becher ist tot.« Der Apotheker fuhr sich mit dem Handrücken über die Stirn, wie um einen unangenehmen Gedanken wegzuwischen. Dabei bemerkte ich, dass die Haut seiner Hände durch helle Flecken verunstaltet war, die vom leichtsinnigen Hantieren mit Säuren und Laugen herrühren mussten. »Eine furchtbare Geschichte! Wer hätte gedacht, dass das Ungeheuer einen Menschen angreifen könnte!«

Holmes verdrehte die Augen, schloss die Lider und schüttelte dann den Kopf. »Wie kommen Sie auf die Idee, das Ungeheuer habe ihn getötet?«, fragte er enerviert und hob eine Augenbraue.

Der Apotheker verschränkte die Arme vor der Brust, und man sah, dass er überlegte, ob es Sinn machte, sich in ein Gespräch mit den Fremden einzulassen. Schließlich gab er sich einen Ruck. »Herbert war noch am Leben, als ihn ein pensionierter Beamter am Seeufer fand. Bevor er starb, murmelte Herbert etwas von ›großen Tieren‹«, berichtete er und fügte hinzu, dass sich die Tragödie am Samstagabend gegen sieben Uhr zugetragen habe. »Vermutlich hat der Herbert in der Natur Anschauungsmaterial für seinen Unterricht gesammelt. Schließlich war er Lehrer. Als der eilig herbeigerufene Arzt eintraf, war der Verletzte bereits seinen schweren Wunden erlegen.«

»War der Rentner ganz allein?«

»Nein, sein Hund hat ihn begleitet.«

Wollte der Apotheker uns auf den Arm nehmen? Seine wohl gewohnheitsmäßig bierernste Miene sprach dagegen.

»Könnte nicht ein wildes Tier Herbert Becher angefallen haben? Schließlich hat er das Wort ›Ungeheuer‹ nicht in den Mund genommen«, fragte Holmes mit reglosem Gesicht, während er etwas in seinen Taschenkalender notierte.

»In dieser Gegend gibt es keine Bären, und der letzte Wolf wurde in der Eifel vor sechs Jahren zur Strecke gebracht«, entgegnete Bertram Steinmetz griesgrämig.

»War es nun ein drachenartiges Wesen oder ein großer Fisch wie in der alten Legende?«, fragte ich belustigt.

»Ich glaube, es war ein Ichthyosaurus, ein Fischsaurier, den man im Mittelalter für einen Fisch gehalten hat.« Tonlos und eigenartig leer klang die Stimme des Apothekers.

»Warum nicht gleich der Leviathan, der manchmal als Krokodil, ein andermal als Drache und dann wieder als Fisch beschrieben wird?«, konterte ich, denn ich fragte mich, ob der Mann uns zum Besten hielt. Doch unser Gesprächspartner würdigte mich keines Blickes mehr, verkniff sich jeden Kommentar und wandte sich mit wachsamen Augen an Holmes.

»Was sagt eigentlich die Polizei zu dieser ungeheuerlichen Geschichte?«, erkundigte sich dieser sachlich.

»Unser lieber Gendarmeriewachtmeister kann sich keinen rechten Reim auf die Geschichte machen.« Der Apotheker schnaubte verächtlich, während ich noch über das Wortungetüm von Titel staunte, den der örtliche Polizist führte. »Dieser prosaische Mensch meint, wenn es denn kein Mord sein sollte, so sei es eben ein Unfall gewesen. Zugegebenermaßen war es am Tag, an dem Herbert starb, recht neblig, fast so wie heute. Aber was haben dann seine letzten Worte zu bedeuten? Zum Glück glaubt der Gendarm mittlerweile nicht mehr, dass mein Freund Opfer eines Verbrechens ist. Sonst hätte er uns alle längst verhaftet.«

»Ich nehme an, die Amtsstube des Gendarmen befindet sich am Marktplatz?« Der Apotheker nickte automatisch, aber sein bärtiges Gesicht verriet sein Unbehagen über Holmes' Vorhaben, mit dem Ordnungshüter zu reden. »Wäre es möglich, dass ich kurz mit Ihrer Gattin spreche? Ich würde gern aus ihrem eigenen Mund hören, was genau sie damals am See gesehen hat«, fügte Holmes ernst hinzu und beäugte das Krokodil an der Decke.

Der Apotheker zuckte entschuldigend mit den Schultern. »Ich bedaure, sie besucht gerade mit den Kindern ihre Familie in Trier.«

Holmes warf unserem Gesprächspartner einen vernichtenden Blick zu. »Mich interessiert natürlich, ob Ihre Gattin den Fischsaurier am helllichten Tag und bei guten Sichtverhältnissen gesehen hat?«, fragte er dann sichtlich verärgert nach.

»Ja, es war zwölf Uhr mittags und die Sonne schien«, entgegnete der Apotheker mit herausfordernd blitzenden Augen.

»Und das trifft auch für die anderen Sichtungen zu, von denen Herbert Becher in seinem Brief an mich berichtet hat?«

Bertram Steinmetz kratzte sich am Ohr. »Leider hat sich der Saurier sonst immer bei Nebel oder in der Dämmerung gezeigt.«

»Ob er nachtaktiv ist?«, bemerkte ich belustigt. »Zwar wäre das für ein Reptil ungewöhnlich, aber auch nicht erstaunlicher als seine Anpassung an die Kälte.«

Holmes bedachte mich mit einem tadelnden Seitenblick, notierte etwas auf seinem Notizblock und sah dann den Apotheker scharf an. »Ich habe noch eine letzte Frage: Mit wem – außer mit Ihnen selbst – hat Herbert Becher vertraulich verkehrt?«

Bertram Steinmetz zog die Stirn in Falten, seine herabgezogenen Mundwinkel bezeugten seine Missbilligung über die recht persönliche Frage. Er verschränkte die Arme vor der Brust und überdachte einen Moment lang, ob er antworten sollte. Dann seufzte er resigniert. »Mit Heinrich Decker, seinem Schwager natürlich. Er ist Handelsvertreter für Düngemittel und zurzeit beruflich unterwegs.« Der Apotheker kostete die Wirkung seiner Worte aus. Aber Holmes tat ihm nicht den Gefallen, sein Missvergnügen über diese Information zu zeigen. »Außerdem verbrachte Herbert notgedrungen viel Zeit mit seinem neuen Kollegen Fritz Matuschke, obwohl er ihn nicht ausstehen konnte.«

»Kennen Sie zufällig seine Adresse?«

»Fritz Matuschke wohnt zur Miete bei Witwe Henkel, deren Haus sich neben dem Schulgebäude befindet.

»Wenn ich schon meinen Klienten nicht mehr lebend angetroffen habe, möchte ich doch wenigstens den Tatort ...«

»Leider habe ich zu viel zu tun, um mich darum zu kümmern«, unterbrach der Apotheker brüsk, schien aber gleich seine heftigen Worte zu bereuen, denn er machte eine beschwichtigende Geste. »Mein Lehrling wird Sie zum Ufer begleiten.«

»Kennt er die genaue Stelle, an der der Tote aufgefunden wurde?«, erkundigte sich Holmes.

»Jeder kennt die Stelle. Schließlich ist dort das Ungeheuer mehrmals gesichtet worden.«

»Es erscheint immer am selben Ort?«, fragte Holmes amüsiert.

Unser Gesprächspartner bejahte mit ernster Miene und strich sich dann mit der Hand über den Bart.

»Vielleicht ist es ein Weibchen, das in der Nähe Eier gelegt hat. Es soll Reptilien geben, die Brutpflege betreiben«, schlug ich scherzhaft vor und vermied jeden Blickkontakt mit Holmes, sonst hätte ich unweigerlich laut losgelacht, so absurd war die ganze Geschichte.

»Malen Sie den Teufel nicht an die Wand!«, verkündete unser Gesprächspartner reichlich theatralisch.

Holmes schaute mit gerunzelter Stirn durch das Schaufenster. Der Nebel war noch dichter geworden, falls das überhaupt möglich war. Es schien, als würde er förmlich aus dem Straßenpflaster kriechen. Die Schwaden verhüllten bereits die Sicht auf die andere Seite der engen Gasse.

»Wir sollten aufbrechen, solange man noch etwas sieht!«, erklärte Holmes und verlagerte ungeduldig sein Gewicht von einem Fuß auf den anderen.

»Ich habe noch nie ein derart nebliges Frühjahr erlebt!«, bestätigte Bertram Steinmetz, woraus man folgern konnte, dass er offensichtlich noch nie einen Lenz in London verbracht hatte.

Bevor jemand etwas erwidern konnte, betrat eine alte Dame die Apotheke und beschäftigte deren Inhaber mit einer ganzen Liste von Wünschen.

»Mich wundert, dass in der Eifel nicht mehr Morde begangen werden! Bei diesem Nebel kann man seelenruhig jemanden auf der Straße niederstechen oder in ein Haus einbrechen, und weder Passanten noch Nachbarn würden das Geringste davon mitbekommen«, brummte Holmes grimmig vor sich hin, während der Apotheker in aller Seelenruhe getrocknete Beeren mit dem Mörser zerkleinerte.

»Das scheußliche Wetter erinnert mich an unsere englische Heimat«, bemerkte ich schaudernd.

Als die alte Dame endlich mit Medikamenten gegen alle möglichen Wehwehchen versorgt war, huschte der Apotheker durch eine Eichentür mit fein gedrechselten Simsen, und einen Moment lang befürchtete ich, er könnte sich aus dem Staub gemacht haben. Ich beugte mich über die Theke, um durch den schmalen Türspalt zu lugen. Mit zusammengekniffenen Augen erkannte ich im angrenzenden Raum einen Labortisch, der beladen war mit Reagenzgläsern, Retorten und Gefäßen, die teils Chemikalien, teils silbrige Flüssigkeiten enthielten. Davor lagen ein unförmiges Holzobjekt und ein Goldklumpen. Holmes hätte an diesen Apparaturen seine helle Freude gehabt, nur dass seine provisorischen Labors viel unordentlicher waren! Bevor ich eine diesbezügliche Bemerkung machen konnte, kehrte der Apotheker mit einem ängstlich dreinblickenden, dicklichen Jungen zurück, den er uns als seinen Lehrling Thomas vorstellte.

Bertram Steinmetz packte den widerstrebenden, etwas plumpen Jungen an den Schultern und schob ihn durch die Tür in den feuchten Nebel. Ich folgte ihm, stellte aber fest, dass Holmes im Verkaufsraum der Apotheke stehen geblieben war. Den abschließenden Wortwechsel mit dem Apotheker vernahm ich nur gedämpft.

»Nur für den Fall, dass wir zufällig diesem pensionierten Beamten begegnen sollten, könnten Sie mir bitte seinen Namen nennen?«, erkundigte sich Holmes.

»Das war nur der alte Peter Vogelsang. Der ist bei jedem Wetter mit seinem Dackel unterwegs. Gut möglich, dass Sie ihm am Seeufer über den Weg laufen.«

Endlich trat auch Holmes ins Freie, und Bertram Steinmetz knallte sogleich die Ladentür zu und verriegelte sie von innen.

3. Der Unglücksort

Am Himmel mischte sich der Nebel mit den Rauchfahnen der Schornsteine. Irgendwo im Ort war ein Fuhrwerk unterwegs. Das Rumpeln der Räder und das Klappern der Pferdehufe klang seltsam gedämpft. Die feuchte Luft kroch mir den Rücken hinunter und ließ mich zittern. Bevor ich losging, schlug ich den Mantelkragen hoch und vergrub meine Hände in den Taschen.

Wie Halbblinde tappten wir dem Lehrling hinterher, bogen um eine Ecke und gelangten zu einem gepflasterten, steil bergab führenden Weg. Bald erreichten wir das Ufer des Sees. Es roch modrig, und man hörte das Gurgeln von Wasser auf moosbewachsenen Steinen. Weiße Schwaden erhoben sich über dem Gewässer und verliehen der Szenerie einen gespenstischen Anstrich. Doch auch am helllichten Tage musste dies ein unheimlicher Ort sein.

Wir gingen wenige Yards am Ufer entlang und hatten schon die letzten Häuser hinter uns gelassen. Am Ortsausgang, wo Schafe das Ufer nach ein paar Grasbüscheln durchstöberten, ragten düstere, kahle Büsche geduckt in den Nebel, und ich fühlte mich, als wären wir ganz allein in dieser lautlosen Welt. Der untersetzte Junge ging auf die Tiere zu, blieb dann abrupt stehen und dreht sich zu uns um. Seine Augen waren weit aufgerissen, und seine drallen Glieder schlotterten vor Angst. Hastig stieß er einige Worte hervor und deutete auf das Maar. Dann rannte er den Weg zurück, als ob ihn die Furien aus der Unterwelt verfolgten.

Eine düstere Stille lag über der Landschaft, die nur vom leisen Plätschern des Wassers untermalt wurde. Obwohl es den ganzen Tag nicht geregnet hatte, war am Uferbereich alles feucht. Feine Wasserpartikel tropften vom Buschwerk und den Blättern der wenigen Bäume, und auch unsere Schuhe begannen sich mit Wasser vollzusaugen.

Ich hörte ein quatschendes Geräusch und drehte mich um. Mit einem Seufzer der Erleichterung stellte ich fest, dass es nur ein großer Frosch war, der aus dem Maar gesprungen kam. Nun saß er auf einem bemoosten Stein und blickte mich aus seinen riesigen Glubschaugen unschuldig an.

»Passen Sie auf, dass Sie auf dem glitschigen Boden nicht ausrutschen«, warnte Holmes, der hinter mir stand.

In Momenten wie diesen verfluchte ich seine Ungeduld. Jeder vernünftige Mensch hätte mit der Ortsbegehung auf besseres Wetter oder zumindest helles Tageslicht gewartet. So offen das Gelände auch war, konnte man nämlich keine Einzelheiten erkennen, da der Nebel lastend über dem Boden hing. Angestrengt schaute ich auf das von wabernden Schwaden verhüllte Maar hinaus, dessen anderes Ufer nicht einmal zu erahnen war.

Auf einmal rührte sich ein Schemen im Dunst. Ich kniff die Augen zusammen, um herauszufinden, ob ich wirklich sah, was ich zu sehen glaubte. Vielleicht war es nur eine Täuschung? Aber der Schemen war immer noch da. Mit klopfendem Herzen blickte ich geradeaus, wo ein riesiger Fisch mit schimmernden Schuppen über die Wasseroberfläche glitt. Er sperrte sein breites Maul auf der Suche nach Beute auf, bevor er wieder in die Tiefe zurücktauchte.

»Holmes! Schauen Sie! Das Seeungeheuer«, stammelte ich, aufgeregt mit dem ausgestreckten Arm auf das Maar zeigend.

»Das bilden Sie sich nur ein! Bei diesem Nebel kann man einen Holunderbusch nicht von einem Gespenst unterscheiden«, versuchte Holmes meine überbordende Phantasie zu zügeln. »Was soll ich von den Bewohnern dieses abgeschiedenen Ortes erwarten, wenn selbst mein Assistent zu derartigen Irrationalitäten neigt?«

Holmes' Worte, obwohl in einem sachlichen Tonfall ausgesprochen, waren wie ein Schlag ins Gesicht. Bedrückt fasste ich den Vorsatz, mich in Zukunft lieber zurückzuhalten, bevor ich etwas Unbedachtes sagte.

»Können Sie bei diesem Wetter überhaupt Spuren finden?«, fragte ich nach einer Weile, denn ich konnte mittlerweile kaum noch meine Schuhe im weißen Dunst ausmachen.

»Das Wetter ist mein geringstes Problem. Leider sind die Schaulustigen in der Zwischenzeit überall herumgetrampelt. Bestimmt konnte schon der Gendarm, als er den Tatort inspiziert hatte, nichts mehr erkennen«, beschwerte sich Holmes, bevor er sich an die Arbeit machte. Jeden Inch des steinigen Areals betrachtete er durch die Lupe und murmelte dabei ab und zu unverständliche Worte vor sich hin.

Nach einigen Minuten richtete er sich mit einer ruckartigen Bewegung auf. »Ich habe alles herausgefunden, was sich unter diesen beklagenswerten Umständen hier noch feststellen lässt«, erklärte er geheimnisvoll wie immer.

»Was genau haben Sie gesehen?«, hakte ich trotzdem unverdrossen nach.

»Vom Regen fast völlig verwaschene Schleifspuren am Ufer. Die Tatsache, dass ich sonst nichts fand, ist höchst aufschlussreich.« Holmes weidete sich einen Augenblick lang an meinem Erstaunen, bevor er seine Worte erläuterte. »Hier fand weder ein Kampf mit einem Fischsaurier statt, noch hat das Untier den Abdruck seiner kräftigen Flossen hinterlassen. Auch Blutspuren konnte ich nirgends finden«, bemerkte Holmes, und wir machten uns auf den Rückweg in das Ortszentrum.

Jeder einzelne Schritt war mühsam, denn der Schlamm hatte meine Schuhe schwer gemacht, und ich musste Acht geben, um nicht auf dem matschigen Boden auszurutschen. Immer vorsichtiger wurden meine Bewegungen und immer zögerlicher mein Tempo.

»Ich werde nachher eine Depesche an Doktor Peeters schicken, um ihn über den Tod seines ehemaligen Kommilitonen in Kenntnis zu setzen«, verkündete Holmes, der sich meiner Geschwindigkeit angepasst hatte. »Aber vorher würde ich mich gern mit dem örtlichen Gendarmen unterhalten.«

»Das ist eine ausgezeichnete Idee«, antwortete ich, obwohl ich bezweifelte, dass wir um halb sechs in der Amtsstube noch jemanden antreffen würden. »Sonst macht er uns Schwierigkeiten, weil er sich übergangen fühlt. In einer kleinen Gemeinde wie Ulmen kann man keine Verbrechen aufklären, ohne dass es der gesamte Ort mitbekommt.«

Aber würde Holmes überhaupt weiterermitteln? Ich konnte nur hoffen, dass es mit seinem Gerechtigkeitssinn unvereinbar war, den gewaltsamen Tod seines Klienten auf sich beruhen zu lassen. Abgelenkt durch diese Überlegungen, stolperte ich über eine Wurzel, fing mich aber im letzten Moment und schimpfte innerlich über meine Unachtsamkeit. »Vielleicht bleiben wenigstens bei diesem Wetter die Mordbuben in ihren Schlupfwinkeln«, sagte ich zu meiner eigenen Beruhigung.

»Ich wage, eher das Gegenteil zu behaupten. Sie können unter dem Deckmantel des Nebels ihre Verbrechen ohne große Mühe vertuschen«, widersprach Holmes. »Was mich aber noch immer beschäftigt, ist die Frage, warum Herbert Becher trotz der schlechten Sichtverhältnisse an das Seeufer gekommen ist. Ich verstehe, warum man bei Sonnenschein am Maar spazieren geht, aber was hatte er hier bei Nebel verloren? Wenn wir uns in einer großen Stadt befänden, wäre die beste Erklärung, dass er sich verlaufen hatte. Aber nicht in einem winzigen Ort wie Ulmen.«

»Andere Länder, andere Sitten. Nach ihren Landschaftsgemälden zu schließen, haben die Deutschen eine Vorliebe für wabernden Nebel«, wandte ich ein. »Daher hat das Wetter den pensionierten Beamten nicht davon abgehalten, seinen Hund auszuführen.«

»Hundebesitzer sind eine ganz besondere Spezies. Auch werden mit den Jahren Hund und Halter einander immer ähnlicher, und Dackel sind bekanntlich eine sehr eigenwillige Rasse.«

Wir erreichten den gepflasterten Weg, der zur Apotheke führte, und ich war gerade im Begriff, um die Ecke zu biegen, als ich Schritte hörte. Ich erschrak, denn ich hatte nicht erwartet, in der Stille des dunstigen Seeufers einem Spaziergänger zu begegnen. Hoffentlich war es nicht Herbert Bechers Mörder, den es an den Ort seines Verbrechens zurückzog! Zur Besänftigung meiner Nerven sagte ich mir, dass der Nebel der Wahrnehmung manchmal einen Streich spielt. Vorsichtshalber blieb ich stehen, um zu horchen.

Ehe ich mich versah, tauchte aus dem Nichts eine Gestalt auf, die beinahe in mich hineingelaufen wäre. Es war ein knochiger, hochgewachsener Geselle von mindestens siebzig Jahren, der selbst Holmes um eine Handspanne überragte. In seiner Jugend war er sicher beweglich und drahtig gewesen, aber inzwischen war sein Rücken steif. Er zog sein rechtes Bein nach und stützte sich beim Gehen auf einen knorrigen Spazierstock. Der Fremde trug einen korrekten Anzug und hatte um seinen Hals einen handgestrickten Schal geschlungen. Als der alte Mann mich bemerkte, zuckte er zusammen, und seine Augen weiteten sich.

»Guten Abend!«, sprach Holmes ihn an und lüftete zum Gruß seinen Hut.

»Willi!«, rief der Fremde angsterfüllt in Richtung Maar und ein rostbrauner, langhaariger Dackel schälte sich aus dem Nebelschleier heraus. Aber statt uns zu verbellen, schnupperte er neugierig an unseren Schuhen. Erstaunt stellte ich fest, dass er mit seinem Maul den Hausschlüssel seines Besitzers hielt.

»Sie sind sicherlich der Pensionär Peter Vogelsang?«, fragte Holmes hocherfreut. Offenbar hatte er vergessen, dass hier kaum jemand Englisch verstand.

Unser Gegenüber fixierte ihn mit weit aufgerissenen, grauen Augen durch eine riesige Hornbrille mit dicken Gläsern, bevor sein Blick zu mir wanderte. Sein angestrengter Gesichtsausdruck verriet jedoch, dass er im Nebel unsere Gesichtszüge nicht ausmachen konnte. Dann nickte er verdattert und entgegnete etwas auf Deutsch, was aber keiner von uns beiden verstand. Der Dackel hatte sich hinter seinem Besitzer versteckt und lugte neben dessen linker Wade hervor.

»Sprechen Sie englisch?«, erkundigte sich Holmes jedes einzelne Wort langsam und deutlich betonend, aber der pensionierte Beamte verneinte mit einem Kopfschütteln.

Auch Französisch oder Italienisch verstand er offensichtlich nicht. Ohne Holmes' diesbezügliche Nachfragen zu beantworten, schnalzte er mit der Zunge, was der Dackel als Zeichen zum Aufbruch verstand: Freudig kläffend rannte er in Richtung Ufer davon. Sein Besitzer verabschiedete sich mit einem leichten Kopfnicken, starrte aber plötzlich mit schreckgeweiteten Augen an uns vorbei, und sein Gesicht wurde aschfahl.

Wir fuhren herum, sahen aber nur die undurchdringliche Nebelwand über dem Wasser schweben. Als ich mich wieder dem Ortskern zuwandte, hastete der einsame Spaziergänger bereits mit staksenden Schritten und kerzengeradem Rücken davon, gefolgt von Willi, dem Dackel.

»Nicht, dass das Seeungeheuer das arme Tier als Zwischenmahlzeit verschlingt«, bemerkte ich amüsiert.

»Der alte Mann ist so blind wie eine Fledermaus. Er hätte den Fischsaurier noch nicht einmal bemerkt, selbst wenn dieser Männchen gemacht hätte. Wahrscheinlich ist er im wahrsten Sinne des Wortes über den Schwerverletzten gestolpert«, bemerkt Holmes mit gerunzelter Stirn und schaute dem Pensionär nach, dessen Konturen sich schon fast im Dunst aufgelöst hatten.

»Aber schwerhörig scheint er nicht zu sein! Also müssen wir ernst nehmen, dass er etwas von ›großen Tieren‹ verstanden hat«, murmelte ich vor mich hin, bevor wir unseren Weg fortsetzten.

Während wir uns vorsichtig durch nebelverhüllte Gassen zum Marktplatz vorarbeiteten, kreuzten einige Bauern unseren Weg. Mürrisch erwiderten sie unseren Gruß, blieben dann stehen und gafften uns argwöhnisch nach.

4. Der Besuch beim Gendarmen

Ohne fremde Hilfe gelangten wir zur Amtsstube des Ordnungshüters. Sie befand sich in einem schmalen, aber adretten Haus am Hauptplatz des Ortes, wo die Einwohner alles kaufen konnten, was sie für ihren täglichen Bedarf benötigten. Holmes drückte die Klinke der wuchtigen Haustür herunter, und ich staunte, als sie trotz der fortgeschrittenen Stunde nachgab. Aber ich rief mir ins Gedächtnis, dass wir nicht in Italien, sondern in Deutschland waren.

Wir durchquerten einen schmalen Flur, in dem es nach Bohnerwachs roch, und der zu einer beige gestrichenen Tür führte. Holmes klopfte mit den Fingerknöcheln an die Zimmertür und riss sie zugleich auf, ohne auf eine Antwort zu warten. Dahinter befand sich ein düsterer, mittelgroßer Raum mit Allerweltsmöbeln und einem billigen, dunkelgrauen Linoleum-Fußboden. Die weiß gekalkten Wände waren kahl bis auf zwei Bilder: Das Porträtfoto Kaiser Wilhelms II. starrte uns aus einem schmalen, schwarzen Rahmen von der Stirnseite der Amtsstube an, und die rechten Wand zierte eine detaillierte Landkarte der Eifel.

Hinter einem altmodischen Schreibtisch aus stumpfem Eichenholz saß ein bulliger Mann mittleren Alters und betrachtete aufmerksam einen vor ihm liegenden Steckbrief. Mit seinem eckigen Schädel auf breiten, gebeugten Schultern und den argwöhnischen Augen sah der Gendarm eher aus wie der Leibwächter eines Gangsterbosses. Sein Kopf war von einem schwarz lackierten Helm aus Leder bedeckt, der von einer Metallspitze bekrönt wurde. Die wenig kleidsame Kopfbedeckung erinnerte mich an einen martialischen Tropenhelm. Später erfuhr ich, dass sie »Pickelhaube« genannt wurde. Obwohl ihr Träger nichts für sein wenig einnehmendes Äußeres konnte, verspürte ich eine sofortige Abneigung gegen ihn.

»Guten Tag! Sprechen Sie zufällig englisch?«, fragte Holmes auf Deutsch und nahm seinen Hut ab. Zumindest vermutete ich, dass er das sagte. Seine Deutschkenntnisse waren zwar rudimentär, aber das war immer noch mehr, als ich von mir behaupten konnte. Meine italienische Frau hatte mich ihre Muttersprache gelehrt, und später hatte ich mir mühsam die komplizierte französische Sprache angeeignet. Eine weitere Fremdsprache war ich nicht willens zu erlernen.

Der schwerfällige Mann verzog unwillig das Gesicht.

»Ein wenig«, brummte er dann zu meiner Überraschung.

»Das erleichtert die Sache doch ungemein! Mein Name ist Sven Sigerson, und das ist David Tristram«, stellte Holmes uns vor, wobei er ganz langsam sprach. »Herbert Becher hat uns damit beauftragt, die Wahrheit über das angebliche Ungeheuer im Maar herauszufinden. Aber bei unserer Ankunft mussten wir zu unserer Bestürzung feststellen, dass unser Klient vor Kurzem unter mysteriösen Umständen verstorben ist.«

»Meine Herren, nehmen Sie doch Platz«, sagte der massige Gendarm mit schwerem Akzent, ohne sich seinerseits vorzustellen. »Habe ich Sie richtig verstanden, dass Sie Polizisten aus England sind? Es verirren sich nur selten Ausländer nach Ulmen – und schon gar keine Kollegen.«

»Ich bin beratender Ermittler und stamme aus Norwegen. Mein Kollege Mister David Tristram hingegen ist Engländer«, stellte Holmes richtig, nachdem wir auf zwei klapprigen Stühlen mit geflochtener Sitzfläche Platz genommen hatten.

»Sie sehen auch nicht aus wie Polizisten.«

»Das will ich auch hoffen.«

Holmes klang eher belustigt als indigniert, aber die Unterlippe des Gendarmen schob sich trotzdem vor, und seine Augenbrauen zogen sich zusammen.

»Sie sind extra aus Norwegen angereist?«, wollte er dann wissen.

»Nein, wir hielten uns aus beruflichen Gründen in Antwerpen auf, als ein früherer Klient mich an Herbert Becher weiterempfohlen hat«, erklärte Holmes. »Ich wäre Ihnen sehr verbunden, wenn Sie uns mitteilen könnten, wie unser Klient gestorben ist.«

Der Gendarm musterte uns mit kleinen, blassblauen Augen, die durch schwere Lider halb verdeckt waren. »Es war ein fürchterlicher Unfall. Davon bin ich jedenfalls überzeugt, auch wenn die Meisten sich einbilden, das Seeungeheuer habe Herbert Becher umgebracht«, bestätigte er endlich.

Mein durch den Raum schweifender Blick wich den grimmigen Augen des schnurrbärtigen Kaisers aus und blieb an dem Aktenschrank haften, der vollständig mit Karteikästen, Dokumentenmappen und Ordnern ausgefüllt war.

»Sie glauben also nicht an ein Urzeitwesen im Maar?«, fragte Holmes hocherfreut und schlug die Beine übereinander. Gedankenverloren fuhr seine rechte Hand in die Tasche seines Gehrocks, während seine Augen über den Schreibtisch wanderten, wohl auf der Suche nach einem Aschenbecher. Als er keinen fand, verdüsterte sich seine Miene, und er ließ den Tabaksbeutel in die Jackentasche zurückgleiten.

»Ich ziehe einer komplizierten Erklärung immer eine einfache vor.«

Die Ihnen keine Arbeit macht, ergänzte ich im Geist.

»Und seine letzten Worte? Man sagte mir, er habe, bevor er starb, noch etwas von ›großen Tieren‹ gesagt?«, erkundigte sich Holmes mit gut gespielter Beiläufigkeit.

»Er hat bestimmt deliriert«, war die knappe Antwort, dann wandte unser Gesprächspartner seine Aufmerksamkeit wieder dem Steckbrief zu, dessen Bild einen beklagenswert mageren, flüchtigen Verbrecher zeigte.

»Ich habe vorhin den Tatort begutachtet. Allerdings haben Schaulustige das Flussufer arg zertrampelt. Wurde nach dem Auffinden des Toten eigentlich die Umgebung näher untersucht? Hat man überprüft, ob in einigen Yards Entfernung Pflanzen beschädigt wurden oder ob Opfer oder Täter etwas verloren haben? Jede Kleinigkeit kann von Bedeutung sein. Ich habe vor einigen Jahren einen Mörder an einem überzähligen Knopf entlarvt«, fuhr Holmes unbeeindruckt fort. Ich war jedoch darauf gefasst, dass uns der Gendarm gleich hinauswerfen würde.

»Selbstredend! Wir mögen auf dem Land wohnen, aber wir kennen uns in der modernen Ermittlungsarbeit aus.« Der Gendarm warf Holmes einen eisigen Blick zu. »Es gab keine Spur eines Kampfes, weder mit Menschen noch mit Tieren. Auch habe ich keine abgerissenen Knöpfe, Zigarettenstummel oder dergleichen gefunden.«

»Der Angriff könnte sich eventuell woanders ereignet haben«, stellte Holmes sachlich fest. »Halten Sie es für möglich, dass sich Herbert Becher trotz seiner schweren Verletzung hatte weiterschleppen können?«

»Der Arzt hält das für durchaus denkbar«, erklärte der behäbige Gendarm, ohne von seinem Steckbrief aufzuschauen. »Ich nehme aber der Einfachheit halber an, dass Herr Becher an der Stelle verunglückt ist, an der er gefunden wurde.« Die letzten Worte hatte er in einem Tonfall gesprochen, der keinen Widerspruch duldete.

»Der Arzt, der den Totenschein ausgestellt hat, glaubt also nicht, dass Herr Becher einem Verbrechen zum Opfer gefallen ist«, konstatierte Holmes.

Ich fühlte Enttäuschung in mir aufsteigen, als ich das vernahm. Es hatte den Anschein, als ob es für uns hier nichts mehr zu tun gab.

»Ein Verbrechen in Ulmen? Wo denken Sie hin?«, empörte sich der Gendarm mit ungläubigem Gesichtsausdruck. »Überfälle auf friedliche Bürger sind hier Gott sei Dank unbekannt.« Schwerfällig lehnte er sich auf seinem Bürostuhl zurück, zog die Schreibtischschublade auf und entnahm ihr ein Dokument, das mit einem großen, runden Stempel versehen war. »Überzeugen Sie sich selbst«, verkündete er und schob die Urkunde über den Tisch.

Holmes warf nur einen flüchtigen Blick darauf. »Der Tod wurde also durch eine schwere Schädelverletzung hervorgerufen«, bemerkte er irritiert. »Wie konnte dann um Himmels willen das Gerücht entstehen, das Seeungeheuer habe ihn umgebracht?«

Der Gendarm wich der Frage aus: »Herbert Becher hatte auch Schürfwunden an Händen und Knien«, informierte er uns.

»Das sind nicht gerade die typischen Verletzungen, die man erleidet, wenn man von einem Tier angefallen wird«, gab Holmes zu bedenken. Unmut schwang in seiner Stimme. »Sie lassen eher auf einen Unfall schließen.«

»Das ist genau meine Rede! Wir können also den Fall beruhigt ad acta legen«, entgegnete der Gendarm in besserwisserischem Tonfall, warf den Totenschein in die Schublade zurück und stieß diese so vehement zu, dass sein Schreibtisch wackelte.

»Es ist hochgradig bedauerlich, dass es keinen Zeugen des Unfalls gibt. Mich würde dennoch interessieren, ob der pensionierte Beamte, der Herbert Becher gefunden hat, einem anderen Spaziergänger am Seeufer begegnet ist?«, erkundigte sich Holmes, wobei er das Wort »Unfall« dehnte und eine direkte Frage vermied.

»Selbstredend habe ich ihn das bei der Vernehmung gefragt«, beteuerte der Gendarm indigniert. »Nein, leider hat der Herr niemanden gesehen. Aber wen wundert es, dass sonst niemand unterwegs war, bei dem garstigen Wetter! Da verlässt man allenfalls das Haus, um seinen Hund auszuführen.«

»Herbert Becher war ebenfalls unterwegs«, wandte Holmes ein.

Der Gendarm tippte sich an die Stirn und lehnte sich dann schwerfällig über den Tisch vor.

»Bei aller Sympathie! Er war nicht mit normalen menschlichen Maßstäben zu messen. Wahrscheinlich war er auf der Jagd nach seinem Fischsaurier.«

»Aber der Pensionär hat kein Seeungeheuer gesehen?«, fragte Holmes todernst.

»Doch, das behauptet er jedenfalls. Ich glaube jedoch, er will sich nur wichtig machen. Denn sonst würde er nicht weiterhin jeden Tag am Seeufer spazieren gehen«, war die enervierte Antwort.

»Sie scheinen nicht viel von dem älteren Herrn zu halten«, folgerte Holmes sachlich. »Aber Sie vertrauen seinem Gedächtnis, was die letzten Worte des Lehrers betrifft?«

»Sein Gedächtnis ist ausgezeichnet, vor allem für Dinge, die sich vor fünfzig Jahren ereignet haben.« Der Gendarm schaute demonstrativ auf die Uhr an der Wand, aber Holmes blickte ihn unbeeindruckt weiterhin erwartungsvoll an. »Doch warum sollte ich in diesem Fall seiner Erinnerung misstrauen, wenn es sich um etwas so Seltsames handelt wie die Bemerkung über große Tiere? So etwas erfindet kein Mensch!«

Holmes fischte seinen Notizblock aus seiner Jackentasche und notierte sich ein paar Worte. »Hat man in den Taschen des Toten etwas gefunden? Einen Brief vielleicht oder einen Zeitungsausschnitt?«

Der kräftige Gendarm rutschte auf seinem Stuhl zurück und sah Holmes mit seinen blassblauen Augen an, als wäre seine Frage ein Affront. »Mein Herr! Das geht nun langsam wirklich zu weit. Finden Sie nicht selbst, dass Sie ziemlich neugierig sind?«

»Das ist mein Beruf!«, bemerkte Holmes herablassend und richtete sich kerzengerade auf. »Wenn ich schon zu spät komme, um meinem Klienten zu helfen, so möchte ich doch zumindest die genaueren Umstände seines Todes aufklären.«

Der Ordnungshüter nahm sich Zeit mit einer Antwort. »Nichts für ungut«, brummt er endlich widerwillig. »Aber ich bin es nicht gewohnt, dass man mich ausfragt. Normalerweise bin ich es, der die Fragen stellt. Außerdem hat mein Dienst bereits um fünf Uhr geendet, und meine Frau erwartet mich zu Hause zum Abendessen.« Der Gendarm betupfte sich die Stirn mit einem blütenweißen Taschentuch von der Größe einer Serviette. »Nein, Herbert Becher führte gar nichts bei sich. Nicht einmal seinen Ausweis oder eine Geldbörse.«

Ob man in Deutschland dazu verpflichtet war, bei einem Abendspaziergang in einer Gemeinde, in der jeder jeden kannte, seine Papiere bei sich zu führen?

»Wer war der Letzte, der ihn lebend gesehen hat? Seine Haushälterin?«

Unser Gesprächspartner nickte mit gelangweilter Miene.

»Wirkte ihr Dienstherr am Tag seines Todes niedergeschlagen, nervös oder beunruhigt auf sie?«

»Angeblich war er wie immer«, antwortete der Gendarm, der zunehmend ungeduldig wurde. »Aber auf Berthas Urteil gebe ich nicht allzu viel. Herbert Becher hat ständig über den Fischsaurier im Maar gesprochen, und nun traut sie sich kaum noch vor die Tür!«

»Ihr wird nichts anderes übrig bleiben, wenn sie sich eine neue Anstellung sucht«, bemerkte Holmes trocken. »Mich würde interessieren, wer nun das Haus des Lehrers erbt. Soweit ich informiert bin, war er nicht verheiratet?«

»Heinrich Decker, sein Schwager. Herbert Becher war Witwer. Das Haus, in dem er lebte, hatte seine verstorbene Frau mit in die Ehe gebracht. In Ulmen gibt es zwei Lehrerwohnungen in einem Gebäude gegenüber dem Schulhaus, aber Herbert Becher ist lieber in das Haus seiner Gemahlin gezogen, da es komfortabler ist«, antwortete der Gendarm und versank in verdrießliches Schweigen.

Auch Holmes sagte einige Sekunden lang nichts, sondern machte sich Notizen. »Gibt es vielleicht die Möglichkeit, dass ich den Leichnam des Lehrers sehen könnte? Ich würde mir gern selbst ein Bild von der Art der Verletzungen machen. Ein guter Freund von mir ist Arzt, und ich habe mir die eine oder andere Vorgehensweise bei ihm abgeschaut«, schlug er dann vorsichtig vor.

Der Gendarm schüttelte vehement den Kopf. Sein Gesicht nahm einen verlegenen Ausdruck an, und er begann auf seine Lippe zu kauen. »Er ist leider bereits beerdigt. Der Kreisschulinspektor hat darauf gedrängt, die Zeremonie vor den Pfingstferien stattfinden zu lassen, damit Lehrer und Schüler daran teilnehmen können«, entgegnete er schließlich treuherzig.

Holmes stutze einen Moment und atmete dann tief durch, um nicht die Beherrschung zu verlieren. »Das ist äußerst bedauerlich, aber es lässt sich nicht ändern«, sagte er förmlich. Seine blasse Haut zeigte, dass er mit dieser Wendung nicht gerechnet hatte. »Ich habe noch zwei abschließende Fragen: Ist Herbert Becher jemals mit dem Gesetz in Konflikt geraten oder hatte er Feinde?«

»Sein Leumund war ausgezeichnet, aber das besagt natürlich wenig.« Der Blick des Gendarmen wanderte wieder auf den Steckbrief. »Was Ihre zweite Frage betrifft: Der Lehrer war ein richtiger Einzelgänger. Er war keinem Verein beigetreten, besuchte keine Volksfeste und ging nicht angeln. Er war ein typischer Sonderling, über den man hinter seinem Rücken lachte. Zum Beispiel warnte er uns, dass unser Maar ein aktiver Vulkan sei, der jederzeit ausbrechen könnte. Aber er war auch recht ehrgeizig, was seine Forschung betraf. Wenn er bewiesen hätte, dass im Ulmener Maar der letzte Saurier lebt, wäre Herbert Becher schlagartig in der wissenschaftlichen Welt berühmt gewesen.« Der Gendarm stockte einen Augenblick, bevor er weitersprach. »Feinde hatte er bestimmt keine. Dazu hat man ihn gar nicht ernst genug genommen.«

»Offenbar hatte er zumindest einen Feind«, konterte Holmes ohne den Anflug eines Lächelns. »Gibt es einen ehemaligen Schüler, der ihn für seinen Misserfolg im Leben verantwortlich macht? Einen Hilfslehrer, der es auf seine Stelle abgesehen hat oder dergleichen?«

»Nicht, dass ich wüsste.« Der Gendarm strich sich mit der Hand über die Stirn und dachte kurz nach. »Sie glauben doch nicht allen Ernstes, dass er ermordet worden ist?«, fragte er dann.

»Das kann ich beim derzeitigen Stand der Ermittlungen leider nicht sagen, aber wir sollten diese Möglichkeit durchaus in Erwägung ziehen.«

»Ich kann mir beim besten Willen nicht vorstellen, dass einer meiner Mitbürger einen Mord begangen hat«, brummte der Gendarm. »Man trifft sich am Stammtisch und spielt Karten ...« Die bloße Vorstellung, mit einem Mörder gezecht zu haben, war für ihn offenbar so unfassbar, dass er den Satz unvollendet ließ.

»Vielen Dank, dass Sie sich trotz der späten Stunde Zeit für uns genommen haben! Ich möchte Ihre Gattin nicht länger mit dem Abendessen warten lassen. Aber ich wäre Ihnen sehr verbunden, wenn Sie uns auf dem Laufenden halten würden, falls sich etwas Neues im Fall Becher ergeben sollte«, sagte Holmes, erhob sich von seinem Stuhl und setzte den Ordnungshüter darüber in Kenntnis, dass wir in dem *einzigen* Gasthof des Ortes abgestiegen und dort erreichbar waren.

»Leben Sie wohl Herr Sigerson, Herr Tristram. Ich wünsche Ihnen eine gute Heimreise nach Norwegen«, erwiderte der Gendarm unwirsch den höflichen Gruß. »Was übrigens den einzigen Gasthof betrifft: Es gibt im Ort ein recht passables Speiselokal am Marktplatz und einige gemütliche Kneipen.«

»Was mich betrifft, so bin ich Engländer«, stellte ich richtig.

»Trotzdem wünsche ich Ihnen eine gute Rückfahrt«, knurrte der Gendarm zurück. »Und verlaufen Sie sich nicht im Nebel.«

»In Ulmen kann man sich wohl kaum verlaufen«, bemerkte Holmes und wandte sich zum Gehen.

Als ich die frisch lackierte Tür des Büros hinter mir zugezogen hatte und draußen auf dem Platz stand, schimpfte ich vor mich hin: »Dass man Herbert Becher so überstürzt begraben hat, schreit doch zum Himmel! Dieses pietätlose Verhalten zeigt, dass man hier etwas zu verbergen hat!«

»Es fragt sich nur, wer genau dieser ›man‹ ist«, entgegnete Holmes lakonisch. »Oder glauben Sie, der ganze Ort habe sich zusammengetan, um Herbert Becher zu ermorden?«

»Ich finde es erstaunlich, dass Ihr Deutsch gut genug ist, um einen Totenschein zu lesen«, sagte ich, als wir um die nächste Ecke gebogen waren.

»Die medizinischen Fachausdrücke waren auf Latein angegeben«, klärte Holmes mich auf. Beim Gehen schaute er grimmig auf den Boden. Die Sichtverhältnisse hatten sich zum Glück so weit gebessert, dass man die groben Pflastersteine erkennen konnte. Schweigend legten wir den restlichen Weg in unsere Pension zurück, und ich fragte mich bang, ob der folgende Tag der letzte unserer Ermittlung sein mochte.

Als wir in unser Gasthaus zurückkehrten, fläzte sich ein mittelgroßer, schlanker Mann mit großspuriger Miene auf einem Sessel mit hoher Rückenlehne und bequemen Armstützen, der neben der Rezeption stand. Das knochige Gesicht des Unbekannten mit den schmalen, neugierigen Augen, dem fleischigen Mund und der fürwitzigen Stupsnase wollte nicht recht in die ländliche Umgebung passen. Er war mit einer selbstgedrehten Zigarette in der Hand über die Abendzeitung gebeugt und wippte beim Lesen mit dem rechten Fuß. Auch sonst strahlte alles an ihm Unruhe und Nervosität aus.

»Das ist mein anderer Logiergast, Herr Johannes Grünewald, ein Fotograf von der Presse. Er interessiert sich für unser Seeungeheuer«, stellte uns der Wirt seinen Gast stolz vor. Offenbar hatte er sich unsere Namen nicht behalten, denn er überließ es Holmes, uns einander bekannt zu machen.

»Mister Sven Sigerson und Mister David Tristram, wir sind zum Angeln in die Eifel gekommen«, erklärte er herablassend, bevor er sich dem Wirt zuwandte, der noch immer mit nach vorn gerecktem Hals vor uns stand. »Sie haben sich mit dem Ungetüm im Maar soweit angefreundet, dass Sie es schon familiär ›unser‹ Seeungeheuer nennen?«

Der Mann wollte etwas erwidern, aber es fehlten ihm wohl die englischen Vokabeln. »Zumindest ist der Riesenfisch gut für das Geschäft«, brummte er dann und verließ den Raum.

Johannes Grünewald zog ein versilbertes Zigarettenetui heraus und bot uns eine Zigarette an.

»Ich rauche nicht«, entgegnete ich, aber Holmes nahm dankend an.

Das Etui enthielt nicht nur krumme, vom Fotografen selbstfabrizierte Exemplare, sondern auch zwei vorgefertigte Zigaretten, von denen Holmes eine herausnahm. Johannes Grünewald gab ihm Feuer, und Holmes zog an der Zigarette, bis sie rot glühte.

»Sie ist gar nicht schlecht«, behauptete er, nachdem er einen Rauchkringel über meinen Kopf hinweg in die Luft geblasen hatte.

Ich konnte sein Lob nicht nachvollziehen, denn für meine Nase stanken alle Zigaretten gleichermaßen.

»Ist es eine deutsche Marke?«

»Ja, eine Salem. Für Havanna-Zigarren ist mein Gehalt leider zu niedrig.« Johannes Grünewald lachte über seinen eigenen Scherz. Er fuhr sich mit der Hand durch das widerspenstige, hellbraune Haar, das immer wieder in die Stirn zurückfiel. »Haben Sie beim Fischfang das Ungeheuer gesehen?«, wollte er dann wissen.

»Leider nicht, aber Mister Tristram hat es vorhin im Nebel gesichtet«, erklärte Holmes so ernsthaft, dass ich mir ein Schmunzeln nicht verkneifen konnte.

Der Wirt kam vorbei, was den Fotografen für einen Augenblick ablenkte. Holmes nutzte seine Unaufmerksamkeit, um aus dem Aschenbecher etwas Asche zu stibitzen und sie in einem Taschentuch verschwinden zu lassen. Wahrscheinlich bildete sie den Grundstock einer Sammlung deutscher Zigarettenaschen.

»Was genau haben Sie gesehen?«, drängte mich Herr Grünewald, kaum dass der Wirt außer Hörweite war.

Ich machte gute Miene zum bösen Spiel und berichtete von dem grauen Schemen im Wasser, den ich bemerkt hatte.

Bedauerlicherweise gestaltete sich das weitere Gespräch mit dem Fotografen etwas mühsam, da er schnell an die Grenzen seiner Englischkenntnisse gelangte. Aber wenigstens erfuhren wir, dass die rätselhaften letzten Worte des Lehrers – wie nicht anders zu erwarten – ein gefundenes Fressen für die Presse gewesen waren. In der vorherigen Woche hatten noch mehrere Zeitungsleute im Wirtshaus logiert, aber die anderen waren nach dem Begräbnis des Lehrers wieder abgereist. Künstler hatten in der Zwischenzeit das Seeungeheuer nach ihrer Phantasie verewigt und Moritatensänger Balladen verfasst, die sie zu den Illustrationen vortrugen.

Außerdem hatte eine Regionalzeitung eine Belohnung für ein Foto des Monsters ausgelobt, weshalb Johannes Grünewald in Ulmen geblieben war. Aber bisher hatte er nicht einmal den Schemen eines großen Fisches gesehen.

5. Der Briefumschlag

Am nächsten Morgen riss mich das Rappeln des Weckers aus einem Albtraum, in dem ich auf der Flucht vor einem Vulkanausbruch über ein Nest mit Dracheneiern stolperte. Das warme Licht der Morgensonne erfüllte den Raum, und ich hörte aus der Ferne Vogelgezwitscher und das Quaken von Fröschen. Einen Moment lang betrachtete ich verwirrt die Astlöcher in der Vorderfront meines Bettes. Dann streifte mein Blick ein kleines, hölzernes Kruzifix an der Wand, und ich erinnerte mich, wo ich mich befand. Neugierig stieg ich aus dem Bett, ging zum Fenster, zog es auf und beugte mich über das schmale Fensterbrett.

Der Nebel hatte sich über Nacht aufgelöst, und ich sah erstaunt, wie malerisch Ulmen war. Der Ort mit seinen weiß getünchten Häusern lag im Kessel des Maars und dehnte sich bis unmittelbar zum Wasser aus. Die Morgensonne spiegelte sich in blanken Fensterscheiben, und auch die Gassen waren frisch gefegt. Unfassbar, dass in dieser beschaulichen Gemeinde ein Mord verübt sein sollte! Noch immer etwas benommen trat ich an den Waschtisch, auf dem eine weiß emaillierte Schale und ein dazugehöriger Krug mit Wasser standen, und benetzte mir das Gesicht. Nachdem ich mich rasch angekleidet hatte, eilte ich die Treppe hinab, denn Holmes pflegte meist schon lange vor dem vereinbarten Zeitpunkt ungeduldig auf mich zu warten.

Auch diesmal wurde ich nicht enttäuscht. Als ich den Frühstücksraum betrat, ging Holmes bereits vor dem Fenster auf und ab. Ihm blieb dafür nur ein schmaler Streifen, denn zwei Wände wurden von fast bis zur Decke reichenden Wäscheschränken bedeckt und neben dem Eingang stand ein

Geschirrschrank. Nur die zur Straße führende Wand mit dem Fenster war nicht möbliert.

Als er mich sah, schwenkte Holmes ein Schreiben in der Luft. »Doktor Peeters hat meine Depesche beantwortet. Er ist ganz erschüttert über meine Nachricht. Er bedauert sehr, dass man ihn nicht zur Beerdigung seines ehemaligen Kommilitonen eingeladen hat.« Der aufgeräumte Tonfall, in dem Holmes das sagte, stand in krassem Gegensatz zum traurigen Inhalt des Telegramms. »Im Weiteren beauftragt er uns damit, die genauen Umstände von Herbert Bechers Tod aufzuklären.« Holmes stockte. »Ich hatte gehofft, dass er so reagieren würde. Nicht dass ich auf das Geld angewiesen wäre, aber es erleichtert die Ermittlungen ungemein, wenn man einen offiziellen Auftrag dazu hat.«

»Hoffentlich beeindruckt dieses Mandat des Arztes die Einheimischen! Schließlich ist Doktor Peeters Belgier«, bemerkte ich, bevor ich mich an einem der beiden gedeckten Frühstückstische niederließ.

Holmes presste seine schmalen Lippen missmutig aufeinander, widersprach aber nicht. Mit sichtlichem Widerwillen steckte er die Depesche in die Innentasche seines Gehrocks zurück und nahm ebenfalls Platz. Bevor ein weiteres Wort gefallen war, servierte die Wirtin ein dürftiges, typisch kontinentales Frühstück, das nur kalte Speisen umfasste.

»Was hätten Sie eigentlich gemacht, wenn Doktor Peeters uns nicht engagiert hätte?«, fragte ich, während ich ohne besonderen Appetit eine Scheibe Roggenbrot mit Butter bestrich.

»Dann hätten wir einige Tage im Maar geangelt.«

»Wenigstens hätte das unsere Speisekarte verbessert«, entgegnete ich und bestreute mein Butterbrot mit Salz.

Holmes starrte den dunklen, aufgeschnittenen Laib im Brotkorb an, als wäre dieser sein Todfeind. Ich gab mir einen

Ruck und biss in mein Brot. Es schmeckte besser, als es aussah, dennoch hätte ich Weißbrot vorgezogen.

Holmes beobachtete, wie ich meinen Bissen kaute und herunterwürgte, als wäre das Ganze ein chemisches Experiment.

»Das Brot ist durchaus genießbar«, munterte ich ihn auf, aber er war bereits in Gedanken woanders.

»Ich habe heute Morgen nochmals mit dem Gendarmen gesprochen. Er war alles andere als begeistert, als ihm klar wurde, dass ich nicht gedenke, nach Norwegen abzureisen. Außerdem behauptete er, keine Zeit für uns zu haben. Aber er hat Bertram Steinmetz damit beauftragt, uns heute Morgen ins Haus des Lehrers zu begleiten, damit ich mich dort umschauen kann«, berichtete er, nachdem er einen Schluck Kaffee getrunken hatte. Dann nahm er sich zu meiner Überraschung ebenfalls eine Schnitte. »Es ist wirklich bedauerlich, dass der neue Besitzer des Hauses gerade geschäftlich unterwegs ist, denn ich hätte gern mit ihm gesprochen.«

»Wie kommt der Gendarm eigentlich dazu, seine eigene Arbeit an Bertram Steinmetz zu delegieren? Er wird schließlich in seiner Apotheke gebraucht.«

»Sie ist mittwochs erst ab zwei Uhr geöffnet. Herr Steinmetz hatte nichts Besseres zu tun. Also war er einverstanden.« Holmes verspeiste mit stoischer Miene sein Butterbrot, stürzte den Rest seines Kaffees hinterher und schaute dann verärgert in die Luft. »Wahrscheinlich lässt uns der Gendarm nur gewähren, weil er damit rechnet, dass wir versagen. Das würde sein eigenes Ansehen bei seinen Mitbürgern stärken.«

»Wollen wir uns nicht den Tatort noch einmal bei Tageslicht anschauen? Wir haben doch gestern im Nebel kaum etwas erkennen können«, schlug ich vor, goss mir Kaffee nach und trank einen Schluck.

»Das ist nicht nötig, ich habe alles gesehen, was Schaulustige und Regen für uns übriggelassen haben!« Ungeduldig kippelte Holmes auf seinem Stuhl hin und her.

Daher beendete auch ich mein Frühstück, und wir brachen zum Haus des verstorbenen Lehrers auf. Als wir unser Ziel erreichten, wurde die Haustür aufgerissen, bevor wir auch nur am Klingelzug gezogen hatten.

»Guten Morgen, Mister Sigerson! Guten Morgen, Mister Tristram! Kommen Sie doch herein«, begrüßte uns Bertram Steinmetz. Die Sonne schien ihm ins Gesicht und brachte feine Falten auf seiner Stirn zum Vorschein, die von zu wenig Schlaf zeugten. Seine gerötete Gesichtshaut ließ auf einen hohen Alkoholkonsum schließen. Hinter dem Apotheker hatte sich die Haushälterin versteckt, die eine frisch gewaschene, weiße Schürze und eine ebenso strahlend weiße Haube trug, die nicht so recht zur bekümmerten Miene ihrer Trägerin passen wollten.

Wir erwiderten den Gruß des Apothekers und betraten einen kleinen, unmöblierten Hausflur mit dunklen Holzbalken, dessen Wände dringend einen neuen Anstrich gebraucht hätten. Ich hatte das vage Gefühl, dass hier etwas fehlte, wusste aber nicht, was es war.

Im Erdgeschoss befand sich eine große Wohnküche, die offenbar kurz zuvor geputzt worden war und die vom Fleiß und Ordnungssinn der Haushälterin zeugte. An die rückwärtige Wand schloss sich eine Vorratskammer an, die mit einem Mehlsack, einem halbleeren Jutesack mit Kartoffeln, einem Korb mit Äpfeln und von der Decke hängenden, geflochtenen Zwiebelzöpfen und Hartwürsten bestückt war. Alles lag akkurat an seinem Platz, selbst die Regalbretter waren frisch gereinigt.

Holmes begnügte sich mit einem eiligen Rundgang durch diese Räume. Dann betrat er ein kleines Bad, dessen Wände mit Schimmelflecken übersät waren. Er überzeugte sich davon, dass hier keine Medikamente gegen schwere Krankheiten herumlagen. »Hier ist nichts. Nehmen wir uns lieber das obere Stockwerk vor«, sagte er schließlich zu mir, bevor er die steile Holztreppe in den ersten Stock hochzusteigen begann.

Die Stufen, von denen er zwei auf einmal nahm, knarrten unter seinem Gewicht, und die ganze Konstruktion schwankte bedenklich. Der Apotheker schloss sich an, aber die untersetzte Hausangestellte verharrte vor sich hinbrummelnd in der Diele.

»Ich wäre Ihnen verbunden, wenn Sie Bertha fragen könnten, ob sie in letzter Zeit jemandem ins Haus gelassen hat«, sagte Holmes und blieb auf halber Höhe stehen.

Der Apotheker sprach kurz mit der beleibten Dame, dann übersetzte er für uns ins Französische: »Angeblich nur Herrn Matuschke, der sich ein Buch zurückgeholt hat, das er seinem Kollegen geliehen hatte.« Dabei bedachte er die Frau, die ihrerseits mit verbissenem Gesicht und zusammengekniffenen Augen zu uns hochsah, mit einem finsteren Blick.

Holmes zog die Luft laut hörbar ein. »Und sie hat ihn gewähren lassen? Das nennt man Unterschlagung von Beweismitteln. Ich glaube, ich muss nachher ein Wörtchen mit der guten Frau reden!«, entfuhr es ihm empört.

»Seien Sie nicht so streng mit ihr. Man ist hier nicht so misstrauisch wie in der Stadt. Wir haben Bertha bereits angewiesen, in Zukunft niemanden etwas von hier mitnehmen zu lassen!«, meinte der Apotheker beschwichtigend. »Außerdem habe ich sie gebeten, Sie nicht bei Ihren Ermittlungen zu stören. Sie können sich vorstellen, wie schwer es ihr fällt, Sie in ihrem Haushalt herumstöbern zu lassen. Wahrscheinlich hält sie nur ihr schlimmes Knie davon ab, uns trotz meines Verbots zu folgen.«

Wollte Bertram Steinmetz verhindern, dass uns Bertha etwas erzählte, was er zu verbergen suchte? Plötzlich fiel mir wieder ein, was ich vorhin im Haus vermisst hatte, nämlich den kleinen Kläffer, der uns bei unserem letzten Besuch verbellt hatte. »Wo ist eigentlich der bösartige Hund von gestern geblieben?«, fragte ich, während ich vorsichtshalber in die dunklen Ecken des Flures schaute.

»Bei Heinrich Decker. Irgendwer muss sich schließlich um ihn kümmern«, erklärte der Apotheker. »Herbert hat einen herumstreunenden Hund bei sich aufgenommen. Leider gehorchte er Bertha nicht. Herbert musste ihn in die Schule mitnehmen, damit er sie nicht bei der Hausarbeit störte.«

»Aber der Schwager des Lehrers hat keine Probleme mit dieser Bestie?«, hakte ich nach.

»Er hat selbst einen Hund und kann mit Tieren gut umgehen.« Der Apotheker hob die Hand zu einer wegwerfenden Geste. »Außerdem ist es keine Bestie, sondern ein kleiner Jagdhund, wohl eine Art Terrier.«

»Was hat Herr Decker eigentlich mit dem Haus vor, wenn es in seinen Besitz übergegangen ist?«, erkundigte sich Holmes.

»Das müssen Sie ihn selbst fragen, wenn er in ein paar Tagen zurückkommt.«

Holmes nickte, dann erklommen wir die restlichen Stufen der Treppe.

Im Obergeschoss zweigten drei Türen vom Flur ab, die alle geschlossen waren, sodass man im Flur kaum etwas sah. Die Tür zur Rechten führte ins Schlafzimmer, das mit einem klobigen Kleiderschrank und einem monumentalen Doppelbett möbliert war, das Ludwig XIV. zur Ehre gereicht hätte. Der Türrahmen war so niedrig, dass wir beim Durchschreiten die Köpfe einziehen mussten. Es schien mir, als hätte ich die Gegenwart verlassen und ein Historiengemälde betreten. Die wurmstichigen Möbel waren gewiss noch älter als das Haus. Sie waren Teil der unheilvollen Atmosphäre des verschieferten Fachwerkhauses, die mich schaudern ließ.

»Mein Gott! Ist die Einrichtung altmodisch«, staunte ich. »Wie alt war eigentlich der Lehrer? Ich dachte bisher, er sei um die Vierzig gewesen wie Doktor Peeters?«

»Er war exakt zweiundvierzig Jahre und zwei Monate alt«, behauptete Holmes, während er unter das Bett schaute.

»Haben Sie das aus der Beschaffenheit der Treppenstufen und des Kopfkissens geschlossen?«, entfuhr es mir verblüfft.

»Das habe ich seinem Totenschein entnommen.«

Zu beiden Seiten eines breiten Doppelbetts standen zwei Nachttische. Auf dem rechten lagen naturwissenschaftliche Bücher herum, auf dem linken ein abgegriffener Liebesroman, eine Dose mit Riechsalz und ein Fläschchen Eau de Cologne. Holmes öffnete den bombastischen Kleiderschrank. Es befanden sich nicht nur Hosen, sondern auch einige Röcke darin, und ich erinnerte mich daran, dass Herbert Becher Witwer war. Offenbar hatte er nach dem Tod seiner Frau im Haus nichts verändert. Selbst ein angefangener Strickstrumpf nebst Wollknäuel lag noch auf dem Nachtschränkchen vor dem Fenster. Daneben standen billige Souvenirs.

Ein Griff in die Wäschefächer zeigte, dass hier nichts versteckt war. Holmes tastete die Taschen eines dunklen Jacketts und eines abgetragenen Gehrocks ab. Dann verließ er das Schlafzimmer und zog die Tür des gegenüberliegenden Wohnzimmers auf, das ebenfalls nicht gerade zum Verweilen einlud: Die Luft im Raum war verbraucht und die altmodischen Möbel passten nicht zusammen, so als hätte man sie einzeln auf dem Flohmarkt erstanden. Ein Farn in einem blauen Übertopf auf einem Beistelltisch war verwelkt. Der Wirkteppich in der Raummitte schien sehr alt zu sein, seine

Farbe war verblasst und an manchen Stellen war er fadenscheinig. Druckstellen auf dem Gewebe wiesen darauf hin, dass Möbel vor Kurzem verrückt worden waren. Auf einem windschiefen Regal waren mehrere Dutzend Bücher aufgestellt, deren Anzahl jedoch für einen Lehrer erstaunlich gering war. Ohne die kleine Bibliothek hätte der Raum auch ein Hotelzimmer sein können, so schäbig und unpersönlich war alles. Als er uns sah, riss der Apotheker das Fenster auf und ein Windstoß fegte den Blumentopf vom Tisch. Mit einem scharfen Geräusch zerbarst er auf dem Boden. Eine Entschuldigung vor sich hinmurmelnd, verriegelte Bertram Steinmetz das Fenster wieder und begann, die Scherben aufzulesen.

Ohne ihn zu beachten, kehrte Holmes in den Hausflur zurück. Er öffnete die Tür des letzten Raums, den er noch nicht inspiziert hatte. Sie führte in eine mit Schreibtisch, Bürostuhl, Aktenschrank und anderen Möbeln vollgestopfte Kammer. Holmes schritt auf einen Paravent zu, hinter dem Unmengen von Kartons und Büchsen wild übereinander gestapelt waren.

»In den Behältern sind getrocknete Pflanzen, Tannenzapfen, Mineralien und dergleichen«, erklärte der Apotheker, der in der Tür stehen geblieben war.

Holmes fuhr mit dem Finger über den Deckel des obersten Kastens, der von einer Staubschicht bedeckt war. »Diese Kartons können wir wohl vernachlässigen«, sagte er zu mir und kämpfte mit dem Griff des Fensters, bevor es ihm gelang, diesen herumzudrehen. Offenbar hatte Holmes sich in all den Jahren noch immer nicht an kontinentale Kippfenster gewöhnt.

»Mister Sigerson! Wenn Sie vielleicht die Freundlichkeit besitzen würden mir mitzuteilen, wonach Sie suchen, könnte ich Ihnen vielleicht behilflich sein? Ich habe Bertha versprochen, dass wir keine Unordnung machen«, erkundigte sich der Apotheker mit einem panischen Unterton in der Stimme. Hatte er tatsächlich Angst vor einer fremden Haushälterin?

»Ich suche einen Zeitungsartikel, einen Brief, ein Dokument oder einen Gegenstand, der auf den Täter hinweist«, erwiderte Holmes gelangweilt und zog den Stuhl vor dem Sekretär zurück, dessen Schreibplatte mit Schulheften, Briefen und Notizen bedeckt war. Er warf eine Zeitung, die auf der Sitzfläche lag, auf den Boden, und ließ sich auf dem Stuhl nieder. Dann begutachtete er mit der ihm eigentümlichen Sorgfalt jeden einzelnen Gegenstand auf der Schreibplatte und in den Schubladen.

Da ich mich überflüssig fühlte, kehrte ich in das Schlafzimmer zurück, wo ich die Matratzen der Betten vorsichtig anhob. Aber darunter waren keine Juwelen oder dergleichen verborgen. Auch die Nachtschränkchen waren wenig ergiebig, aber hinter dem Schrank fand ich das Foto eines Hochzeitspaars in einem vergoldeten Gipsrahmen.

So hatte also Herbert Becher ausgesehen: mittelgroß, hager, mit schmalem Gesicht und glattem, blondem Haar, das durch reichliche Verwendung von Pomade eng am Kopf anlag. Wahrscheinlich hatte ihm sein Friseur diese Haartracht extra für die Hochzeitsfeierlichkeiten verpasst. Ich konnte mir jedenfalls beim besten Willen nicht vorstellen, dass er mit dieser geckenhaften Frisur auf dem Lande unterrichtete. Seinen Zylinder hatte er auf einem Beistelltisch abgelegt. Anderenfalls hätte ihn die Pomade verdorben, dachte ich boshaft. Sein schwarzer Gehrock schlotterte ihm am mageren Körper und war obendrein zu lang. Der schlechte Sitz seiner Kleidung wurde durch die linkische Haltung des Lehrers noch betont.

Er stand sehr aufrecht, einen Fuß leicht vorgestellt, den rechten Arm hinter dem Rücken verborgen, den linken unbeholfen um die Schulter seiner Frau gelegt, und starrte mit weit aufgerissenen Augen in die Kamera.

Im Gegensatz zu ihrem Gemahl war Frau Becher eine anmutige Erscheinung. Ihr ebenmäßiges, ovales Gesicht mit den vollen Lippen war leicht von ihrem frisch angetrauten Mann abgewandt. Mit melancholischen Augen sah sie träumerisch durch den Betrachter hindurch. Sie trug ein ordentliches, weißes Kleid mit Stehkragen und Spitzenbesatz, aber ihr heller Schopf war kaum zu bändigen. Wie ein Glorienschein umgaben ihren Kopf einzelne, abstehende Haare, die fast durchsichtig zu sein schienen.

Herr und Frau Becher wirkten nicht gerade wie ein Liebespaar. Aber vielleicht interpretierte ich zu viel in das Bild hinein. Schließlich mussten die Porträtierten wegen der langen Belichtungszeit die Luft anhalten und stillsitzen.

Vorsichtig schaute ich mich um, aber niemand beobachtete mich. Schnell schob ich die Halterung der Rückpappe zurück und nahm die Fotografie aus dem Rahmen. Zum Glück war sie nur wenig größer als eine Postkarte, und ich konnte sie in der Innentasche meines Gehrocks verbergen. Den leeren Bilderrahmen schob ich hinter den Kleiderschrank zurück.

Als ich in das Arbeitszimmer zurückkehrte, hatte der Apotheker den Raum verlassen. Holmes hingegen sichtete noch immer die Zettelwirtschaft auf dem Schreibtisch. Zwar war ich ganz begierig darauf, ihm meinen Fund zu zeigen, wollte ihn aber nicht bei seiner konzentrierten Arbeit stören. Ungeduldig blickte ich über seine Schulter, bis ein fleckiges, kleines Stück Papier seine Aufmerksamkeit erweckte.

»Es ist genau, wie ich mir gedacht habe«, murmelte er erfreut vor sich hin.

Neugierig nahm ich das Fundstück in Augenschein. Es handelte sich um den Rückschein eines Einschreibens nach Frankfurt. Herbert Becher hatte ihn offenbar bei strömendem Regen mit sich herumgetragen, weshalb die Tinte der Beschriftung teilweise verwaschen und der Name des Adressaten unlesbar waren.

Holmes ließ den Beleg in seiner Jackentasche verschwinden und zog die Schreibtischschubladen heraus, stapelte sie übereinander auf dem Boden und betastete mit angestrengter Miene das Innere des Möbelstücks. Plötzlich huschte ein Aufleuchten über sein Gesicht. Er griff nach einem Brieföffner aus Messing, der auf der Schreibplatte herumlag, und öffnete damit ein Geheimfach in der Rückwand des Tisches. Mit angehaltenem Atem sah ich zu, wie er den Inhalt entnahm. Aber zu meiner Enttäuschung förderte er nur offizielle Dokumente zutage, so den Pass und die Geburtsurkunde des Lehrers.

»Sonst nichts?«, fragte ich ernüchtert, denn ich hatte auf ein Tagebuch oder Liebesbriefe an eine verheiratete Frau gehofft.

»Es ist aufschlussreich, was ich nicht gefunden habe«, bemerkte Holmes. Seine Stimme senkte sich zu einem Flüstern. »Es befanden sich keine Papiere von Herrn Bechers Gemahlin im Geheimfach.«

Immerhin ist sie schon seit zehn Jahren tot«, sagte ich und versuchte, wie ein anerkannter Experte zu klingen.

»Das haben Sie aus dem Inhalt des Kleiderschranks geschlossen?«

Voller Stolz auf meine Beobachtungsgabe nickte ich. »Das Salär von Lehrern ist nicht gerade üppig. Seine Frau musste daher ihre Kleider mehrere Jahre lang auftragen. Das hat sicherlich häufig zu Missstimmigkeiten zwischen den Eheleuten geführt, bis schließlich der Kummer Frau Becher vorzeitig ins Grab gebracht hat.«

Holmes schmunzelte über meinen Vorschlag.

»Keinesfalls! Sie haben richtig bemerkt, dass im Kleiderschrank moderne Kleidungsstücke und der Sonntagsstaat fehlen.« Er machte eine bedeutungsvolle Pause. »Aber die leeren Kleiderbügel sprechen eine beredte Sprache, genauso wie die sentimentalen Liebesromane auf dem Nachttisch und im obersten Brett des Bücherregals. Frau Becher ist vor fünf Jahren mit einem anderen Mann durchgebrannt, wahrscheinlich arbeitete er bei der Eisenbahn. Ihrem Mann war das so peinlich, dass er behauptete, sie sei während einer Urlaubsreise an einer Seuche gestorben. Vermutlich ist er bei Dunkelheit aus seinem Heimatort aufgebrochen, damit niemand sehen konnte, dass seine Frau ihn nicht begleitete.«

»Tatsächlich?«, stieß ich hervor, verwirrt von dieser unerwarteten Wendung. »Woher um Himmels willen kennen Sie den Beruf des Mannes?«

»Auf diesem Einlieferungsschein wurde er als Ingenieur tituliert. In diese abgelegene Gegend kommen nicht viele Fremde, weshalb einiges dafür spricht, dass er für die Eisenbahngesellschaft gearbeitet hat.«

»Und warum vermuten Sie, dass ihr Mann behauptet hat, Frau Becher sei an einer Seuche gestorben?«, fragte ich weiter.

»Ich vermute nie etwas«, tadelte mich Holmes. »Das war eine logische Deduktion. Wir können wohl davon ausgehen, dass Frau Becher völlig gesund war. Also musste es ein plötzliches, heftiges Leiden sein, dem sie angeblich zum Opfer gefallen ist. Ein Unfall kam nicht infrage, denn Herbert Becher musste darüber Rechenschaft ablegen, dass er seine Frau in der Fremde hat begraben lassen. Daher wird er eine ansteckende Krankheit vorgeschoben haben.«

»Das ist alles sehr gut nachvollziehbar«, gab ich zu. »Aber ich kann es noch immer nicht fassen, dass Frau Becher noch am Leben sein soll.«

»Der Lehrer hat zwar die Kleidung seiner Frau nicht weggehängt, da er wider alle Vernunft auf ihre Rückkehr hoffte, aber er hat alle ihre Fotografien abgehängt, was er nicht getan hätte, wenn sie gestorben wäre.« Ich überlegte, woraus Holmes auf die Existenz dieser Bilder schloss. »Im Schlafzimmer und über dem Schreibtisch befinden sich Löcher in der Wand, die von Nägeln herrühren«, entkräftete er meinen Einwand, ehe ich ihn auch nur laut ausgesprochen hatte.

»Eines der Fotos habe ich hinter dem Kleiderschrank gefunden«, verkündete ich stolz, aber mit leiser Stimme. »Es ist das Hochzeitsbild.«

Holmes nickte, als ob er eine aufschlussreiche Nachricht in der Zeitung gelesen hätte. Eine anerkennende Bemerkung war von ihm nicht zu erwarten. »Ich werde es mir nachher anschauen«, war alles, was er sagte, bevor er sich wieder seiner Arbeit zuwandte.

Ich ließ im Geist die bisherigen Erkenntnisse der Hausdurchsuchung Revue passieren und versuchte, nachzuvollziehen, was Holmes aus seinen Beobachtungen geschlossen hatte. Aber was hatte das alles mit dem Seeungeheuer zu tun? Ich konnte einfach keinen Zusammenhang zwischen der angeblich verschwundenen Ehefrau und einem möglichen Mord an dem Lehrer erkennen.

Nach einer halben Stunde hielt Holmes plötzlich mitten in der Bewegung inne. Dann kippte er den Inhalt des Papierkorbs auf den Boden und strich die zusammengeknüllten Zettel einzeln glatt. Zwei davon ließ er in seine Jacketttasche verschwinden. Dann schaute er in den Korb, klaubte einen weiteren Papierfetzen heraus, der im Weidengeflecht hängen geblieben war, und sein hageres Gesicht verzog sich zu einem zufriedenen Lächeln.

Ich wollte ihn auf seinen Fund ansprechen, aber Holmes erhob sich und eilte ins Wohnzimmer. Dort hatte der Apotheker es sich auf einem Sessel gemütlich gemacht und war in der langen Wartezeit eingenickt.

»Interessierte Ihr Freund sich für Kunst?«, fragte Holmes ohne Einleitung und lehnte sich an den Türrahmen.

Der Apotheker fuhr zusammen, blickte wie vom Donner gerührt hoch und rieb sich dann mit einem mühsam unterdrückten Gähnen die Augen. »Nein, er hatte nur Interesse an Lebewesen mit mindestens vier Beinen«, antwortete er dann mit einem freudlosen Lachen.

»Glauben Sie, dass Herbert Becher Feinde hatte?«

Der Apotheker schüttelte bedächtig den Kopf. Noch immer wirkte er geistesabwesend. »Das kann ich mir beim besten Willen nicht vorstellen. Er war allseits beliebt.«

»Und er teilte auch nicht Ihr Interesse an der Entwicklung eines lebensverlängernden Elixiers?«

Die mit ungerührter Miene gestellte Frage ließ Bertram Steinmetz zusammenzucken. »Woher wissen Sie, was ich ...« Er beendete seinen Satz nicht, sondern starrte mit leicht geöffnetem Mund perplex in den Raum.

»Um das herauszufinden, genügte ein flüchtiger Blick in die Hinterkammer Ihrer Apotheke: Gold, Quecksilber, Tollkirsche und dazu eine gefälschte Alraune aus Konstantinopel. Man wähnt sich im finstersten Mittelalter! Aber warum wundere ich mich, wo es doch selbst in London und Florenz esoterische Zirkel gibt«, erwiderte Holmes, der es genoss, seine außerordentlichen Fähigkeiten zu demonstrieren. »Aber was sagte Herbert Becher zu Ihren Experimenten?«

Der Apotheker brummelte bestürzt einige unverständliche Worte mit seiner tiefen Stimme und fuhr sich mit der Hand über die Stirn. »Nicht viel, aber ich bin sicher, er hat wie alle anderen hinter meinem Rücken darüber gelacht!«, stieß er dann unerwartet heftig hervor. »Aber irgendwann wird meine Mitwelt noch merken, dass meine Forschungen kein Hirngespenst sind!«

»Gibt es außer dem Schwager wirklich keinen Verwandten, der Anspruch auf das Haus erheben könnte?«, fragte ich erstaunt, denn ich hatte mich in Italien an kinderreiche Familien gewöhnt.

»Nein, die Eltern seiner Frau sind seit einigen Jahren tot. Außerdem sind sie nicht von hier.«

Holmes hob fragend eine Augenbraue hoch.

»Der Vater kam als Arzt nach Ulmen. Er stammt eigentlich aus Bitburg.«

Ich überlegte, warum der Arztsohn nicht der Familientradition folgend Medizin studiert, sondern den wenig lukrativen und schlecht angesehenen Beruf eines Handlungsreisenden für Düngemittel ergriffen hatte.

»Erstaunlich, dass einem Ortsfremden gleich zwei Häuser in Ulmen gehörten«, bemerkte Holmes – ein Gedanke, der auch mich beschäftigt hatte.

»Der Herr Doktor hat nur dieses Haus erworben. Das Nachbarhaus, in dem Heinrich Decker wohnt, gehörte früher den Eltern von dessen Frau.«

Langsam schwirrte mir wegen der komplizierten Familienverhältnisse der Kopf. Außerdem konnte ich mir nicht recht vorstellen, dass jemand wegen eines derart bescheidenen Wohnhauses einen Mord begangen haben könnte.

»Es würde mich interessieren, wie Herbert Bechers Ehefrau mit Vornamen heißt«, erkundigte sich Holmes, und ich glaubte einen Augenblick lang, mich verhört zu haben, so merkwürdig schien mir seine Frage.

»Sie meinen wohl, wie sie ›hieß‹?« Der Apotheker machte eine bedeutungsvolle Pause. »Ihr Name war Gisela. Warum interessiert Sie das?«

»Es ist nur ein kleines Mosaiksteinchen im großen Gesamtbild«, sagte Holmes nonchalant. Dann ging er zum altersschwachen Bücherregal, wo er die Rücken einiger alter Folianten betrachtete. Er war im Begriff, ein Buch herauszunehmen, besann sich aber dann doch anders und wandte sich um. »Falls Ihre Experimente Sie noch eine halbe Stunde entbehren können, wäre ich Ihnen sehr verbunden, wenn Sie mich zu Fritz Matuschkes Wirtin begleiten«, sagte er stattdessen. Zuerst konnte ich mit dem Namen nichts anfangen, erinnerte mich aber dann, dass der Kollege des Lehrers so hieß.

Bertram Steinmetz klappte eine monströse, goldene Taschenuhr auf. Er stutzte, als er sah, dass es schon halb zehn war. »Das wird sich einrichten lassen«, brummte er trotzdem mit großspuriger Miene. »Sie werden Herrn Matuschke allerdings kaum zu Hause antreffen. Erst morgen beginnen die Pfingstferien. Heute findet noch Unterricht statt.«

»Ich möchte nicht mit dem Lehrer, sondern mit seiner Wirtin sprechen«, wiederholte Holmes sein Anliegen.

»Ich weiß zwar nicht, was Sie sich davon versprechen, aber wenn Sie möchten ...«, murrte der Apotheker, hievte sich aus dem Sessel und begleitete uns auf die Gasse hinaus.

»Ich habe gehört, dass es in Ulmen Lehrerwohnungen in der Nähe des Schulhauses gibt«, bemerkte Holmes unterwegs. »Daher erstaunt mich, dass Fritz Matuschke ein Zimmer gemietet hat.«

»Er bleibt nur für ein Jahr in Ulmen und besitzt daher keine Möbel. Außerdem ist er Junggeselle und braucht jemanden, der ihm den Haushalt führt. Also war es preiswerter für ihn, ein möbliertes Zimmer zu mieten, als eine Haushälterin anzustellen.«

An der nächsten Häuserecke wurde Bertram Steinmetz von Fußgängern mit ehrerbietigem Lüften der Mützen begrüßt. Ihre neugierigen Blicke folgten uns, und auch durch die Fensterscheiben der umliegenden Häuser betrachteten uns zahlreiche Augenpaare.

Ich hatte stets in großen Städten gelebt, deren Anonymität und Freiheit ich als Selbstverständlichkeit hinnahm. In Ulmen wurde ich langsam aber sicher vom Verfolgungswahn ergriffen. »Hier ist es wohl kaum möglich, fremdzugehen, ohne dass es der ganze Ort mitbekommt?«, fragte ich übel gelaunt und dachte dabei an Frau Becher.

Der Apotheker grübelte mit auf die Schulter gelegtem Kopf, als ob ich ihm eine komplizierte Frage gestellt hätte.

»Das wäre schwierig. Bezeichnenderweise ist in Ulmen seit Menschengedenken kein Verbrechen begangen worden. Die beiden Verliebten müssten schon zu unterschiedlichen Uhrzeiten in verschiedene Richtungen aufbrechen und selbst das würde sich herumsprechen ...«

»Schade, dass es sich nicht herumgesprochen hat, wer Herbert Becher umgebracht hat«, unterbrach Holmes das umständliche Schwadronieren. Er warf mir einen belustigten Seitenblick zu. »Wer weiß, vielleicht werde ich mich eines Tages in einem beschaulichen kleinen Ort wie diesem zur Ruhe setzen, um mich der Imkerei zu widmen«, verkündete er dann gedankenverloren.

Mich überraschte diese neue Facette seiner vielschichtigen Persönlichkeit, denn bisher hatte ich ihn für einen eingefleischten Großstädter gehalten, der stets auf der Suche nach neuen Herausforderungen war.

6. Witwe Henkel

Das recht neue, zweigeschossige Schulgebäude befand sich im sogenannten »Burgfrieden«, einer Seitenstraße des langen Fahrwegs, an dessen Ende die traurigen Überreste einer mittelalterlichen Festung in den trüben Himmel aufragten. Wir gingen am Schulhaus vorbei, hinter das sich ein windschiefes, weiß verputztes Wohnhaus duckte. An der Fassade rankte wilder Wein empor, und im angrenzenden, winzigen Garten gediehen Blumen und Kräuter prächtig. Holmes pochte mit den Fingerknöcheln an die grobe, unlackierte Holztür.

»Warum möchten Sie eigentlich mit der Wirtin des Lehrers sprechen?«, wagte ich leise zu fragen, denn der Apotheker konnte mich gerade nicht hören. Er war zurückgeblieben, um ein paar Worte mit einer alten Dame zu wechseln, die vor dem Nachbarhaus auf einem Stuhl mit gedrechselten Beinen und brettartiger Lehne saß und einen Socken strickte.

»Ich möchte mich gern mit einer normalen Bürgerin Ulmens unterhalten, denn ich interessiere mich für die öffentliche Meinung im Ort. Wenn der Unterricht zu Ende ist, kümmere ich mich um ihren Mieter«, erwiderte Holmes und musterte die alte Haustür mit skeptischen Blicken.

Ungeduldig machte ich kehrt, um mir die Wartezeit mit der Betrachtung des schönen Gartens zu verkürzen. Eine geduckte Gestalt, die mir vorher nicht aufgefallen war, erhob sich zwischen den Beeten. Es war die Hausherrin, die Gemüse gepflanzt hatte, und ich öffnete schon den Mund, um sie zu begrüßen. Aber als sie sich aufgerichtet hatte, blieben mir die Worte im Halse stecken. Ich hatte eine ausgemergelte Greisin erwartet, keine ansehnliche Frau von Ende dreißig mit gerader

Nase, veilchenblauen Augen und kleinem Mund. Ihr blondes Haar hatte sie zu einem kunstvollen Knoten hochgesteckt, der nur teilweise von einer dünnen, schwarzen Haube mit Spitzenband verhüllt wurde. Trotz der morgendlichen Kühle trug sie keine Jacke, sondern war mit einer grauen Bluse, einem schwarzem Rock und einer blaugrauen Schürze bekleidet. Ihre Füße steckten in bequemem, lehmverschmiertem Schuhwerk. Auch ihre Hände und die Schürze waren schmutzig.

»Guten Morgen«, sagte sie und schritt auf uns zu.

Beim Klang ihrer warmen, angenehmen Stimme drehte Holmes sich um. Als er die Witwe sah, stutzte auch er einen Augenblick lang.

»Ich nehme an, ich habe das Vergnügen mit Witwe Henkel?«, fragte er dann den Apotheker, der sich wieder zu uns gesellt hatte.

»Ja, das ist sie!«, bestätigte er. »Soll ich Sie mit ihr bekannt machen?«

»Das wäre sehr freundlich von Ihnen!«, sagte Holmes und überreichte Bertram Steinmetz seine Karte. »Fragen Sie bitte nach, ob sie etwas Zeit hat, sich mit uns zu unterhalten.«

Als der Witwe unsere Namen genannt wurden, zeigte der gleichmütige Ausdruck ihrer blauen Augen, dass uns der Dorfklatsch längst vorausgeeilt war. Mit verlegener Miene rieb sie die Handflächen aneinander, um sie grob zu säubern. Sie schüttelte sich die Erde von der Schürze, bevor sie die Visitenkarte entgegennahm und einen flüchtigen Blick darauf warf. Dann sagte sie einige Worte, die sie mit einer einladenden Bewegung illustrierte.

»Sie bittet uns herein«, übersetzte Bertram Steinmetz überflüssigerweise, da die Witwe uns bereits die Haustür aufhielt.

Wir betraten einen engen Flur mit altmodischer Streublumenmuster-Tapete. Offenbar war die Wohnung gerade gereinigt worden. Der beißende Geruch von Kernseife und Soda mischte sich mit dem Blütenduft, der aus dem Garten kam.

Die Hausherrin geleitete uns in eine einfach, aber zweckmäßig eingerichtete Küche, die ihr zugleich als Wohn- und Arbeitsraum diente. Von der Decke hingen getrocknete Heil- und Küchenkräuter herab, auf dem Fensterbrett standen zwei Mörser unterschiedlicher Größe, und auf einem groben Holzregal lagerten Marmeladengläser. Den größten Teil der Küche nahm jedoch ein klobiger Holztisch ein, auf dem ein Körbchen mit vertrockneten Kuchenresten stand. Die rustikale Kücheneinrichtung sah aus, als würde sie jeden Tag poliert. Nicht ein schmutziger Teller stand herum, kein Krümel lag auf der Anrichte und auf dem emaillierten Spülbecken war kein Kalkfleck zu sehen.

Nachdem wir auf einer mit bestickten Kissen gepolsterten Eckbank Platz genommen hatten, holte die Witwe von der Anrichte neben dem Herd ein einfaches, braunes Keramik-Geschirr, das man bei uns allenfalls den Dienstboten vorgesetzt hätte. Sie brauchte erstaunlich lang, bis sie alles akkurat vor uns auf dem Tisch platziert hatte. Dann hob sie einen billigen Blechkessel vom Herd, der vor sich hingeköchelt hatte, und brühte einen Kaffee auf. Nachdem sie immer noch schweigend den Wasserkessel zurückgestellt hatte, schenkte sie uns lächelnd ein, strich ihre Schürze glatt und setzte sich uns gegenüber auf einen wuchtigen Stuhl.

»Würden Sie bitte so freundlich sein, die Dame zu fragen, ob Herbert Becher kurz vor seinem Tod seinen Kollegen Fritz Matuschke besucht hat«, trug Holmes dem Apotheker auf, nachdem er Zucker in seinen Kaffee gerührt hatte.

»Sie verbietet ihren Mietern Gäste zu empfangen. Natürlich umgehen sie das Verbot während ihrer Abwesenheit, aber ...«

»Bitte übersetzen Sie trotzdem meine Frage!«, unterbrach Holmes den Dorftratsch.

Herbert Steinmetz brummelte etwas Unverständliches in seinen gepflegten Bart, bevor er Holmes' Wunsch nachkam.

Die Hausherrin antwortete in erstauntem Tonfall und beugte sich dann vor, um eine getigerte Katze zu streicheln, die ihr um die Füße strich. Das Tier schnurre behaglich, zog sich aber schnell wieder unter den schützenden Tisch zurück und rollte sich schließlich auf der Fensterbank zu einer Kugel zusammen.

»Mein Mieter empfängt nur sehr selten Besucher. Er führt ein sehr zurückgezogenes Leben«, dolmetschte der Apotheker mit gleichmütiger Miene. »Das trifft übrigens auch für Witwe Henkel selbst zu. Zumindest, wenn man davon absieht, dass sie den ganzen Tag aus dem Fenster schaut und auf einen Verkehrsunfall wartet«, fügte er gehässig hinzu.

»Sie wartet auf einen Verkehrsunfall? Da kann sie lange warten!«, platzte es aus mir heraus, denn in Ulmen waren nur wenige Fuhrwerke unterwegs.

»Ich nehme an, Herr Becher hat Ihnen Ihren derzeitigen Mieter vermittelt?«, erkundigte sich Holmes, ohne auf meinen boshaften Kommentar einzugehen.

»Ja, so war es«, übersetzte man uns die Antwort. »Der Lehrer ist für ein Jahr in die Eifel versetzt worden und benötigte daher ein möbliertes Zimmer. Herbert Becher wusste, dass ich nach dem Tod meines Mannes allein in einem Haus wohne, das viel zu groß für mich ist. Obendrein befindet es sich in unmittelbarer Nachbarschaft der Schule.«

Die Bemerkung, dass die Witwe das Geld gut gebrauchen konnte, hing unausgesprochen in der Küche.

»Wie gut kannten Sie Herbert Becher?«

Ich sah, dass sich ein Zweifel in den Augen der Hausherrin regte, als man ihr die Frage übermittelte. Seit sich die Katze zurückgezogen hatte, saß Witwe Henkel fast reglos auf dem Stuhl. Jetzt verlagerte sie ihr Gewicht und wickelte sich dann eine Haarsträhne, die sich aus ihrer Frisur gelöst hatte, um den Finger, bevor sie unerwartet heftig antwortete.

»Soll das ein Verhör sein? Als Nächstes fragen Sie mich wahrscheinlich, wo ich mich zum Zeitpunkt seines Todes aufgehalten habe? Da muss ich aber leider passen. Ich habe dem Tag damals keine besondere Bedeutung beigemessen und mir daher auch kein Alibi verschafft«, übersetzte Bertram Steinmetz mit unverhohlener Schadenfreude.

»Natürlich sind Sie nicht verpflichtet, uns bei unseren Ermittlungen zu helfen!«, versicherte Holmes in dem vertrauenerweckenden Tonfall, den er mühelos anschlagen konnte, wenn es seiner Arbeit diente. »Aber Sie möchten doch bestimmt nicht, dass ein Verbrecher frei in Ulmen herumläuft? Vielleicht können Sie irgendein Detail aus dem Leben des verstorbenen Lehrers beisteuern, das mir bei der Aufklärung der Umstände seines Todes weiterhilft?«

»Ich glaube nicht, dass er Geheimnisse hatte. Hier kennt jeder jeden. Sie wissen ja, wie das ist«, ließ Witwe Henkel ausrichten.

Ich wusste es nicht und wollte es auch nicht wissen.

»So haben Herbert Becher und ich zusammen im Kirchenchor gesungen. Ansonsten habe ich selten mit ihm zu tun gehabt.« Sie lehnte sich auf ihrem Stuhl zurück und schaute bekümmert auf den Tisch. »Mein ganzes Leben wohne ich schon in diesem Ort! Aber hier ist noch nie jemand eines gewaltsamen Todes gestorben. Bestimmt sind die Arbeiter und Ingenieure der Eisenbahngesellschaft daran schuld. Wie mag das noch enden, wenn nächstes Jahr die Züge alle möglichen Menschen hierher bringen! Wir leben in schrecklichen Zeiten!«

»Hat Herbert Becher Ihnen gegenüber erwähnt, dass er sich bedroht fühlte?«, fragte Holmes und nippte an seinem Kaffee.

Ich tat es ihm gleich und hätte fast das Gesicht verzogen, da es sich um bitteren Zichorien-Kaffee handelte, den man hier offenbar anstelle des teuren Bohnenkaffees aufbrühte.

»Sie meinen von Vulkanausbrüchen und Sauriern?«

»Von Kollegen, Verwandten oder Nachbarn.«

Die Witwe schüttelte den Kopf, drehte sich dann um und warf ihrem Haustier ein Stück Kuchen vor das Fenster. Die getigerte Katze kam aus ihrem Versteck herausgekrochen, schnappte sich den Bissen, erschrak aber dann über irgendetwas.

Plötzlich wurde die Küchentür vehement aufgerissen und ein kurzatmiger, untersetzter Mann stürmte herein, dessen Alter nicht nur aufgrund seiner schlechten Kondition wohl eher über als unter dreißig gelegen haben dürfte. Seine grauen Augen funkelten angriffslustig hinter einem Kneifer und er schnaubte förmlich vor Zorn. »Wieso spionieren Sie mir nach?«, fuhr er uns ohne weitere Umschweife auf Englisch an.

Der wütende Eindringling war also Witwe Henkels Mieter. Hatte der Lehrer seine Schüler mitten im Unterricht im Stich gelassen? Im selben Augenblick hörte ich die aufgeregten Stimmen von Kindern, die in den benachbarten Schulhof geströmt waren, und ich begriff, dass die große Pause gerade begonnen hatte.

»Ich spioniere Ihnen nicht nach! Sondern ich bin privater Ermittler und untersuche im Auftrag eines gemeinsamen Freundes den Tod Ihres Kollegen«, stellte Holmes richtig.

»Ich weiß, dass Sie einen Mörder suchen!« Fritz Matuschke blickte drohend in die Runde, als wollte er uns am liebsten nacheinander zum Duell fordern. »Aber wieso verdächtigen Sie ausgerechnet mich, Herbert Becher umgebracht zu haben?«

Die Witwe streckte beschwichtigend die Hand nach ihrem Mieter aus, aber dieser wich vor ihr zurück wie vor einem glühenden Eisen.

»Bisher verdächtige ich niemanden, auch Sie nicht«, beteuerte Holmes mit ruhiger Stimme. »Aber da ich nun einmal Ihre Bekanntschaft gemacht habe, möchte ich Ihnen gern eine Frage stellen.« Der Lehrer setzte zum Protest an, aber Holmes ließ ihn nicht zu Worte kommen. »Kamen Sie gut mit Ihrem verstorbenen Kollegen aus?«

Auf der Stirn unseres Gesprächspartners traten vor Zorn die Adern hervor. »Das hat mich schon der Gendarm gefragt«, stieß er hervor. Sein Tonfall ließ erkennen, dass er die Sache damit für erledigt hielt, aber er hatte seine Rechnung ohne Holmes gemacht.

»Und was haben Sie ihm geantwortet?«, fragte er zurück.

»Dass ich ihn kaum kannte! Schließlich lebe ich erst seit wenigen Wochen in Ulmen.«

»Aber immerhin haben Sie ihm ein Buch geliehen!«, bemerkte Holmes und trank seelenruhig einen Schluck Kaffee.

»Das sind die Segnungen des Landlebens! Alles spricht sich gleich herum!« Der Lehrer rückte seinen Kneifer gerade und richtete seine kalten, grauen Augen auf Holmes. »Es handelte sich übrigens um ein Wörterbuch, das Herbert Becher benötigte, um Aufsätze über Fischsaurier und schlummernde Vulkane in englischen Fachzeitschriften zu lesen.« Der ironische Tonfall des jungen Manns ließ keinen Zweifel daran, was er von den Theorien seines Kollegen hielt.

»Erdgeschichtlich gesehen sind zehntausend Jahre nur ein Wimpernschlag. Daher ist die Vorstellung, der Ulmener Vulkan könnte wieder ausbrechen, gar nicht so absurd, wie sie klingt«, wies ihn Holmes mit einem desinteressierten Achselzucken zurecht.

Fritz Matuschke schnaubte verärgert und strich sich dann mit einer jähen Handbewegung durch das Haar. Mit seinem blasierten Gesichtsausdruck gebärdete er sich, als wäre er der Hausherr.

»Sie sprechen so abfällig über das Landleben. Darf ich vielleicht erfahren, aus welcher Großstadt Sie kommen?«, schaltete ich mich ein, da mir der Lehrer, ehrlich gesagt, aus der Seele gesprochen hatte.

»Aus Berlin!«

Das klang wie eine Kriegserklärung.

»Tatsächlich? Dann ...«, setzte Holmes an, aber es war ihm nicht vergönnt, seinen Satz zu beenden.

Der Lehrer schaute auf die Standuhr in der Diele und stieß einen wüst klingenden Fluch aus, der seine Wirtin zusammenzucken ließ. »Leider muss ich zu meiner Schulklasse zurück!«, erklärte er und warf uns einen mörderischen Blick zu. »Ich hoffe, Sie bei meiner Rückkehr nicht mehr hier anzutreffen.«

»Ihre Wirtin kann in ihrem eigenen Haus empfangen wen sie will«, rief Holmes ihm noch nach, aber Fritz Matuschke hatte bereits die Küchentür aufgestoßen und hastete noch eiliger davon als er hereingestürmt war.

»Ein charmanter Zeitgenosse«, bemerkte ich kopfschüttelnd.

»Er weiß, dass wir nichts gegen ihn in der Hand haben«, sagte Holmes, erhob sich von der Sitzbank und wandte sich an den Apotheker. »Wenn Sie so freundlich wären, Witwe Henkel unseren Dank für die freundliche Bewirtung auszurichten? Wir wollen ihre Zeit nicht länger in Anspruch nehmen.«

Bertram Steinmetz war sofort auf seinen Füßen und erledigte missgelaunt Holmes' Auftrag. »Ich wünsche Ihnen weiterhin einen schönen Tag«, brummelte er in unsere Richtung, und schon war er verschwunden.

»Wir werden nachher noch einmal in Ihrer Apotheke vorbeischauen!«, rief Holmes ihm nach, aber ich bezweifelte, dass Bertram Steinmetz seine Worte noch hörte.

Die Hausherrin machte keine Anstalten, uns zum Bleiben aufzufordern, sondern begleitete uns freundlich lächelnd, aber wortlos zur Haustür. Kaum hatten wir uns verabschiedet, hatte die Witwe schon die Tür zugeschlagen.

»Was hat der Apotheker eigentlich gegen Witwe Henkel?«, fragte ich draußen auf der Gasse.

Die Sonne schien noch immer hell und klar, unvorstellbar, dass am Vortag der ganze Ort vom Nebel verhüllt war.

»Er betrachtet sie als lästige Konkurrenz, da sie seinen potentiellen Kunden Heilkräuter und Teemischungen verkauft.« Holmes bog um die Ecke, schlug aber an der nächsten Kreuzung nicht die steile Gasse in Richtung Gasthof ein, sondern wählte den bergab führenden Weg.

»Was haben Sie vor?«, erkundigte ich mich.

»Solange die Apotheke geschlossen ist, gibt es leider nichts für uns zu tun.« Die unfreiwillige Untätigkeit setzte Holmes derart zu, dass er automatisch seine Schritte beschleunigte.

Wenigstens bot mir der Fußmarsch reichlich Gelegenheit, die Ergebnisse des Vormittags zu reflektieren. »Eins steht jedenfalls fest: Die Witwe ist keine *normale* Bürgerin von Ulmen, zumal sie nicht an die Existenz des Seeungeheuers glaubt«, bemerkte ich nach einer Weile nachdenklich.

»Dem möchte ich nicht widersprechen«, stimmte mir Holmes zu. »Umso aufschlussreicher war die Unterhaltung mit ihr und ihrem Mieter.«

»Eins muss man diesem schrecklichen Lehrer aus Berlin lassen. Er spricht recht gut englisch«, gab ich widerwillig zu.

»Er hat zwei Semester in Oxford studiert«, erklärte Holmes und machte ein Gesicht wie der Hauslehrer eines hoffnungslosen Schülers.

»Sicherlich hat man ihn nach Ulmen strafversetzt, weil er gegen die Gesetze verstoßen hat«, vermutete ich.

»Dann würde er nicht nur ein einziges Jahr in der Eifel bleiben«, widersprach Holmes vehement. »Ist Ihnen eigentlich bekannt, dass ein deutscher Beamter jederzeit an jeden beliebigen Ort des Reiches versetzt werden kann, auch wenn er sich nichts zuschulden hat kommen lassen?«

Mit einem knappen Kopfnicken bejahte ich die Frage, obwohl mir das neu war. Man musste die Beamten hier schon sehr gut bezahlen, dass sie sich einem derartigen Risiko aussetzten. Trotzdem war ich noch immer der Ansicht, dass man niemanden ohne eigenes Verschulden aus der Stadt in ein abgelegenes Dorf abkommandierte. Sollte Fritz Matuschke tatsächlich freiwillig in die Eifel gekommen sein, verfolgte er damit sicherlich eine finstere Absicht.

»Ob der preußische Lehrer und der Frankfurter Ingenieur ein und dieselbe Person sind?«, mutmaßte ich. Je mehr ich über diese Möglichkeit nachdachte, desto einleuchtender erschien sie mir. »Er kann in der Zwischenzeit ohne weiteres Wohnsitz und Beruf gewechselt haben. Vielleicht hat er die Stelle in Ulmen nur angenommen, um den Ehemann seiner Geliebten zu ermorden.«

»Warum sollte er das tun?«

»Wegen der Familienehre! Außerdem wollte er Frau Becher heiraten.«

»Wir sind nicht in Sizilien. Hier wird nicht wegen der Familienehre gemordet, sondern man lässt sich scheiden.«

»Vielleicht hat Herbert Becher nicht in die Scheidung eingewilligt.«

Meine Bemerkung wurde mit einem Kopfschütteln quittiert. »Das sind doch nur Spekulationen! Um in dieser Frage Gewissheit zu erlangen, werden wir wohl nach Frankfurt fahren müssen, um Herbert Bechers Frau zu suchen.«

»Wäre es nicht einfacher und preiswerter, diesen Heinrich Decker nach seiner Schwester zu fragen?«, erkundigte ich mich erstaunt. Man sollte schließlich nicht mutwillig das Geld seines Klienten verschwenden.

»Erstens ist der Schwager des Lehrers auf Dienstreise, und zweitens hat ihn Frau Becher wahrscheinlich angewiesen, uns zu belügen.«

Ganz plötzlich fiel mir das Beweisstück aus dem Abfallkorb ein, das ich vor lauter Aufregung ganz vergessen hatte. »Was war das eigentlich für ein Zettel, den Sie im Papierkorb gefunden haben?«

»Die Fetzen eines billigen Briefumschlags, auf dem die Adresse eines Kunsthändlers namens Johann Theiß aus Trier stand«, erklärte Holmes gut gelaunt. »Wir sollten diesem Händler schleunigst einen Besuch abstatten.«

Plötzlich kam mir ein beunruhigender Gedanke. »Meinen Sie wirklich, dass unser Klient für die Spesen der Bahnkarte aufkommt?«, gab ich zu bedenken. Zwar waren wir beide nicht auf die Erstattung der Reisespesen angewiesen, aber für einen privaten Ermittler war es eine Frage des Berufsethos', sich für seine Arbeit angemessen bezahlen zu lassen.

»Doktor Peeters hat uns Carte blanche gegeben. Außerdem ist es nicht nötig, in Trier zu übernachten. Ein Tagesausflug sollte völlig ausreichen, um den Galeristen aufzusuchen und bei den Schwiegereltern des Apothekers vorzusprechen. Ich würde mich nämlich gern mit der Gattin von Bertram Steinmetz unterhalten.«

»Falls wir uns verständlich machen können«, konnte ich mich nicht beherrschen zu sagen.

Holmes stieß einen melodramatischen Seufzer aus. »Sie haben recht! Nach unserer Rückkehr nach Ulmen sollten wir uns tatsächlich einen Dolmetscher suchen. Man glaubt als Bürger des British Empire, alle Welt spräche Englisch. Aber das ist leider nicht der Fall.«

Nachdem wir durch das Ortszentrum geeilt und am Maar wieder umgekehrt waren nahmen wir einen kleinen Imbiss zu uns. Als wir uns gestärkt hatten, galt unser erster Gang der Apotheke von Bertram Steinmetz, die inzwischen endlich geöffnet war.

»Sie schon wieder«, rief er bei unserem Anblick aus, ohne sich mit Höflichkeitsfloskeln aufzuhalten.

»Ich hatte Ihnen doch versprochen, Sie noch einmal aufzusuchen«, erklärte Holmes mit tadelnder Miene. »Ich würde nämlich gern mit Ihnen über Ihre Schwiegereltern sprechen.«

»Wenn es denn sein muss!«

Als Holmes ihn über unsere bevorstehende Fahrt nach Trier in Kenntnis setzte, reagierte der Apotheker anders als vermutet. Ich hatte erwartet, er würde versuchen, uns von unserem Vorhaben abzubringen oder sich sogar weigern, deren Adresse herauszurücken. Aber er äußerte keine Einwände. Was für ein undurchsichtiger Zeitgenosse, der in einer Minute grantig und in der nächsten Minute erstaunlich hilfsbereit war!

»Es ist vielleicht keine schlechte Idee, sich mit meiner Gattin zu unterhalten.« Bertram Steinmetz stockte, bevor er fortfuhr: »Dann können Sie ihre Beschreibung des Seeungeheuers aus erster Hand vernehmen.«

»Hoffentlich verstehen wir sie«, gab ich erneut zu bedenken. »Spricht Ihre Gattin zufällig englisch?«

Die schwarzen Augenbrauen unseres Gesprächspartners zogen sich zusammen. »Das nicht, aber sie spricht sehr gut französisch. Die Familie meiner Gemahlin hat nämlich französische Wurzeln«, bemerkte er in dem Tonfall, in dem man »sie sind Hottentotten« gesagt hätte.

»Meine Großmutter stammte ebenfalls aus Frankreich«, informierte ihn Holmes mit vermeintlicher Beiläufigkeit.

»Man hat Henriette sogar in ein vornehmes Internat am Genfer See geschickt, damit sie ihre Fremdsprachenkenntnisse vervollkommnet. Kein Wunder, dass sie alle so hochnäsig sind«, polterte der Apotheker los. Wahrscheinlich war Holmes' Bemerkung überhaupt nicht bei ihm angekommen. »Bedauerlicherweise ist mein Verhältnis zu meinen Schwiegereltern etwas heikel. Die Herrschaften schauen nämlich auf mich herab. Ein Apotheker vom Land war ihnen nicht gut genug für ihre einzige Tochter.«

»Derartige Fälle sind leider nicht selten«, entgegnete Holmes mitfühlend. »Wenn Sie vielleicht dennoch die Freundlichkeit besäßen, mir die Adresse Ihrer Schwiegereltern mitzuteilen?«

»Kommerzienrat Theodor Marcs, wohnhaft in der Obergasse 5 ...«

»Ist er mit Karl Marx verwandt?«, unterbrach Holmes belustigt. »Wenn ich mich recht entsinne, stammte er aus Trier.«

Bertram Steinmetz verzog enerviert das Gesicht.

»Mein Schwiegervater heißt Marcs mit C und S, nicht Marx mit X!«

Das wäre auch ein seltsamer Name für einen Kommerzialrat gewesen.

Bertram Steinmetz schrieb uns den Nachnamen seiner Schwiegereltern mit Druckbuchstaben auf einen Rezeptblock und reichte Holmes den Zettel. Im gleichen Augenblick betrat eine resolut aussehende Kundin den Verkaufsraum. Bevor sie ihn in ein Gespräch verwickeln konnte, verabschiedeten wir uns und kehrten auf kürzestem Weg in unser Gasthaus zurück.

Als wir die Rezeption passierten, hing wie am Vortag Johannes Grünewald im Eingangsbereich herum, und ich fragte mich, ob er uns aufgelauert hatte. Ungebeten kam er auf uns zu.

»Guten Abend, meine Herren! Waren Sie erfolgreich beim Angeln?«, erkundigte er sich in so gutem Englisch, dass ich vermutete, dass er sich den Satz aus dem Wörterbuch zusammengeklaubt hatte. Als er direkt vor mir stand, bemerkte ich angewidert, dass er nach kaltem Zigarettenrauch roch.

»Wir mussten uns mit kleinen Fischen begnügen«, brummte Holmes ungesellig zurück und streckte die Hand nach dem Zimmerschlüssel aus, den ihm der Wirt entgegenhielt.

»Ich finde es seltsam, dass ich Sie noch nie am See getroffen habe!«, bohrte der Fotograf nach. »Den ganzen Tag gehe ich dort auf und ab, aber Sie habe ich noch nie gesehen.«

Er sprach ohne zu stocken und ich vermutete, dass er sich auch diesen Satz vorher zurechtgelegt haben musste.

»Kein Angler verrät die Stelle, an der die Fische beißen«, sagte Holmes im Vorübergehen.

»Aber sie haben doch gar nicht gebissen!«, entgegnete Johannes Grünewald mit einem mokanten Grinsen. Dann verlagerte er sein Gewicht von einem Bein auf das andere. »Oder warten Sie darauf, dass der legendäre Riesenfisch Ihren Köder schnappt?«

Holmes ließ sich nicht provozieren, aber mich ärgerte die unverschämte Frage. »Und wie ist es Ihnen in der Zwischenzeit ergangen? Haben Sie endlich das Seeungeheuer abgelichtet?«, fragte ich daher verärgert zurück.

»Nein! Aber das ist nur noch eine Frage der Zeit!« Der Fotograf senkte bedeutungsvoll seine Stimme. Neugierig machte ich auf dem Absatz kehrt und schaute ihn erwartungsvoll an. »Ich weiß nämlich, wo es sich versteckt hält«, behauptete er und zwinkerte mir verschwörerisch zu.

Offenbar war sein Englisch nur leicht eingerostet gewesen, denn mittlerweile konnte er sich passabel ausdrücken.

»Wollen Sie uns nicht lieber in Ihren Plan einweihen?« Holmes, der zurückgekehrt war, wirkte beunruhigt. »Vielleicht können wir Ihnen beim Aufspüren des Ungeheuers im Ulmener Maar behilflich sein. Wir sind nicht von der Presse und haben kein Interesse daran, Ihren Ruhm zu schmälern.«

»Das könnte Ihnen so passen!« Der Fotograf genoss seinen Auftritt. Seine vor Erwartung leuchtenden Augen wanderten zwischen uns hin und her. »Sie wollen doch in Wahrheit nur die Belohnung selbst einstreichen!«

Ich schüttelte perplex den Kopf, aber Holmes betrachtete Johannes Grünewald mit ernster Miene. »Sie sollten sich nicht zu leichtsinnigen Unternehmungen hinreißen lassen! Denken Sie immer daran, dass sich bereits ein mysteriöser Todesfall am Maar ereignet hat«, gab er zu bedenken.

»Sie glauben doch nicht allen Ernstes, das Seeungeheuer habe Herbert Becher umgebracht?« Johannes Grünewald strich sich eine braune Strähne aus der Stirn und maß mich mit belustigten Blicken.

»Selbstverständlich nicht«, betonte ich empört. Warum hatte Holmes nur diesem lästigen Menschen erzählt, ich habe das Ungeheuer gesichtet? »Der Nebel hat neulich meinen Sinnen einen Streich gespielt, aber ich habe keinen Augenblick lang ernsthaft geglaubt, einen Fischsaurier zu sehen.«

»Das behaupten sie im Nachhinein alle«, bemerkte unser Gesprächspartner mit einem spöttischen Lächeln.

»Ich wünsche Ihnen einen schönen Abend«, verkündete ich frostig, bevor ich die Treppe zu meinem Zimmer hochstieg.

Noch immer ärgerte ich mich über den anmaßenden Fotografen, weshalb es mich irritierte, dass Holmes im Eingangsbereich blieb, um mit ihm eine Zigarette zu rauchen. War er denn gar nicht an dem Hochzeitsfoto interessiert, das ich gefunden hatte?

7. Trier

Am nächsten Morgen verließen wir Ulmen kurz nach dem Morgengrauen, um in Mayen den ersten Zug in Richtung Trier zu nehmen. Wir hatten Plätze in einem Erste-Klasse-Abteil reserviert, und ich machte es mir auf dem breiten Sitz bequem. Vom Schwanken des gemächlich dahintrödelnden Zugs wurde ich zunehmend schläfrig und konnte bald kaum noch die Augen offen halten. Immer häufiger wurde ich vom Schlummer übermannt. Holmes hingegen studierte unermüdlich meinen Reiseführer und rauchte dabei eine Pfeife nach der anderen.

Am späten Vormittag hielt unser Zug vor einem bescheidenen, einstöckigen Bahnhofsgebäude. *Trier links der Mosel* las ich auf einem Schilde am Bahnsteig.

»Links der Mosel! Was mag das wohl heißen?«, überlegte ich. »Die Mosel kenne ich von Weinetiketten. Aber die anderen beiden Worte können doch unmöglich ›Hauptbahnhof‹ bedeuten?«

»Was auch immer ›links der Mosel‹ heißen mag, hier ist offenbar die Endhaltestelle unseres Zugs«, stellte Holmes fest und sprang von seinem Sitzplatz hoch.

Erst jetzt bemerkte ich, dass sich die Eisenbahnwaggons rapide geleert hatten. Wir schlossen uns etwas verspätet dem allgemeinen Aufbruch an.

Nachdem wir auf den Bahnsteig hinuntergestiegen waren und uns zu orientieren suchten, hatten die meisten anderen Fahrgäste die Plattform schon verlassen. Wir durchquerten den Bahnhof, der eigentlich nur aus einem Empfangsgebäude bestand, und sahen vor uns eine uralte Steinbrücke, die über die Mosel zum Stadtzentrum von Trier führte. Anscheinend waren wir auf dem falschen Flussufer angekommen.

Eine ganze Schwadron von Mietkutschen bewegte sich auf die alte Brücke zu und ich begriff, warum unsere Mitreisenden derart in Eile gewesen waren.

Hastig begaben wir uns zum Sammelplatz der Droschken, wo nur noch ein einziges Gespann wartete.

»Zur Galerie Theiß, Paulinstraße Nummer 15 bitte«, rief Holmes dem Fahrer zu und kam damit einem stämmigen älteren Herrn mit altmodischem Backenbart um Haaresbreite zuvor, dem ein Gepäckträger zwei Koffer hinterherschleppte.

Der kleine, drahtige Kutscher riss den Schlag auf, und während wir in die Fahrgastkabine einstiegen, hörte ich draußen den fremden Herrn lauthals schimpfen. In seiner akkuraten, schwarzen Garderobe wirkte er wie ein hoher Beamter, der eine derartige Behandlung nicht gewohnt war.

»Was sagt er?«, erkundigte ich mich, obwohl der zornige Tonfall des Fremden sehr beredt war.

»Wenn ich ihn richtig verstanden habe, will er sich bei übergeordneter Stelle über uns beschweren«, übersetzte Holmes gelangweilt.

Ich zweifelte nicht an den Worten des wütenden, älteren Herrn, konnte mir aber nicht vorstellen, dass es gegen irgendein Gesetz des Landes verstieß, jemandem eine Droschke vor der Nase wegzuschnappen.

Der Kutscher schnalzte mit der Zunge, die Fahrt begann, und noch immer fluchte unser Rivale mit drohend erhobener Faust hinter uns her. Überhaupt habe ich während meines Aufenthalts im Deutschen Reich den Eindruck gewonnen, dass die Deutschen unübertroffen sind, wenn es ums Fluchen geht.

Unsere Droschke reihte sich in die Wagenkolonne auf der Hauptstraße ein. Als wir die Brücke überquerten, betrachtete ich die vor uns liegende Stadt. Zur Linken ragte die mächtige Turmgruppe des Doms über den grauen Dächern der

Häuser empor, daneben erhob sich ein uralter Ziegelbau – wie ich vermutete, die »Basilika« genannte römische Palastaula. Rechts schloss ein weiterer mittelalterlicher Kirchturm mit spitzem Helm das Stadtpanorama ab.

Auf dem rechten Flussufer herrschte wilde Betriebsamkeit, zumindest empfand ich es so. Nach einigen Tagen des beschaulichen Landlebens erschien mir Trier als laut und hektisch: Zeitungsjungen riefen ihre Blätter aus, die Pferdebahn donnerte vorbei, Droschken polterten um die Kurven, Fuhrknechte ließen Peitschen knallen und beschimpften ihre Pferde. Ich konsultierte meinen Reiseführer und las mit Erstaunen, dass die Stadt nur 43.000 Einwohner zählte. Ich hatte sie für weit größer gehalten.

Bald zeichnete sich vor uns die Silhouette eines trutzigen Tores ab, das aus schwarzgrauen Quadern gemauert war.

»Dieses römische Stadttor ist das Wahrzeichen von Trier«, meinte Holmes und deutete aus dem Fenster. »In Arles waren Sie doch ganz versessen darauf, die antiken Monumente zu besichtigen«, fügte er verwundert hinzu, als ich nicht sogleich reagierte.

Ich war nicht desinteressiert, sondern nur abgelenkt. Meine Gedanken kreisten noch immer um den Hitzkopf am Droschkenstand. Aus meiner Grübelei aufgeschreckt betrachtete ich das römische Tor. Aber ich fand es eher trist. Auch störte es meinen Sinn für Harmonie, dass die beiden flankierenden Rundtürme unterschiedlich hoch waren. Sicherlich hatte man früher aus ihren Fenstern Pech, Teer und siedendes Öl auf die angreifenden Barbaren gegossen. »Was für ein abweisender, schwarzer Bau!«, entfuhr es mir.

»Deshalb nennt man ihn auch Porta Nigra[3]«, kommentierte Holmes meine Bemerkung lakonisch.

[3] Porta Nigra heißt »Schwarzes Tor«.

Als wir um das römische Stadttor gefahren waren, sah ich, dass die Feldseite viel aufwändiger gestaltet und verziert war als die Stadtseite. Selbst auf die gerundeten Vorderfronten der Türme hatte man hier verzichtet. Die Menschen hatten sich in den letzten zweitausend Jahren offenbar nicht wesentlich verändert.

Mit einem heftigen Ruck hielt unsere Droschke vor einem Hotel, das den Namen des benachbarten Stadttores trug. Es war ein dreigeschossiger Prachtbau im französischen Stil mit Mansardendach, neubarocker Kuppel und schmiedeeisernen Balkonen. Ich fragte mich, ob der Kutscher Holmes falsch verstanden hatte. Schließlich sollte er uns zur Galerie Theiß fahren und nicht im teuersten Hotel der Stadt abliefern.

»Ob er in diesem Luxushotel Provision bekommt, wenn er ungefragt Gäste abliefert?«, vermutete ich missmutig, als der Kutscher den Schlag aufriss.

Holmes fragte den Kutscher nach der Paulinstraße, dieser zeigte auf die andere Straßenseite und ich erkannte, dass sich das Hotel Porta Nigra am Ende der Paulinstraße befand.

»Als er den Straßennamen hörte, glaubte er wohl, das Hotel wäre unser Ziel. Aber vielleicht ist es besser, sich der Galerie zu Fuß zu nähern« meinte Holmes, bevor er aus der Kutsche stieg.

Während wir die Straße auf der Suche nach der richtigen Hausnummer abschritten, passierten wir einige Lebensmittelläden. Obst, Gemüse, Kartoffeln und andere Lebensmittel waren sorgfältig auf Holzbänken aufgeschichtet und wurden von Kundinnen mit großen Körben begutachtet. In einem Hauseingang hatte sich ein Leierkastenmann aufgebaut. Beim wummernden Gedröhn seines Instruments musste ich an die Moritatensänger denken, die den Ruhm des Seeungeheuers in der Eifel verbreitet hatten. Automatisch blieb ich stehen, der alte Mann an der Drehleier verlangsamte sein

Spiel und schaute mich hoffnungsvoll an. Das silbergraue Haar fiel ihm auf den speckigen Kragen, aber trotz seiner abgetragenen Kleidung war der Leierkastenmann eine stattliche Erscheinung. Ich fingerte zwei Groschen aus meiner Börse und warf sie in das Körbchen auf dem Orgelkasten. Holmes stand neben mir und betrachtete mit glänzenden Augen den alten Mann, der mit neuem Elan die Kurbel seines Instruments zu drehen begonnen hatte. Die Klänge, die er ihm entlockte, erinnerten mich an eine verstimmte Orgel, die einen Geschwindigkeitsrekord aufstellen möchte. Warum ging Holmes nicht weiter?

»Gefallen Ihnen diese Misstöne?«, erkundigte ich mich. Ich brachte es nicht über mich, das Wort »Musik« in den Mund zu nehmen.

»Sie beleidigen mein Ohr!« Holmes blickte mich indigniert an. »Aber ich habe gerade mit dem Gedanken gespielt, mir eine Drehorgel zu beschaffen. Ich würde viel darum geben, wenn ich mich in Ulmen umschauen könnte, ohne dass mich die gesamte Einwohnerschaft dabei beäugt. Diese Leierkastenmänner sind oft Invaliden, was mir ermöglichen würde, einen Stummen zu spielen.«

»Aber nicht einen Tauben«, wandte ich ein. »Sie müssten den ganzen Tag diese Katzenmusik ertragen.«

»Das Argument ist nicht von der Hand zu weisen«, gab Holmes belustigt zu.

Er kramte ebenfalls etwas Kleingeld heraus und warf es zu meinen Münzen. Als der alte Mann sich überschwänglich bedankte, kam mir der ketzerische Gedanke, dass Holmes in dieser Verkleidung zumindest unsere Reisekasse aufbessern könnte.

Wir setzten unseren Weg fort, und die Drehorgel wurde hinter uns immer leiser. Sie war völlig verklungen, als wir schließlich zu einem schäbigen, zweigeschossigen Steinhaus gelangten, dessen gelbe Farbe größtenteils abgebröckelt war.

»Das ist die richtige Hausnummer!«, verkündete Holmes.

Durch die schmutzigen Schaufensterscheiben beäugte ich provinzielle römische Skulpturenfragmente, einfache Öllämpchen, abgegriffene, kaiserzeitliche Kupfermünzen und schlechte, im Maßstab verkleinerte Kopien antiker Originale. Neben Repliken der Porta Nigra handelte es sich um römische Statuen, die mich unangenehm an die preiswerteren Produkte der Bildhauer-Werkstatt meines Schwagers in Florenz erinnerten.

»Ich hatte erwartet, Herr Theiß würde mit Gemälden handeln«, wunderte ich mich, auf die Auslagen deutend.

»Mir ging es ebenso!«, entgegnete Holmes, der mit hinter dem Rücken verschränkten Armen das Schaufenster musterte.

Ich wollte die Ladentür aufziehen, aber sie war verschlossen. Missmutig studierte ich das Schild neben der Tür, das die Öffnungszeiten angab. Leider hatte die Mittagspause des Geschäftsinhabers bereits vor zwanzig Minuten begonnen. Enttäuscht drückte ich mir die Nase an der Glasfüllung der Ladentür platt und sah im Inneren des Ladens einen Mann mittleren Alters breitbeinig auf einem altmodischen, dreibeinigen Bänkchen sitzen, bei dem es sich wohl um einen ehemaligen Melkschemel handelte.

»Wenigstens hat er das Ladengeschäft noch nicht verlassen«, bemerkt ich, mich zu Holmes umdrehend.

Wir mussten mehrfach an die Tür klopfen, bis der Mann im Laden endlich von uns Notiz nahm. Mit einer ungeduldigen Handbewegung bedeutete er uns, später wiederzukommen. Dabei entsprach unser Äußeres durchaus dem von zahlungsfähigen Kunden.

Holmes zeigte auf eine plumpe, etwa einen Fuß hohe Kopie des Diskuswerfers von Myron im Schaufenster, die unmöglich antik sein konnte. Der Ladenbesitzer nickte uns zu, erhob sich dann schwerfällig von seinem Schemel und entriegelte endlich die Tür. Sein gerötetes Gesicht mit der vorstehenden Unterlippe und der dicken, großporigen Nase, auf der eine kleine Brille saß, zeugte von einer Vorliebe für üppiges Essen und reichlich Wein.

»Guten Morgen, meine Herren«, begrüßte er uns, nachdem er sein schlohweißes, schulterlanges Haar aus der Stirn gestrichen hatte.

Wir betraten das Geschäft, der Antiquitätenhändler redete auf uns ein und deutete dabei auf die Auslagen im Schaufenster. Wahrscheinlich pries er seine Skulptur an. Ohne eine Antwort abzuwarten, hievte er das schwere Stück in den Verkaufsraum und platzierte es auf die Ladentheke.

»Sind Sie Herr Theiß?«

Der schwerfällige Mann bejahte Holmes' Frage mit einem Kopfnicken und schaute uns erwartungsvoll an.

Holmes taxierte die dilettantische Antikenreplik mit übertrieben wohlwollenden Blicken. »Kennen Sie Herbert Becher?«, erkundigte er sich dann, aber der Händler zuckte nur bedauernd mit den Achseln. »Herbert Becher aus Ulmen«, wiederholte Holmes langsam und schrieb – da Herr Theiß nicht reagierte – mit Druckbuchstaben *Herbert Becher* auf einen Zettel, den er dem Antiquitätenhändler überreichte.

»Becher?«, fragte dieser zurück.

Wir nickten beide freudig erregt. Herr Theiß fügte noch einige Sätze hinzu, die ich nicht verstand und eilte dann durch eine Tür hinter der Theke. Kurze Zeit später kam er mit einem angeschlagenen Trinkgefäß aus Terrakotta zurück, das höchstens zehn Jahre alt war.

»Es ist römisch!«, behauptete er in holprigem Englisch und ich ärgerte mich über die Unverfrorenheit des Händlers.

Holmes nahm das gefälschte Gefäß mit einem anerkennenden Lächeln in die Hand, um es von allen Seiten zu begutachten.

»Zehn Reichsmark!«, verkündete der Antiquitätenhändler.

Das war natürlich ein Wucherpreis. Aber Holmes protestierte nicht, sondern schrieb mit Druckbuchstaben *Bertram Steinmetz* unter den Namen *Herbert Becher*. Herr Theiß starrte auf den Zettel, als ob sein Todfeind ihn auf den Tisch gelegt hätte, und stieß dann einige barsche Worte hervor, die wohl bedeuteten, dass er den Namen niemals zuvor gehört hatte.

Holmes stellte das alte Trinkgefäß kommentarlos auf die Theke zurück, gab mir das Zeichen zum Aufbruch, und wir verließen den Antiquitätenladen, der eher den Namen Rumpelkammer verdient hätte.

»Er ist ein Betrüger, der überteuerte Preise nimmt und mit Fälschungen handelt«, schimpfte ich draußen.

»Außerdem kennt er den Apotheker«, bemerkte Holmes finster. »Sonst hätte er mir eine Skulptur angeboten, nachdem ich *Bertram Steinmetz* auf den Zettel notiert hatte.«

»Wie meinen Sie das?«, erkundigte ich mich verwirrt.

Nachdem Holmes mich über die Bedeutung der deutschen Worte »Becher« und »Steinmetz« aufgeklärt hatte, schmunzelte ich in mich hinein.

Wir erreichten die nächste Straßenkreuzung, und Holmes blieb stehen, um auf dem winzigen Stadtplan in meinem Reiseführer den kürzesten Weg zum Haus der Familie Marcs zu suchen.

»Was hatte der offenbar etwas naive Lehrer aus Ulmen nur mit dem Trierer Antiquitätenhändler zu tun?«, dachte ich laut. »Wollte er seinen Horizont erweitern und die Antike studieren? Suchte er Anschauungsmaterial für seinen Schulunterricht oder plante er vielleicht sogar, ein Museum in Ulmen zu gründen?«

»Das sind interessante Hypothesen, aber wahrscheinlich trifft nichts davon zu«, widersprach Holmes belustigt, steckte den Reiseführer wieder ein und schaute angestrengt in die Ferne. »Das Haus am Ende der Straße muss es sein. Bitte erwähnen Sie dem Ehepaar Steinmetz gegenüber weder den Briefumschlag noch unseren Besuch im Laden des Antiquitätenhändlers.«

»Selbstverständlich nicht!«, versicherte ich eingeschnappt. Hielt Holmes mich für einen Anfänger?

Als wir unseren Weg fortsetzten, streifte mein Blick im Vorbeigehen eine kunstvoll bemalte Hausmadonna. Sie trug einen azurblauen Umhang, ihre schmalen Hände waren zum Himmel gewandt. Mit dem linken Fuß trat sie auf eine furchteinflößende Schlange, die mich an das Ungeheuer im Ulmener Maar erinnerte. Darunter war eine Mondsichel zu sehen. Ich legte den Kopf zurück und bewunderte die Kunstfertigkeit des Schnitzers.

»Kein Wunder, dass dem Händler der Name Steinmetz geläufig war. Schließlich wohnen die Schwiegereltern des Apothekers in Sichtweite seines Ladens«, bemerkte ich, nachdem ich mich vom Anblick der schönen Skulptur losgerissen hatte.

»Auch ich glaube nicht an derartige Zufälle«, sagte Holmes verdrießlich und beschleunigte seine Schritte.

8. Der Eifelmaler

Das Haus des Kommerzienrats war nicht ganz so herrschaftlich, wie ich erwartet hatte, aber es war das prächtigste der Straße – ein freistehender, zweigeschossiger Bau mit Balkon in der Beletage. Als wir das Grundstück betraten, wurde wir von Rufen und Kinderlachen begrüßt. Zwei Mädchen von etwa sechs und acht Jahren und ein kleinerer Junge, alle in Matrosenkleidern, tollten im Garten umher.

Wir gingen über den gepflegten Gartenweg zur Haustür, die Kinder folgten uns mit zwei Schritten Abstand, verloren aber auf halbem Weg das Interesse an uns und begannen, Fangen zu spielen.

Die Türklingel war noch nicht verklungen, als ein etwa zwanzigjähriges, dunkelhaariges Hausmädchen mit erwartungsvollen Augen die Tür aufzog. Als sie uns sah, verdüsterte sich ihr eben noch strahlendes Gesicht. Offenbar hatte sie jemand anderes erwartet.

»Wir würden gern mit Frau Steinmetz sprechen«, sagte Holmes und wir überreichten ihr unsere Karten.

Mit einem artigen Knicks huschte das Mädchen in den Flur davon und kehrte mit einem gut gekleideten, älteren Herrn zurück. Bei seinem Anblick stockte mir eine Sekunde lang der Atem, denn es war ausgerechnet unser spezieller Freund vom Trierer Bahnhof. In Erwartung einer üblen Beschimpfung brachte ich nur mit größter Mühe das obligate Lächeln zustande.

»Guten Morgen, ich nehme an, Sie sind Kommerzienrat Marcs?«, fragte Holmes, ohne eine Miene zu verziehen, auf Französisch.

Der Hausherr zog geräuschvoll den Atem ein, und sein mächtiger, grauer Backenbart vibrierte. Auch sein leicht welliges, akkurat gescheiteltes Haar war fast völlig ergraut, aber noch nicht gelichtet.

»Ja, der bin ich! Sie sind die letzten Menschen, die ich vor meiner Haustür vermutet habe! Dass Sie auch noch die Unverschämtheit besitzen, mich in mein Heim zu verfolgen!«, blaffte der Hausherr uns an. Höchstwahrscheinlich hatte das Mädchen unser Anliegen nicht verstanden und daher auch nicht korrekt ausgerichtet. »Oder sind Sie gekommen, um sich zu entschuldigen?«

»Ich hoffe, Sie konnten bald eine andere Droschke ergattern. Leider waren wir in großer Eile, und außerdem hatten wir die Kutscher nun einmal vor Ihnen erreicht«, meinte Holmes diplomatisch. »Herr Bertram Steinmetz war so freundlich, mir Ihre Adresse zu geben. Wir würden uns gern in einer wichtigen Angelegenheit mit Ihrer Tochter unterhalten.«

Der Mann musterte uns mit in Falten gelegter Stirn, und ich wappnete mich innerlich gegen einen erneuten Wutanfall.

»Na ja, Sie machen doch einen ganz manierlichen Eindruck, zumindest, wenn man davon absieht, dass Sie sich am Droschkenstand vordrängeln ...«

»Wir waren vor Ihnen da! Sie können doch unmöglich einem Engländer vorwerfen, sich nicht gesittet am Ende einer Schlange anzustellen!«, unterbrach ich empört, aber Holmes' warnender Seitenblick brachte mich sofort wieder zum Verstummen. Wahrscheinlich befürchtete er, ich könnte im Eifer des Gefechts vergessen, dass er sich als Norweger ausgab.

»Was haben Sie also mit meinem unsäglichen Schwiegersohn aus Ulmen zu schaffen?«, stieß der Hausherr grimmig heraus. »Dieser Bertram Steinmetz hat keinerlei Gefühl für Verantwortung!«, setzte er seine Tirade fort, ohne eine Antwort auf seine Frage abzuwarten. »Über kurz oder lang wird er seine Familie mit diesen obskuren Experimenten ins Verderben stürzen. Kein Wunder, dass sich jetzt die Polizei für ihn interessiert. Wenn er verhaftet wird, soll meine Tochter bloß nicht behaupten, man hätte sie nicht gewarnt. Nur gut, dass ich einen wohlgeratenen Sohn habe, der Rechtsanwalt geworden ist.«

»Wir sind weder Polizisten noch Freunde des Apothekers, sondern private Ermittler. Ein Freund des Lehrers Herbert Bechers hat uns mit der genauen Ermittlung dessen Todesumstände beauftragt«, beteuerte Holmes in einem entschuldigenden Tonfall. »Wir möchten mit Ihrer Tochter sprechen, weil sie den vermeintlichen Riesenfisch im Ulmener Maar gesehen hat.«

»Ich habe von dem Unglück gehört. Das ist eine schreckliche Geschichte!« Herr Marcs warf einen prüfenden Blick auf unsere Schuhe, die aber tadellos sauber waren. Dann trat er endlich aus der Tür, die er bisher mit seiner massigen Gestalt versperrt hatte. »Leider ist meine Tochter momentan nicht zu Hause. Sie müsste aber bald vom Besuch bei ihrer Freundin zurückkommen, denn um zwölf Uhr essen wir zu Mittag. Aber wollen Sie nicht lieber im Haus auf sie warten? Herr ...« Er sah auf unsere Visitenkarten, die er die ganze Zeit in der Hand gehalten hatte. »Tristram und Herr Sigerson! In der Zwischenzeit kann das Mädchen Ihnen im Salon ein Glas Weißwein servieren.«

»Das wäre sehr freundlich von Ihnen«, murmelte Holmes.

Endlich betraten wir die Diele und überreichten dem Hausmädchen unsere Hüte. Sie huschte davon, während uns der Hausherr persönlich in den Salon begleitete. Dieser war mit einem blau-weiß gestreiften Sofa und passenden Sesseln, die um einen runden Tisch aus Kirschbaumholz standen, aufwändig, aber geschmackvoll möbliert. Neben dem hohen Fenster stand ein Flügel, der aber offenbar nicht oft benutzt wurde, denn auf der Abdeckung der Tasten lag eine feine Staubschicht. Warmes Sonnenlicht fiel schräg durch die Fensterscheiben. Es brachte die Farben der seidenen Stoffbezüge zum Leuchten und wurde von einer kleinen Uhr aus vergoldeter Bronze auf dem Kaminsims zurückgeworfen. Als ich das schöne, fein ziselierte Stück bewunderte, bemerkte ich, dass es schon halb zwölf war.

»Der Moselwein ist noch besser als sein ohnehin ausgezeichneter Ruf«, erklärte Holmes, nachdem das Mädchen uns eingeschenkt und er einen Schluck probiert hatte.

Auch ich lobte den Wein, einen trockenen Riesling, gebührend.

»Trinkt man auch in England Moselwein?«, fragte mich der Hausherr daraufhin.

»Deutscher Wein vom Rhein und der Mosel dürfen auf keiner gepflegten Tafel fehlen«, entgegnete ich ausweichend. »Wie man bei uns zu sagen pflegt: *A good Hock*[4] *keeps off the doc!*«

Der Kommerzienrat schaute auf die Uhr, schüttelte konsterniert den Kopf und versuchte dann, uns über seinen Schwiegersohn auszufragen. Langsam empfand ich Mitleid mit dem Apotheker, der mir bisher nicht gerade sympathisch gewesen war.

Erst im dritten Anlauf gelang es Holmes, das Gespräch auf den Weinbau und die katastrophalen Schäden, die eine aus Amerika eingeschleppte Reblaus in Frankreich[5] angerichtet hatte, zu lenken. Ich habe immer Holmes' profunde Kenntnisse in den unterschiedlichsten, teilweise sehr speziellen Wissensgebieten bewundert. Noch erstaunlicher war, wie umgänglich er sein konnte, wenn er es nur wollte.

[4] Seit Queen Victoria 1845 Hochheim im Rheingau besucht hat, heißen deutsche Rheinweine auf Englisch *Hock*.
[5] Erst 1907 erreichte die Reblausplage das Mosel-Saar-Ruwer-Gebiet.

Doch bald konnte auch Holmes seine Ungeduld nicht mehr verbergen, denn die Standuhr schlug bereits dreiviertel Zwölf, und Frau Steinmetz war noch immer nicht eingetroffen. Angespannt saß er auf der Kante seines Sessels und beobachtete die Straße durch das Fenster. Wahrscheinlich verfluchte er innerlich den Hausherrn, der offenbar Nichtraucher war.

»Ich war über den regen Straßenverkehr vor dem Hotel Porta Nigra erstaunt«, bemerkte ich in einer Gesprächspause.

»Dann hätten Sie erst einmal den Trubel erleben sollen, als vor drei Jahren der Heilige Rock im Dom ausgestellt worden ist und zwei Millionen Pilger aus aller Welt nach Trier kamen!«, sagte Kommerzienrat Marcs und deutete auf einen Kupferstich, der neben dem Kamin hing. Der verschnörkelte Rahmen des Stichs war genauso altmodisch wie die Barttracht seines Besitzers, die mich an den vormaligen deutschen Kaiser erinnerte.

»Ich habe noch nie etwas vom Heiligen Rock gehört«, räumte ich unumwunden ein. »Was ist das für eine Reliquie?«

»Lesen Sie denn niemals die Zeitung? Im Jahr 1891 wurde sogar in London, Rom und Paris in Pressemeldungen die Trierer Heilig-Rock-Wallfahrt angekündigt. Sicherlich hätten Sie auch in den Florentiner Tageszeitungen darüber lesen können«, rügte mich Holmes und ich erfuhr, dass der Legende nach die Kaiserin Helena das Untergewand Christi nach Trier gebracht haben soll.

»Kein Wunder, dass man hierzulande an Seeungeheuer glaubt«, sagte ich leise zu Holmes, aber anscheinend nicht leise genug, zumal ich leider aus Gewohnheit französisch gesprochen hatte.

Der Hausherr zog wegen meiner unvorsichtigen Bemerkung die Augenbrauen zusammen.

»Ich glaube keinesfalls an überlebende See- oder Landsaurier. Mein Name ist schließlich nicht Bertram Steinmetz«, schimpfte er los.

»Das hätte ich einem Mann von Welt wie Ihnen auch niemals unterstellt«, beteuerte Holmes scheinheilig, nicht ohne mir einen tadelnden Blick zuzuwerfen.

Die angespannte Atmosphäre im Salon setzte mir derart zu, dass ich nicht mehr stillsitzen konnte. Unter dem Vorwand, mich für das Gedenkblatt der Wallfahrt zum Heiligen Rock zu interessieren, stand ich auf und schritt zum Kamin. Auf dem Mittelbild waren zwei fliegende Engel dargestellt, die ein einfaches, weißes Gewand in der Apsis einer gotischen Kirche präsentierten. Schon die Hausmadonna hatte mich vermuten lassen, dass man in Trier ebenso katholisch wie in Italien war. Bisher hatte ich geglaubt, alle Deutschen wären evangelisch. Erst später sollte ich erfahren, dass auch die meisten Bewohner der Eifel Katholiken waren.

Obwohl ich dem Hausherrn den Rücken zuwandte, vermeinte ich seinen auf mich gerichteten Blick zu spüren und hatte das ungute Gefühl, dass er auf einen Kommentar von mir wartete. Neben der frommen Darstellung hing ein in Öl gemaltes Landschaftsbild, auf dem in realistischer Manier eine Heidelandschaft dargestellt war. Um nicht zu meinem Sessel zurückkehren zu müssen, trat ich vor das Gemälde.

»Gefällt Ihnen das Bild?«, fragte Herr Marcs voller Besitzerstolz.

»Ja, es ist sehr atmosphärisch«, erklärte ich erleichtert über den Themenwechsel und schaute den Hausherrn an. »Das ist doch die Eifel?«

Der Kommerzienrat nickte zustimmend, erhob sich von seinem Stuhl und kam ebenfalls zu dem Gemälde herüber.

»Der Eifelmaler Fritz von Wille hat es geschaffen. Ich schätze seine Gemälde sehr. Ich komme gerade von einer zweitägigen Reise aus Düsseldorf zurück, wo ich ihn in seinem Atelier aufgesucht habe.«

Ich wunderte mich, warum Herr Marcs nach Düsseldorf reiste, obwohl seine Tochter bei ihm zu Gast war.

»Deshalb sind Sie also im gleichen Zug gereist wie wir!«, bemerkte Holmes erfreut.

Manchmal hatte ich den Eindruck, dass er Informationen um ihrer selbst willen sammelte, auch wenn sie nicht das Geringste mit unserem Fall zu tun hatten.

Aus der Diele waren die hohen Stimmen von Frauen zu hören. Im gleichen Augenblick läuteten die Glocken des Doms zwölf Uhr Mittag.

»Da ist ja endlich meine Tochter!«, verkündete der Hausherr.

Er machte eine entschuldigende Geste, bevor aufstand, um den Salon zu verlassen. In der Diele sagte er etwas mit gedämpfter Stimme. Dann öffnete sich die Zimmertür, ich vernahm das Rascheln von Seide, und der Kommerzienrat kehrte mit einer blonden Frau von etwa fünfunddreißig Jahren in den Salon zurück. Mit ihrem vollem Mund, den hellen Augen und dunklen Wimpern wäre sie recht hübsch gewesen, wenn sie nicht so ängstlich dreingeblickt hätte. Ihre blasse Haut ließ erkennen, dass sie sich nicht erst seit Kurzem grämte. Die leichten Krähenfüße in den Augenwinkeln wiesen jedoch auf ein normalerweise eher heiteres Gemüt hin.

»Sie werden sich noch etwas gedulden müssen, bevor sie mit meiner Tochter sprechen können«, sagte der Hausherr, nachdem er uns vorgestellt hatte. »Das Essen ist nämlich bereits aufgetragen. Sie speisen doch mit uns?«

»Mit dem größten Vergnügen«, entgegnete ich, und auch Holmes fügte sich ins Unvermeidliche.

»Ich hoffe, Sie hatten eine angenehme Reise?«, fragte die Apothekergattin auf dem Weg zum Esszimmer in akzentfreiem Französisch.

»Es hat alles wie am Schnürchen geklappt«, antwortete ich, erinnerte mich aber dann an unseren Zusammenstoß mit ihrem Vater. Vorsichtig schaute ich mich nach dem Kommerzienrat um, der aber zum Glück außer Hörweite war.

Das Esszimmer war fast so groß wie der Salon, aber einfacher eingerichtet. Wahrscheinlich durften wir es uns als Ehre anrechnen, in die privaten Wohnräume der Familie vorgelassen zu werden.

Eine mittelgroße Frau um die Fünfzig, die ein hochgeschlossenes, schwarzes Seidenkleid trug, erwartete uns dort stehend. Sie hatte ein knochiges Gesicht mit hohen Wangenknochen und spitzer Nase und wirkte energisch, reserviert und äußerst selbstbewusst. Ihr dunkelblondes, von grauen Strähnen durchzogenes Haar war in der Mitte gescheitelt und zu einer kunstvollen Frisur hochgesteckt. In ihren Augen, die einen dunkleren Farbton als die ihrer Tochter besaßen, spiegelte sich Misstrauen. An ihren Ohrläppchen hingen goldene Ringe mit Rubinanhängern. Eine dicke, goldene Halskette und zwei Armreifen vervollständigten ihren Putz. Um den Hals trug sie eine Lorgnette an einem dünnen Lederband, aber sie schien nicht kurzsichtig zu sein.

»Herr David Tristram und Herr Sven Sigerson! Wenn ich mich recht entsinne, ist er Norweger. Meine Gemahlin, Frau Kommerzienrat Elisabeth Marcs«, machte der Hausherr uns miteinander bekannt.

»Ich bin erfreut, Ihre Bekanntschaft zu machen«, versicherte seine Gemahlin höflich.

»Ganz meinerseits«, murmelte ich automatisch, aber niemand beachtete mich.

»Sie kommen aus Norwegen?«, fragte die Hausherrin und betrachtete Holmes mit mitleidigen Augen. »Das ist ja halb am Nordpol. Das Klima muss dort unerträglich sein! Monatelanger Frost und die Hälfte des Winters Dunkelheit! Wegen der Wölfe und Bären kann man die Siedlungen nur tagsüber verlassen. Mir ist unbegreiflich, warum unsere Majestät, der Kaiser dort Urlaub[6] macht. Sie haben recht daran getan, in freundlichere Gefilde auszuwandern.« Holmes wollte beschwichtigen, kam aber nicht zu Wort. »Nach dem Essen müssen Sie mir unbedingt von Ihrer Heimat erzählen!«

Der Kommerzienrat bot seiner Frau den Arm. Als sie auf den Tisch zuschritt, raschelte ihr enger Seidenrock, der sie zu kleinen, trippelnden Schritten zwang.

An der Tafel saßen bereits eine sauertöpfisch dreinblickende, rabenschwarz gekleidete Gouvernante undefinierbaren Alters und die drei Kinder, die bei unserer Ankunft im Garten gespielt hatten. Man hatte ihnen die Hände gewaschen, die Nasen geputzt und die Schleifen auf den Köpfen der Mädchen neu gebunden. Die Hausherrin wies uns Plätze an der Längsseite des Tisches zu. Als wir uns niederließen, beäugten die Kinder uns mit unverhohlener Neugier, tuschelten kichernd miteinander und wurden sofort von der Gouvernante gerügt. Unverzüglich servierte das Hausmädchen als Vorspeise eine Pilzcremesuppe, die wir schweigend in uns hineinlöffelten.

Als die Teller abgetragen wurden, schaute der Hausherr seine Gemahlin an, die am anderen Ende des Tisches saß. »Unseren beiden Gästen gefallen Fritz von Willes Gemälde«, sagte er mit einem vorwurfsvollen Seitenblick auf Henriette Steinmetz.

[6] Seit 1889 bereiste Wilhelm II. jedes Jahr mit seiner Jacht die norwegischen Fjorde.

»Ich habe nicht das Geringste gegen seine Landschaften«, beteuerte diese, doch klang in meinem Ohr das kleine Wort »aber« mit. »Schade, dass du kein weiteres Gemälde bei ihm gekauft hast!«, bemerkte seine Gemahlin, die uns die ganze Zeit abschätzig beäugt hatte.

Der Kommerzienrat entgegnete etwas auf Deutsch. Seine Frau deute mit dem Kinn in unsere Richtung. Dem Hausherrn wurde sein Fauxpas bewusst und er lächelte uns entschuldigend zu. Aber bevor er seine vorangegangene Bemerkung übersetzen konnte, wurde ein Hasenbraten aufgetragen und das Gespräch am Tisch verebbte. Keiner der Erwachsenen schien besonders hungrig zu sein. Nur die Kinder schaufelten alles, was man ihnen vorsetzte, mit großem Appetit in sich hinein.

Während ich von meinem Braten ein mundgerechtes Stück abschnitt, beobachtete ich aus den Augenwinkeln Elisabeth Marcs, deren gelangweilter Gesichtsausdruck vermuten ließ, dass ihr die übliche Tischkonversation fehlte. Irritiert fragte ich mich, ob man unsretwegen schwieg.

»Bei uns kannst du endlich wieder einen anständigen Käse essen«, sagte der Hausherr zu seiner Tochter, als anschließend ein hölzernes Schneidebrett mit Käseecken herumgereicht wurde, von denen sich nach französischer Sitte jeder ein paar kleine Stücke abschnitt. »Bertram Steinmetz isst nämlich keinen Käse«, erklärte er uns. »Wie kann man nur mit einem Menschen zusammenleben, der keinen Käse mag?«

Henriette Steinmetz hob hilflos die Hände, versuchte aber nicht, ihren Gemahl zu verteidigen. Aufmerksam beäugte sie das Dienstmädchen, das ein kobaltblaues Kaffeeservice auf den Tisch stellte. Es war in verschnörkelten Rokokoformen gehalten, und wenn es nicht mit modernen Rheinansichten dekoriert gewesen wäre, hätte man sein Alter auf mindestens hundert Jahre geschätzt.

9. Die Augenzeugin

Endlich war das Mittagessen beendet, das sich mit quälender Gemächlichkeit in die Länge gezogen hatte. Kaum waren die geschmacklosen, kobaltblauen Kaffeetassen abgeräumt, sprangen schon die drei Kinder voller Tatendrang von ihren Plätzen auf. Seit einer halben Stunde hatten die beiden Mädchen gequengelt, während ihr kleiner Bruder lustlos in seinem Essen herumgestochert hatte. Die Gouvernante warf deren Mutter, die keine Anstalten machte, sich selbst um ihren Nachwuchs zu kümmern, einen missfälligen Blick zu. Dann folgte sie brummelnd den Kleinen in den Garten.

»Ich würde gern kurz unter vier Augen mit Ihnen sprechen«, sagte Holmes zu Henriette Steinmetz, die noch immer mit gesenkten Lidern am Esstisch saß.

Fast hätte ich gekränkt nachgefragt, ob meine Augen in der Gesamtbilanz nicht zählten.

»Mein Vater hat es mir bereits ausgerichtet«, entgegnete sie im resignierten Tonfall eines ertappten Übeltäters, wobei sie geflissentlich jeden Augenkontakt mit dem Hausherrn vermied.

»Ich kann mich gern solange in den Salon zurückziehen«, bot dieser mit demonstrativer Großzügigkeit an.

Frau Kommerzienrat Elisabeth Marcs verzog tadelnd den Mund. Ihr war die Enttäuschung darüber ins Gesicht geschrieben, dass sie sich anstandshalber ihrem Gatten anschließen musste.

»Dann wissen Sie sicherlich auch, dass wir beratende Ermittler sind und den Tod Herbert Bechers untersuchen?«

Henriette Steinmetz nickte mit einem leisen Seufzer.

»Würden Sie vielleicht die Freundlichkeit besitzen, mir Ihre Begegnung mit dem Ungeheuer im Ulmener Maar zu schildern«, forderte Holmes sie auf, kaum dass sich die Tür hinter ihren Eltern geschlossen hatte.

Die Apothekergattin nickte erneut und begann dann ohne Weiteres zu erzählen. »Ich bin zum Maar gegangen, um Blumen zu pflücken. Es war gegen zwölf, die Sonne schien, und die Sicht war gut. Plötzlich tauchte ein großer, grüner Fisch aus dem Wasser auf. Aber ehe ich auch nur um Hilfe rufen konnte, war das Ungeheuer schon wieder verschwunden. Leider kann niemand meine Beobachtung bestätigen, denn ich war ganz allein am See. Die Kinder waren noch in der Schule, und die anderen Frauen arbeiteten auf dem Feld oder waren mit der Zubereitung des Mittagessens beschäftigt.« Sie hatte flüssig und ohne Zögern gesprochen, doch hatte ihr Bericht wie auswendig gelernt geklungen.

Ich fragte mich, ob Henriette Steinmetz diese haarsträubende Geschichte gemeinsam mit ihrem Mann zusammengebastelt hatte. Oder hatte sie diese Lügengeschichte etwa selbst erfunden, um auch einmal im Rampenlicht zu stehen und nicht nur Tochter eines Kommerzienrats oder Gattin eines Apothekers zu sein?

»Könnten Sie vielleicht präzisieren, um was für einen Fisch es sich gehandelt hat? War es zum Beispiel eine Forelle, ein Barsch oder ein Stör?«

Holmes' harmlose Frage hatten eine völlig unerwartete Wirkung auf die Tochter des Kommerzienrats. Sie biss sich auf die Lippe und blinzelte rasch, als ob sie mit den Tränen kämpfte, und schluckte dann. »Er ähnelte keinem Fisch, den ich kenne«, beteuerte sie schließlich. »Er war ziemlich schlank und wirkte wie eine Kreuzung aus Hering und Aal.«

Mit unbeteiligter Miene nahm Holmes diese unglaubwürdige Aussage zur Kenntnis. »Ihr kleiner Sohn ist doch wahrscheinlich noch nicht im schulpflichtigen Alter. Hatten Sie ihn ...«

»Nein«, unterbrach Frau Steinmetz Holmes mit einem angstvollen Schimmer in ihren aufgerissenen Augen. Mit der rechten Hand umklammerte sie die Stuhllehne so fest, dass ihre Knöchel weiß wurden.

»Er spielte gerade so schön mit den Nachbarskindern. Daher bin ich allein zum Maar gegangen.«

»Haben Sie Herbert Becher gegenüber Ihre Beobachtung erwähnt?«

»Ich habe jedem, der es hören wollte, von dem riesigen Fisch berichtet.« Henriette Steinmetz stieß einen tiefen Seufzer aus, stand auf und ging zum Kamin. Mit der rechten Hand stützte sie sich auf den Kaminsims und starrte ins leise knisternde Feuer. Als sie sich dann ganz langsam wieder zu uns umdrehte, schien sie auf einmal um Jahre gealtert zu sein. »Aber ich hätte es nie für möglich gehalten, dass das Seeungeheuer einen Menschen angreifen könnte!« Ihre melancholischen Augen zeigten, wie sehr ihr das zusetzte.

»Wen hat das Ungeheuer umgebracht?«, fragte das Hausmädchen in holprigem Französisch, und ich fuhr herum, denn ich hatte ihre Anwesenheit völlig vergessen.

Sie war gerade damit beschäftigt, auf einem kleinen Beistelltisch das blütenweiße Tischtuch aus Batist zusammenzulegen, hatte aber in der Bewegung innegehalten und schaute neugierig zu uns herüber. Holmes war offenbar davon ausgegangen, dass sie kein Wort von unserer Unterhaltung verstand, und musterte nun das Mädchen wie eine Spionin.

»Du bist doch bestimmt noch nicht mit dem Staubwischen fertig«, sagte die Apothekergattin in einem spitzen Tonfall zu dem Mädchen, das sich daraufhin mit enttäuschter Miene zurückzog.

»Haben Sie Herbert Becher am Tag seines Todes gesehen?«, fragte Holmes, und ich hielt den Atem an.

Die Wanduhr im benachbarten Salon tickte so laut, dass man sie durch die Wand hören konnte. Sonst war im gesamten Haus kein Mucks zu vernehmen.

»Ja, früh am Morgen, ich ging einkaufen, er war auf dem Weg zur Arbeit.« Henriette Steinmetz ließ sich auf ihren Stuhl zurückfallen, zog ein kleines, spitzenbesetztes Taschentuch aus dem Ärmel und wischte sich über die Augen.

Holmes warteten, bis sie sich wieder gefasst hatte. »Wie war er gelaunt?«

Henriette Steinmetz zögerte kurz. Dann antwortete sie leise. »Wie immer, ich meine ...« Sie verstummte mitten im Satz und schaute zu Boden.

»Was soll ich mir darunter vorstellen?«, bohrte Holmes sachlich nach. »So lustig wie immer oder so niedergeschlagen wie immer?«

»Als ich ihn an jenem Morgen sah, hat er mich schon von Weitem höflich gegrüßt«, sagte Henriette Steinmetz schließlich ausweichend. »Er schien sich keine Sorgen zu machen und wirkte auch nicht wie ein Mann, der vorhat, bei dichtem Nebel am Seeufer spazieren zu gehen.« Ihr unglücklicher Blick wanderte von mir zu Holmes, der etwas in einer kleinen, abgegriffenen Kladde notierte. »Warum untersuchen Sie Herberts Tod? Glauben Sie denn, er wurde ermordet?«

»Es sprechen einige Indizien dafür«, erwiderte Holmes und schlug sein Notizbuch zu.

»Sie werden doch den Täter fassen?«

»Wir haben in der Vergangenheit schon weit schwierigere Fälle gelöst«, beteuerte Holmes ohne einen Anflug von Verlegenheit.

»Das beruhigt mich ungemein«, seufzte Henriette Steinmetz.

»Haben Sie vor, längere Zeit in Trier zu bleiben?«, erkundigte sich Holmes in beiläufigem Tonfall.

»Am liebsten würde ich noch heute ...« Der jungen Frau wurde bewusst, dass sie sich verplaudert hatte, und sie verstummte. »Spätestens wenn die Schulferien vorüber sind, werde ich mit den Kindern nach Hause fahren.«

»Soweit ich informiert bin, haben die Ferien erst zu Ostern begonnen. Trotzdem haben Sie mit Ihren Kindern bereits Anfang letzter Woche Ulmen verlassen«, warf Holmes ein.

»Meine Töchter wurden von Herbert unterrichtet. Nach seinem Tod haben sie den ganzen Tag lang nur geweint. Daher dachten wir, dass ihnen ein Aufenthalt in Trier gut tun würde. Bei meinen Eltern sollten sie etwas Abstand von der schrecklichen Geschichte gewinnen. Den versäumten Schulstoff habe ich ihnen selbst vermittelt.« In den Zügen der Apothekergattin war keine Regung mehr zu sehen, wahrscheinlich weil sie einstudierte Sätze von sich gab. Bezeichnenderweise hatte sie im Plural gesprochen.

»Es war sehr liebenswürdig von Ihnen und Ihrer Familie, uns bewirtet zu haben«, erklärte Holmes höflich. »Wenn Ihnen noch irgendetwas einfallen sollte, was zur Aufklärung der Todesumstände des Lehrers beitragen könnte, wäre ich Ihnen sehr verbunden, wenn Sie es uns wissen ließen.«

Henriette Steinmetz lächelte uns erleichtert an. »Selbstverständlich!«, versprach sie. »Sie haben ja meinem Vater Ihre Visitenkarte gegeben.«

Wir verabschiedeten uns von ihr und verließen das Esszimmer. In der Diele stand schon das Mädchen mit unseren Hüten bereit, überraschenderweise in Gesellschaft des Hausherrn. Ich konnte mich des Verdachtes nicht erwehren, dass der Kommerzienrat an der Tür gelauscht hatte.

»Wollen Sie nicht noch einen Cognac mit uns trinken?«, fragte er, während wir unsere Hüte aufsetzten. »Meine Gemahlin würde gern mit Ihnen über Norwegen plaudern.«

»Wir haben Ihre Gastfreundschaft bereits über Gebühr in Anspruch genommen«, bemerkte Holmes alarmiert. »Außerdem habe ich in Trier noch etwas Dringendes zu erledigen. Richten Sie bitte meine besten Empfehlungen an Ihre Gemahlin aus.«

»Das ist bedauerlich, aber nicht zu ändern«, entgegnete der Kommerzienrat. »Aber es hat mich gefreut, Ihre Bekanntschaft gemacht zu haben, obwohl die Umstände angenehmer hätten sein können.«

Spielte er auf den Streit um die Droschke oder auf den Mord an dem Lehrer an?

»Sollten Sie wieder einmal in Trier vorbeikommen, beehren Sie uns bitte mit Ihrem Besuch«, ergänzte seine Gattin. Während unserer Unterhaltung war sie lautlos eingetreten.

»Sie sind zu freundlich«, sagte Holmes genauso mehrdeutig wie verbindlich.

Mein Blick fiel auf ein kleines Ölgemälde, das mir vorher nicht aufgefallen war. Es zeigte eine hüglige Landschaft in spätherbstlicher Stimmung. Ein leichter Nebel lag über einer mit Stein eingefassten Quelle inmitten einer Gruppe von Laubbäumen. Die kahlen Äste der Bäume reckten sich in den milchigen Himmel und das durchweichte Gras war von verwelktem Herbstlaub übersät.

»Ist das ein weiteres Werk dieses Eifelmalers, ich habe seinen Namen vergessen?«, erkundigte ich mich spontan.

»Er heißt von Wille«, informierte mich Holmes mit tadelnd zusammengezogenen Augenbrauen.

»Ja«, bestätigte der Hausherr, milder gestimmt als Holmes. »Dieser lauschige Ort befindet sich übrigens nahe bei Ulmen. Der Born wird Kinderquelle genannt, denn seit Jahrhunderten beten die Frauen der Umgebung dort für eine gute Geburt und gesunde Kinder. Natürlich hängt heutzutage niemand mehr diesem Aberglauben an.« Er stockte und schüttelte den Kopf. »Aber meine eigene Tochter will ein Seeungeheuer gesehen haben! Dabei hat sie eine ausgezeichnete Erziehung in der Schweiz genossen. Das kann nur der Einfluss dieses Apothekers sein!«

»Du hast ihr früher immer alles durchgehen lassen. Jetzt siehst du, was dabei herauskommt«, konterte die Hausherrin spitz.

»Leben Sie wohl, es war mir ein Vergnügen, Ihre Bekanntschaft gemacht zu haben«, behauptete Holmes.

Auch ich verabschiedete mich hastig, denn ich wollte nicht riskieren, zwischen die Fronten eines Familienkrachs zu geraten.

Ich war schon auf dem Weg nach draußen, als Frau Steinmetz in die Diele trat und sich vergeblich nach Holmes umschaute, der bereits die Schwelle überschritten hatte. Als sie ihn nicht mehr sah, überreichte sie mir ein in Butterbrotpapier geschlagenes Päckchen, das sich warm in der Hand anfühlte. »Ein gebratenes Huhn als Wegzehrung für den Rückweg«, beantwortete sie meinen verblüfften Blick.

»Das ist sehr freundlich von Ihnen«, bedankte ich mich und folgte Holmes auf die Straße.

Wahrscheinlich hatte seine abgezehrte Gestalt das Mitleid der Apothekergattin erregt.

»Ich habe schon befürchtet, dass man uns gar nicht mehr gehen lässt«, brummte er und stopfte im Gehen seine Pfeife.

»So schlimm war es doch wieder nicht. Vor allem der Braten war ausgezeichnet, und man hat uns sogar Proviant für die Bahnfahrt mitgegeben«, bemerkte ich, um Holmes zu necken und deutete dabei auf das eingepackte Huhn.

»Wenn ich mit der Lösung eines Falls beschäftigt bin, habe ich keine Muße, um mich mit derart banalen Dingen wie der

Essensaufnahme abzugeben«, brummte er ungesellig. »Sie werden mich entschuldigen! Es bleibt mir glücklicherweise noch etwas Zeit, um die Stadtbücherei und vielleicht auch das Archiv aufzusuchen. Ich werde rechtzeitig zum Vier-Uhr-Zug in die Eifel auf dem Bahnsteig sein.«

Ehe ich meine Hilfe anbieten konnte, hatte er sich schon auf den Weg gemacht, ohne zu verraten, was er in der Bibliothek und im Archiv zu finden hoffte.

Als eine biedere Hausfrau, die einen Kinderwagen vor sich herschob, abrupt vor mir stoppte, wurde mir bewusst, dass ich noch immer grübelnd auf dem schmalen Bürgersteig herumstand und ihr den Weg blockierte. Lustlos schlenderte ich zur Porta Nigra zurück. Dort beschloss ich, das Beste aus der Situation zu machen, und genehmigte mir einen Rundgang durch die antiken Thermen, das Amphitheater und das Provinzialmuseum mit seiner reichen Sammlung römischer Altertümer.

Holmes traf wie versprochen pünktlich auf dem Bahnsteig ein. Nachdem sich die Lokomotive in Bewegung gesetzt hatte, machten wir uns über das mittlerweile eiskalte Huhn her, das ich durch halb Trier getragen hatte. Als wir unsere Mahlzeit beendet hatten, warf Holmes unbekümmert die abgenagten Hühnerknochen aus dem Fenster. Dann ließ er sich wieder auf seinen Sitz fallen und schaute gelangweilt aus dem Fenster.

Der Zug donnerte durch eine Unterführung und es wurde augenblicklich stockdunkel im Abteil.

»Welchen Eindruck hatten Sie von Frau Steinmetz?«, fragte Holmes nachdenklich, als wir am anderen Ende des Durchbruchs angelangt waren.

»Sie schien sich sehr über den Tod des Lehrers zu grämen.« Als privater Ermittler erfährt man im Lauf der Jahre so ungeheuerliche Dinge, dass man jedem jede Schandtat zutraut. Aber ich sprach meine Schlussfolgerung lieber nicht aus. »Die Kinder hingegen machten auf mich nicht den Eindruck, als ob sie tagelang geheult hätten. »Außerdem möchte ihr Vater sie offenbar mit jedem Mann verkuppeln, der das Grundstück betritt.«

»Nicht mit dem Postboten«, bemerkte Holmes schmunzelnd, aber er wurde sofort wieder ernst. »Ich glaube, Sie schätzen die Ehe der Steinmetzens falsch ein. Henriette Steinmetz liebt ihren Mann. Daher lügt sie für ihn.«

»Wenn Sie meinen«, brummte ich missmutig. Seit wann verstand Holmes etwas von der Liebe? »Ich habe mich vorhin gewundert, dass Sie ihr nicht auf den Kopf zugesagt haben, dass Sie ihr kein Wort glauben.«

»Die arme Frau weiß wahrscheinlich selbst nicht, warum sie diese Geschichte verbreiten soll.« Holmes' Augen waren müde, und sein schmales Gesicht noch blasser als gewöhnlich. Er räkelte sich auf dem breiten Erste-Klasse-Sitz, streckte seine Beine aus und schloss schließlich seine Lider, womit er mir signalisierte, dass er das Gespräch für beendet erachtete.

Versonnen schaute ich auf das vom trüben Abendlicht beleuchtete Tal der Mosel, das hinter dem Zugfenster vorbeizog, wurde aber von meinem Spiegelbild auf der staubigen Scheibe abgelenkt. Was hatte uns der Ausflug nach Trier gebracht? Die Erkenntnis, dass der Kunsthändler mit dem der Lehrer korrespondiert hatte, nicht mit Gemälden, sondern mit provinzialrömischen Fragmenten und Kopien handelte? Tiefe Einblicke in das Familienleben der Familie Marcs. Aber was hatte all das mit unserem Fall zu tun?

10. Das Seeungeheuer

Als wir Ulmen erreichten, hatte die Dämmerung bereits eingesetzt. Auf dem Weg zum Gasthof begegneten uns nur wenige Menschen. Die Kühe standen längst im Stall, die Bauern waren vom Feld zurückgekehrt, und so etwas wie ein Nachtleben gab es nicht auf dem Lande. Als wir den Marktplatz überquert hatten, trug der Wind ein aufgebrachtes Stimmengewirr an mein Ohr, das vom Seeufer herzukommen schien. Ansonsten lag eine drückende Stille über dem Ort.

»Hat sich das Seeungeheuer endlich gezeigt?«, fragte ich voller Abenteuerlust. »Das wurde aber auch höchste Zeit!«

Holmes bedachte mich wieder einmal mit einem tadelnden Blick. »Aber wir sollten auf jeden Fall der Ursache des Tumults auf den Grund gehen«, sagte er dann.

Wir eilten den Stimmen nach durch die engen Gassen, bis wir das steinige Ufer des Maars erreichten, das steil zum Wasser abfiel. Überrascht stellte ich fest, wie klein das vor uns liegende Gewässer war. Bisher hatte ich es nur im Nebel oder aus der Ferne gesehen und es dabei für größer gehalten. Die dunkle Farbe der kreisrunden Wasserfläche zeigte jedoch, dass der See sehr tief sein musste. Den Hang neben dem Dorf krönte eine trutzige Burgruine, die ich zwar ebenfalls bereits vom Ort aus betrachtet hatte, aber ich hatte keine Vorstellung davon gehabt, wie ausgedehnt die Anlage war.

»Was für ein trostloser Ort!«, entfuhr es mir beim Anblick des bröckelnden, von Moos überzogenen Gemäuers, das wie ein Mahnmal der Vergänglichkeit aller menschlichen Werke in den bedeckten Himmel ragte.

»Man hat die Steine der Burg zum Bau von Wohnhäusern verwendet, wie man unschwer an den unverputzten Partien der Gebäude in Ulmen sehen kann«, erklärte Holmes, ohne den See aus den Augen zu lassen. »Sie sind alle zur gleichen Zeit entstanden, woraus man folgern kann, dass Ulmen vor rund sechzig Jahren von einem Stadtbrand heimgesucht worden ist.«

Es war typisch für Holmes' analytischen Verstand, dass er die beklemmende Stimmung am Ufer nicht wahrnahm. Die Sonne war fast hinter dem Kraterrand verschwunden. Ihre letzten Strahlen beleuchteten wenige Dutzend Yards von uns entfernt eine knochig gebaute, junge Frau, die ein heulendes, etwa vierjähriges Mädchen tröstete, das sich unter ihrer Schürze zu verkriechen suchte. Außer der leicht schmuddeligen Schürze trug sie einen dunklen Rock und eine graue Bluse, beides abgetragen und schlecht sitzend. Ihr in der Mitte gescheiteltes Haar war größtenteils unter ihrer Haube verborgen. Das kantige Gesicht der Frau besaß einen verkniffenen Ausdruck, aber ihre hellen Augen sahen mütterlich auf das weinende Kind hinab. Es hatte einen dichten Schopf dunkler Haare, die zu zwei dicken Zöpfen geflochten waren. Die Augen des Mädchens hingegen waren blau.

Frauen jeden Alters umringten Mutter und Tochter. Sie redeten alle durcheinander und starrten dabei aufgebracht auf das Wasser. Auf dessen Oberfläche, die der kühle Abendwind bewegte, tanzten Schatten, die sich nach allen Richtungen verbreiteten. Angestrengt schaute auch ich auf das trübe Nass, konnte aber nicht einmal eine Schwanzflosse des Seeungeheuers erkennen.

Obwohl wir jetzt direkt neben ihnen standen, geruhte keine der Damen von unserer Anwesenheit Kenntnis zu nehmen. Was auch immer hier los sein mochte, es wunderte mich, dass Herr Grünewald sich das Spektakel entgehen ließ. In der Stadt hätte die aufgebrachte Menschenmenge jedenfalls längst die Skandalpresse herbeigelockt. Aber vielleicht hatte der Fotograf sich bereits wieder zurückgezogen, weil es sich trotz der ganzen Aufregung offenbar um einen blinden Alarm handelte.

»Wir brauchen dringend einen Dolmetscher«, erklärte ich und kam mir dabei wie ein Papagei vor, den man nur einen einzigen Satz gelehrt hatte.

»Das ist in diesem Fall nicht nötig. Was die Mutter des Kindes hier zu schaffen hatte, möchte ich lieber gar nicht wissen. Aber was das Mädchen betrifft, liegen die Fakten glasklar auf der Hand. Wie sie unschwer an der Anordnung der Wasserflecken auf seinem blauen Kleid sehen können, hat das Kind aus Langweile Kieselsteine ins Wasser geworfen.«

Ich betrachtete die Verfärbungen im Gewebe, die mir bisher entgangen waren. Das Mädchen schaute so verängstigt zu mir herauf, dass ich mich fragte, was man im Ort über uns erzählte. Die Tränen schossen ihm noch immer aus großen, hellen Augen und kullerten dann über die runden Wangen. Ein leichtes Beben schüttelte seine mageren Schultern.

»In den Wellen, die sie selbst verursacht hat, sah sie dann einen riesigen Fisch mit grünen Schuppen. Das ist psychologisch gesehen nicht weiter verwunderlich. Schließlich reden die Erwachsenen unentwegt über das Ungeheuer. Man kann sich leicht vorstellen, was ein phantasiebegabtes Kind daraus macht.« Holmes deutete auf die immer dunkler werdende Wasseroberfläche.

Im gleichen Augenblick rutschte der letzte Rest der Sonne über den Horizont, und eine kühle Brise frischte auf. Der Wetterumschwung führte dazu, dass sich die Versammlung langsam auflöste. Das Mädchen hatte sich endlich etwas beruhigt. Es schaute noch immer ängstlich drein, aber der Tränenstrom war versiegt. Seine Mutter fasste das Kind bei der Hand und zog es mit sich fort. Auch die anderen Frauen formierten sich zum Rückmarsch in den Ort, nicht ohne uns vorher mit misstrauischen Blicken zu taxieren.

»Glauben Sie, dass alle Sichtungen des Ungeheuers reine Hysterie waren?«

Es kostete mich einige Überwindung, das Wort »Hysterie« in den Mund zu nehmen. Schließlich hatte ich mich selbst am ersten Tag ins Bockshorn jagen lassen.

»Es würde mich nicht wundern«, pflichtete Holmes mir bei, bevor auch wir uns auf den Rückweg machten. »Außerdem gefällt mir nicht, dass jetzt der halbe Ort glaubt, jemand aus ihrer Mitte müsse bald sterben.«

Als wir unseren Gasthof betraten, war ich erstaunt, den Fotografen nicht an der Rezeption anzutreffen. Ich hatte in den letzten Tagen den Eindruck gewonnen, dass er im Eingangsbereich inzwischen zum lebenden Inventar gehörte.

»Wo ist denn unser Ungeheuerjäger? Ich habe ihn vorhin am Ufer vermisst«, fragte ich den Wirt, der bei unserem Herannahen die Tür aufgerissen hatte.

Ein Schatten huschte über seine ohnehin schon düstere Miene, und eine schreckliche Vorahnung beschlich mich.

»Ich weiß auch nicht, wo er sich momentan aufhält«, radebrechte der Wirt, der Mühe hatte, den komplizierten Satz zu beenden. »Das Gästezimmer war ihm zu eng für seinen Koffer, seine Kamera, die Fotoplatten und seine Dunkelkammer. Daher hat er das Haus des verstorbenen Lehrers für einen Monat gemietet und auch dessen Haushälterin übernommen. Wenn er doch nur vorher mit mir gesprochen hätte! Ich hätte ihm einen Sonderpreis für zwei Zimmer gemacht und meine Frau hätte ihm dort seine Mahlzeiten servieren können ...«

»Ist die Haushälterin befugt, einen Mietvertrag abzuschließen, oder ist Heinrich Decker endlich nach Ulmen zurückgekehrt?«, unterbrach Holmes das Lamento des seinen verlorenen Kunden betrauernden Gastwirts.

»Wenige Stunden nachdem Sie nach Trier abgereist sind, ist Heinrich Decker zurückgekommen.«

Woher wusste er, wo wir gewesen waren? Eigentlich konnte er es nur vom Apotheker oder vom Schalterbeamten am Bahnhof erfahren haben.

»Sie werden mich entschuldigen, aber ich habe heute Abend noch etwas zu erledigen«, murmelte Holmes und eilte ohne Hinweis auf die Art seiner Unternehmung davon.

Erstaunen zeichnete sich auf dem Gesicht des Wirtes ab, und er schaute mich an. Ich hatte schon die Bemerkung, dass der Dorfklatsch ihm über kurz oder lang die gewünschten Informationen liefern würde, auf den Lippen, verkniff sie mir aber im letzten Augenblick.

Ich ließ mir den Zimmerschlüssel geben und begab mich in mein Gästezimmer. Zwanzig Minuten später hörte ich durch die Tür die Treppenstufen unter Holmes' Füßen knarren und lauschte erwartungsvoll dem Widerhall seiner Schritte im Flur. Aber Holmes zog sich in sein Zimmer zurück, ohne mich über das Ergebnis seiner nächtlichen Aktivitäten aufzuklären.

11. Die Angelpartie

Am nächsten Morgen begab ich mich eine halbe Stunde früher als vereinbart in den Gastraum, um in Ruhe mein Frühstück zu mir zu nehmen, aber Holmes war dennoch schon vor mir eingetroffen.

»Ich habe bereits gegessen«, behauptete er, als die Wirtin eine Kanne mit dampfendem Kaffee und den unvermeidlichen Brotkorb brachte. Sie trug das schwere Holztablett mit einer Hand, während die andere einen Staubwedel umklammerte.

»Aber ich habe noch nicht gefrühstückt«, beeilte ich mich zu beteuern, damit die Frau nicht wieder mit ihrem Servierbrett verschwand.

Nachdem sie Kanne und Korb vor uns abgestellt hatte, füllte sie unsere Tassen bis zum Rand mit Kaffee und schob sie über den Tisch. Dann lehnte sie das Tablett gegen die Wand und begann im Raum Staub zu wischen. Ob sie uns im Auftrag des Mörders belauschte?

»Ich habe Heinrich Decker gestern eine Nachricht in die Briefkasten gesteckt, in der ich ihn um eine Unterredung bitte«, berichtete Holmes, legte seine Pfeife auf das weiße Tischtuch und zog den Tabaksbeutel aus seiner Jackentasche. »Leider hat er mir noch nicht geantwortet. Außerdem wollte ich Fritz Matuschke einen Besuch abstatten, aber er war bereits aufgebrochen.«

Der Schlüsselbund am Gürtel der Wirtin klapperte, als sie sich auf die Zehenspitzen stellte, um mit ihrem Wedel die Oberkante eines Schranks zu erreichen. Mein Blick, der ihr folgte, streifte die grob gezimmerte Standuhr im Frühstücksraum, und ich stutzte, da es noch nicht einmal sieben Uhr war.

»Welche finsteren Geschäfte haben ihn so früh aus dem Haus gelockt?«, bemerkte ich befremdet. »Dieses merkwürdige Verhalten könnte durchaus ein Hinweis darauf sein, dass er Herbert Becher umgebracht hat.«

Holmes, der mit dem Stopfen seiner Pfeife begonnen hatte, schmunzelte in sich hinein. »Auf dem Land steht man eben mit der Sonne auf.«

»Wieder eine Segnung des Landlebens, auf die ich sehr gut verzichten kann«, entgegnete ich sarkastisch.

Holmes zündete seine Pfeife an. Der beißende Phosphorgeruch des Streichholzes erfüllte kurz den Raum, gefolgt vom Gestank brennenden Tabaks. Die Wirtin ließ ihren Staubwedel sinken. Sie schnüffelte in unsere Richtung und verließ dann mit säuerlicher Miene den Frühstücksraum. Ich hätte nicht gedacht, dass ich mich jemals über Holmes' übermäßigen Tabakkonsum freuen würde.

»Leider habe ich noch immer keine Antwort aus Berlin erhalten«, meinte er, nachdem er an seiner Pfeife gezogen hatte. »Eine derartige Saumseligkeit ist mir in England in all den Jahren noch nicht untergekommen.«

»Das liegt nicht zuletzt daran, dass Mister Sherlock Holmes in England eine Person des öffentlichen Lebens ist. Würde ein unbekannter norwegischer Ermittler eine britische Behörde um eine Auskunft bitten, würde man sich seinetwegen sicherlich kein Bein ausreißen«, stellte ich richtig.

Während dieses Wortwechsels hatte ich hastig den größten Teil eines Butterbrots in mich hineingestopft. Aber trotz aller Eile trommelte Holmes mit den Fingern auf der Tischplatte herum und machte mich ganz nervös.

»Was haben Sie heute Morgen so Dringendes vor?«, fragte ich ihn enerviert.

»Angeln gehen!«

Holmes hatte manchmal einen seltsamen Sinn für Humor. Aber zu dieser Uhrzeit fehlte mir wirklich der Sinn für derartige Scherze. »Das ist doch nicht Ihr Ernst?«, fragte ich kauend nach.

»Ich hoffe, am Seeufer Herrn Matuschke zu treffen, dem ich gern einige Fragen stellen möchte.«

Diese Antwort machte alles noch verworrener. Ich spülte den letzten Bissen mit einem Schluck Kaffee herunter und setzte dann zum Protest an, aber Holmes kam mir zuvor.

»Haben Sie nicht den Händen und dem Gesicht des Lehrers angesehen, dass er ein passionierter Angler ist?«, erkundigte er sich, und als ich verneinte, zählte er mir genüsslich alle zehn Kennzeichen auf, an denen ich hätte unschwer bemerken können, dass er gern vor dem Unterricht angeln ging.

»Ich kapituliere!«, entgegnete ich lachend. Sollte ich offenbaren, dass ich völlig unerfahren im Angelsport war? Ich wagte es nicht, denn wahrscheinlich gehörte das zu den unentbehrlichen Fähigkeiten eines Gentlemans. Außerdem gab es noch ein weiteres Hindernis. »Wir haben doch gar keine Angelruten!«, wandte ich fast erleichtert ein und leerte meine Kaffeetasse.

»Der Wirt verleiht für ein geringes Entgelt Ruten und Köder. Ich habe bereits unsere Ausrüstung zusammengestellt und am Empfang deponiert.« Holmes klopfte seine Pfeife aus und erhob sich von seinem Stuhl. »Ich erwarte Sie in fünf Minuten an der Rezeption«, informierte er mich kurz angebunden.

Als ich ihn wiedersah, traute ich kaum meinen Augen, denn Holmes trug einen karierten Mantel und einen ebenfalls karierten Hut mit Sichtschutz und Ohrenklappen. Diese Aufmachung mochte in England für eine Angelpartie passend sein, aber in der Eifel war sie etwa so unauffällig wie der kniekurze Rock eines Dudelsack spielenden Schotten. Man konnte nur hoffen, dass sich kein Exemplar des *Strand Magazins* nach Ulmen verirrt hatte. Denn sonst wäre der obskure norwegische Forschungsreisende als Meisterdetektiv Sherlock Holmes enttarnt gewesen.

Beim Anblick der Angelrute, die Holmes mir aushändigte, sah ich unwillkürlich vor meinem inneren Auge die italienischen Fischer, die nachts mit ihren Booten ausfuhren.

»Aber ist es nicht reichlich früh für den Fischfang?«, erkundigte ich mich.

»Im Gegenteil! Es ist schon viel zu spät. Die beste Zeit ist kurz nach dem Sonnenaufgang oder in der Abenddämmerung. Aber wenigstens herrscht heute recht hoher Luftdruck!«, erläuterte Holmes, und wir verließen den Gasthof.

Draußen blieb ich einen Augenblick lang vor der Tür stehen und sog die kühle Morgenluft genüsslich ein, denn der Tabakrauch hatte mir in dem kleinen Raum zu schaffen gemacht. Dann beschleunigte ich meine Schritte, um Holmes einzuholen, der rasch vorangegangen war. Die Bewegung im Freien tat mir gut nach all den schlecht gelüfteten Räumen, in denen wir in den letzten Tagen ermittelt hatten. Aber die Wolkendecke, die schwer über dem Ort lastete, bereitete mir doch ernsthaft Sorgen. »Es wird hoffentlich nicht regnen«, murmelte ich vor mich hin.

»Die Fische beißen bei Regen am besten«, bemerkte Holmes, und ich fragte mich einen Moment lang, ob er tatsächlich angeln wollte.

Am Seeufer bogen wir nach rechts ab und mein Blick schweifte über das Wasser. Wir besuchten das Maar zum dritten Mal, aber jedes Mal sah es ganz anders aus. An diesem Morgen wirkte die bei unseren ersten beiden Besuchen so düstere Gegend friedlicher und ruhiger. Das Licht der wenigen Strahlen, die den diesigen Himmel durchdrangen, wurde von der silbrig schimmernden Wasseroberfläche reflektiert, und das Gras leuchtete grün und saftig.

Ein scharfer Peitschenknall auf der Landstraße jenseits des Kraters schreckte einige Dutzend Stare auf. Die kleinen, dunklen Vögel zogen weite Kreise über den Überresten der Burg auf dem Hügel, bis sie sich schließlich auf einem Acker niederließen. Dann war wieder alles still an diesem kühlen Morgen.

Am Ortsausgang, wenige Yards hinter der Stelle, an der man den armen Herbert Becher gefunden hatte, saß sein glücklicherer Kollege mit der Angelrute in der Hand auf einem kleinen Felsvorsprung. Er trug eine dicke Jacke und hatte sich einen breitkrempigen Hut in den Nacken gezogen. Als wir auf ihn zuschritten, drehte er sich zu uns um, und man sah seinem Gesicht an, dass er kurz davor war, uns wüst zu beschimpfen. Wahrscheinlich beherrschte er sich nur, um die Fische nicht zu verscheuchen.

»Guten Morgen, Herr Matuschke!«, grüßte Holmes unbekümmert und nahm neben dem Lehrer auf einem Stein am Ufer Platz.

Fritz Matuschke sah noch ungesünder aus als bei unserer ersten Begegnung. Die Ringe unter seinen Augen wiesen auf Schlafmangel hin, kein Wunder, bei seinem Steckenpferd! »Nicht so laut! Sonst vertreiben Sie die Fische!« Der Lehrer verzog das Gesicht. »Es wäre auch zu schön gewesen, wenn ich heute hätte ungestört angeln können! Wenn einmal dieser aufdringliche Fotograf nicht am Ufer patrouilliert und mich ganz nervös macht ...« Statt seinen Satz zu beenden, schüttelte er den Kopf in ungläubigem Stauen und leckte sich dann über die Lippen.

Es war in der Tat seltsam, dass Johannes Grünewald seine Kamera nicht am See aufgebaut hatte. Was hatte ihn von seiner Gewohnheit abgehalten, wo er sich doch sonst den Großteil des Tages am Ufer aufhielt? Ob er gerade sein neues Heim wohnlicher gestaltete? Aber er war mit dem einzigen Ziel in die Eifel gefahren, das Seeungeheuer zu fotografieren. Daher wunderte ich mich, dass er einen regen- und nebelfreien Tag ungenutzt verstreichen ließ.

Holmes senkte seine Stimme, beugte sich vor und sagte: »Ich bin froh, Sie noch in Ulmen anzutreffen. Ich hatte schon befürchtet, Sie würden die Schulferien in Berlin verbringen.«

»Das geht Sie zwar nicht das Geringste an, aber ich bin Junggeselle. Ich habe meine Eltern zu Ostern besucht, habe es aber bei ihnen nicht länger als drei Tage ausgehalten. Wenn ich nächstes Jahr nach Berlin zurückkehre, suche ich mir eine eigene Wohnung«, brummte der Lehrer unwirsch und warf Holmes einen eisigen Blick zu. »Ich wäre Ihnen sehr verbunden, wenn Sie endlich zur Sache kämen. Warum sind Sie mir gefolgt?«

Bevor er antwortete, öffnete Holmes die runde Dose, holte einen künstlichen Fisch heraus und befestigte ihn an seinem Angelhaken. Auf meine Nachfrage erfuhr ich, dass es ein sogenannter Wobbler war, der im Wasser taumelte und daher für einen kranken Fisch gehalten wurde. Schwungvoll warf Holmes seinen Köder aus, der beim Aufprall auf der Oberfläche des Sees konzentrische Wellen erzeugte. »Ich bin Ihnen nicht gefolgt, sondern ich wusste genau, wo ich Sie antreffen konnte«, bemerkte er dann so aufgeräumt als spräche er mit einem Freund. »Die leichte Hornhaut an Ihrem rechten Zeigefinger wurde vom Scheuern der Angelschnur hervorgerufen, die charakteristischen Falten in den Augenwinkel vom Blinzeln in der Sonne und auch die glänzende, abgewetzte Stelle Ihrer Jacke ließen nur einen Schluss zu: Sie sind ein passionierter Angler.«

Hier gab es auch nicht viele andere Möglichkeiten, die Zeit totzuschlagen, dachte ich grimmig.

Holmes schaute den Lehrer erwartungsvoll an, aber dieser tat ihm nicht den Gefallen, seine Deduktionsgabe zu bewundern. »Ich habe Sie hier am See aufgesucht, weil Sie doch sicherlich bei der Suche nach dem Mörder Ihres Kollegen behilflich sein möchten«, fuhr Holmes sichtlich verschnupft fort. »Könnten Sie mir vielleicht einen älteren Schüler empfehlen, der einigermaßen gut englisch spricht und sich in den Ferien ein kleines Zubrot verdienen möchte?«

»Warum sollte ich das tun? Nur damit Sie überall im Ort herumschnüffeln können?« Fritz Matuschke sah Holmes über die Brillengläser hinweg widerwillig an, bevor er seinen Kneifer zum Nasenrücken hochschob.

»Das würde ich auch ohne die Hilfe Ihres Schülers tun. Nur wäre ich dann gezwungen, auf die Dolmetscher-Dienste des Apothekers zurückzugreifen, der leider an die Existenz eines Ichthyosauriers im Ulmener Maar glaubt. Ich würde einen unparteiischen Übersetzer vorziehen.«

»Wahrscheinlich macht man mich für den Tod meines Kollegen verantwortlich?«, fragte der Lehrer bitter. »Offenbar muss man hier geboren sein, um von den Einheimischen akzeptiert zu werden.«

Es war mir während des ganzen Gesprächs nicht gelungen, den Gedanken an den Fotografen restlos beiseite zu schieben. Als der Lehrer sich nun über die abweisende Landbevölkerung beklagte, wunderte ich mich erneut, wo Johannes Grünewald stecken mochte.

»Sie haben Ihre Stelle freiwillig angetreten«, bemerkte Holmes und begutachtete mit skeptisch zusammengezogenen Augenbrauen seine Angelschnur, die schlaff im Wasser hing.

»Ich dachte, ein Ortswechsel würde meiner Karriere nützen. Daher habe ich für eine Übergangszeit die zweite Lehrerstelle in Ulmen übernommen. Außerdem hoffte ich, auf dem Land in Ruhe meinem Hobby, dem Angelsport, frönen zu können«, entgegnete der Lehrer, bevor er Holmes mit vor Wut funkelnden Augen anblickte. »Aber ich hatte wirklich nicht erwartet, hier für einen Verbrecher gehalten zu werden.«

»Vielleicht schätzen Sie die Ulmener falsch ein. Sie sind Fremden gegenüber reserviert, aber niemand hat etwas gegen Sie«, versuchte Holmes dem Gespräch eine andere Wendung zu geben. »Aber ich hätte noch eine Frage: Halten Sie es für möglich, dass einer seiner Schüler Herbert Becher erschlagen hat?«

Fritz Matuschke brach in schallendes Gelächter aus, verstummte aber sofort wieder, da er sich schlagartig an die Fische erinnerte, und starrte bekümmert auf das sich kräuselnde Wasser. »Er unterrichtete nur die unteren Klassen. Seine Schüler waren höchstens zehn Jahre alt. Die Älteren hätten ihn auch sicherlich ausgelacht, wenn er ihnen mit dem Seeungeheuer gekommen wäre.«

»Was halten eigentlich Ihre eigenen, offenbar älteren Schüler von dem Ungeheuer?«

Der Lehrer kniff seine Augen missmutig zusammen. »Sie wissen ja, wie Kinder so sind. Letzte Woche waren sie bei dem Gedanken an einen überlebenden Ichthyosaurier im Ulmener Maar noch Feuer und Flamme, und diese Woche spielen sie schon wieder Cowboy und Indianer.«

»Wieso das? Wir sind doch hier nicht im Wilden Westen!«

»Seit im letzten Jahr die drei Winnetou-Bände von Karl May erschienen sind, begeistert sich die Dorfjugend nur noch für den Wilden Westen«, brummte der Lehrer.

Ich sah Holmes in der Hoffnung auf eine Erklärung an, aber er zuckte verlegen mit den Schultern, sichtlich bedrückt über seine Bildungslücke[7]. Schließlich passierte es nur äußerst selten, dass er mit einem Gesprächsthema konfrontiert wurde, zu dem er nichts beizusteuern hatte.

»Ich habe das erste Kapitel von Winnetou I. gelesen und das letzte des dritten Bandes. Das hat mir gereicht! Ich kann mir lebhaft vorstellen, was dazwischen geschehen ist, jedenfalls nichts pädagogisch Wertvolles«, schwadronierte der Lehrer weiter. »Mit diesem Schund erzieht man keine tüchtigen Bürger!«

»Hauptsache, die Jugend lässt sich nicht weismachen, dass im See vorzeitliche Monster herumgeistern ...«, begann Holmes, verstummte aber mitten im Satz, denn der Wind trug aus dem Ort einen schrillen Schrei an unser Ohr.

»Was war das für ein furchtbares Geräusch? Hat es ein Mensch verursacht?«, entfuhr es mir, und ich schaute erschrocken in Richtung Ulmen zurück. Vom Maar aus betrachtet, sah der Ort aus, als könnte er jeden Augenblick die Innenseite des Kraters herunterrutschen.

»Ich habe nichts gehört, außer Ihrer lauten Stimme«, entgegnete der Lehrer konsterniert und musterte mich von oben herab, was ihm schwerfiel, denn ich war größer als er.

»Doch, da war etwas«, sagte Holmes mit angestrengtem Gesichtsausdruck. »Im Ort muss etwas Schreckliches vorgefallen sein.«

»Ich glaube, Sie bilden sich das nur ein. Da Sie aber die Fische sowieso vertrieben haben, kann ich genauso gut ins

[7] Ab 1898 wurden in Amerika Auszüge aus Winnetou I.-III. als Raubdruck veröffentlicht, die aber keine weitere Wirkung hatten. Erst in den 1970er Jahren wurden die drei Romane offiziell ins Englische übersetzt.

Dorf zurückkehren.« Gereizt holte Fritz Matuschke seine Angelschnur ein. Dann stützte er sich mit der rechten Hand vom Boden ab und erhob sich. »Sollte ich einen geeigneten und interessierten Schüler finden, schicke ich ihn in Ihr Gasthaus!« Grußlos machte sich der Lehrer auf den Weg.

Holmes schaute ihm nachdenklich nach, bis Fritz Matuschke hinter den Büschen verschwunden war. Dann holte er ebenfalls seine Angelschnur ein und stand auf. In diesem Augenblick wurde mir erst bewusst, dass ich dem Gespräch derart gebannt gelauscht hatte, dass ich darüber meine eigene Angel völlig vergessen hatte.

»Hier auf dem Land stecken sie alle unter einer Deck. Sie mögen es nicht, wenn man sich in ihre Angelegenheiten einmischt«, gab ich zu bedenken, als wir uns auf den Rückweg machten. »Außerdem wird der Junge bestimmt für den Lehrer spionieren.«

»Das ist der einzige Grund, weshalb er überhaupt erwägt, uns einen Dolmetscher zu vermitteln«, bemerkte Holmes fatalistisch. »Eigentlich hatte ich insgeheim gehofft, der Lehrer würde uns seine eigenen Dienste anbieten.«

»Warum sollte er sein eigenes Grab schaufeln?«, fragte ich. »Dieser schreckliche Mensch ist mir nicht geheuer. Garantiert hat er seinen Kollegen ermordet.«

»Was hätte er davon gehabt, Herbert Becher umzubringen? Was uns fehlt, ist ein Motiv!«, verkündete Holmes frustriert. »Wer könnte ein Interesse daran gehabt haben, einen schlecht bezahlten Lehrer ohne Vermögen umzubringen?«

»Nur seine Schüler«, sagte ich im Scherz, bevor ich mich erinnerte, dass Herbert Becher die unteren Klassen unterrichtet hatte.

12. Der Fotograf

Der Weg zum Gasthof führte an Herbert Bechers ehemaligem Haus vorbei. Schon aus der Ferne erkannten wir, dass etwas nicht stimmte, denn der halbe Ort hatte sich vor dem Gebäude versammelt. Die Gasse war viel zu eng für die Menschen, die sich in sie hineingedrängt hatten. Trotzdem strömten weitere Frauen, Kinder und Alte aus allen Richtungen herbei. Die Luft vor dem Haus war erfüllt von leisem Gemurmel, das ab und zu von einem lauten Gruß unterbrochen wurde, wenn sich ein neuer Schaulustiger zu den übrigen gesellte.

Als wir uns durch die Menge schoben, starrten uns die Kinder an, als ob wir sie jeden Augenblick auffressen würden. Holmes ignorierte sie und schritt so selbstbewusst voran als gehörte ihm der Ort, und ich folgte ihm auf dem Fuße. Hinter dem Fenster neben dem Eingang beobachtete ich die undeutliche Silhouette eines kräftigen Mannes. Das konnte nicht der Fotograf sein, aber wer war es dann?

»Es wird doch Johannes Grünewald nichts zugestoßen sein?«, fragte ich mich besorgt.

Noch ehe Holmes etwas erwidern konnte, erschien der Gendarm in der Haustür. Das Licht streifte seine Pickelhaube und brachte den schwarzen Lack und den darauf applizierten Messing-Adler zum Glänzen. Der Ordnungshüter hielt sich sehr aufrecht, verschränkte die Arme vor der Brust und blickte dann finster in die Menge. Er konnte uns unmöglich übersehen haben, denn wir standen in der ersten Reihe, und Holmes überragte alle Umstehenden.

Dennoch schaute der Gendarm geflissentlich an uns vorbei, während er die Gaffer schalt, die daraufhin laut murrten.

Alles Behäbige und Widerstrebende war von ihm gewichen. War das wirklich der lethargische Gendarm, der bei unserer letzten Begegnung nur ans Essen dachte? An diesem Morgen genoss er jedenfalls seine Machtposition mit sichtlichem Vergnügen. Oder war er doch nur so unwirsch, weil das Mittagsmahl zu Hause kalt wurde? Offenbar hatte er die Schaulustigen nach Hause geschickt, denn die Menge löste sich langsam auf. In kleinen Gruppen tappten die Dörfler in ihre Häuser zurück. Aber einige der Gaffer blieben weiterhin vor dem Haus stehen.

Holmes versuchte, Blickkontakt mit dem Gendarmen aufzunehmen, aber er zeigte uns die kalte Schulter. Wortlos trat er ins Haus zurück und schlug die Tür lautstark hinter sich zu.

»Ich wünschte, Bertram Steinmetz wäre hier. Dann würden wir endlich erfahren, was in diesem verfluchten Haus passiert ist«, schimpfte ich leise vor mich hin.

»Johannes Grünewald ist umgebracht worden«, hörte ich die sonore Stimme des Apothekers hinter mir auf Französisch sagen, der wohl seinen Namen verstanden hatte. Es war, als hätten meine Worte ihn herbeigerufen.

»Das ist ja schrecklich!«, entfuhr es mir, obwohl mich bereits den ganzen Morgen eine dunkle Vorahnung bedrückt hatte. »Ich sehe ihn noch vor mir, wie er im Gasthaus begeistert von seiner Arbeit berichtet hat.«

Welchem Geheimnis war der Fotograf wohl auf die Spur gekommen, bevor er starb? Hatte er die wahre Natur des Seeungeheuers entdeckt, oder war er den Machenschaften eines Verbrechers auf die Schliche gekommen? Schockiert über die entsetzliche Nachricht fuhr ich herum, um Genaueres zu erfahren. Bertram Steinmetz bemühte sich, seine übliche Rolle als Mann von Welt zu spielen, aber seine Gesichtszüge waren angespannt und seine Haut bleicher als gewöhnlich.

»Sind schon Einzelheiten bekannt?«, wollte Holmes wissen.

»Ein Einbrecher ist in das Haus eingedrungen. Johannes Grünewald hat ihn offenbar überrascht und wurde mit einem Küchenmesser erstochen. Bertha wird völlig außer sich geraten. Zuerst hat sie sich wegen des Ungeheuers kam noch aus dem Haus gewagt, und nun wird sie sich auch drinnen fürchten«, berichtete Bertram Steinmetz mit finster zusammengezogenen Augenbrauen. Für den gewöhnlich so wortkargen Apotheker war das eine lange Ansprache. Das Verbrechen beschäftigte ihn, auch wenn er mühsam versuchte, den Teilnahmslosen zu spielen.

»Sie sprachen in der Zukunftsform. Die Haushälterin weiß also noch nichts von dem Verbrechen?«, stellte Holmes fest.

»Nein, es ist ihr freier Tag, den sie immer bei ihrer Nichte im Nachbarort verbringt. Sie hat daher gestern Abend Ulmen verlassen.« Er machte sich nicht die Mühe, seine Stimme zu senken. Anscheinend rechnete er nicht damit, dass ihn von den Umstehenden jemand verstand.

»Wann genau wurde das Verbrechen begangen?«, fragte Holmes.

»Mitten in der Nacht.« Ein mokantes Lächeln huschte über das bärtige Gesicht des Apothekers. »Sie haben also vermutlich kein Alibi.«

»Genauso wenig wie Sie«, gab Holmes unbeeindruckt zurück.

Unser Gesprächspartner plusterte sich auf, als ob er etwas entgegnen wollte, ließ aber dann doch die Sache auf sich beruhen.

»Wer hat den Toten entdeckt?«

»Dem Briefträger ist bei seinem morgendlichen Rundgang aufgefallen, dass ein Fenster eingeschlagen war. Da niemand auf sein Klopfen reagierte, hat der Postbote Heinrich Decker, den neuen Besitzer des Hauses, herbeigerufen. Dieser hat die Haustür aufgeschlossen, um nach dem Rechten zu schauen und hat den Fotografen tot in der Küche aufgefunden. Leider ist unser Arzt gerade auf Krankenbesuch im Nachbardorf, aber der Gendarm war sofort zur Stelle.«

»Da Sie so ungewöhnlich gut informiert sind, wissen Sie sicherlich auch, ob man bereits jemanden der Tat verdächtigt«, bemerkte Holmes mit undefinierbarer Miene.

Die Mundwinkel unseres Gesprächspartners zogen sich verächtlich nach unten. »Wir alle kennen den Täter!«, erklärte er und strich sich dabei selbstgefällig mit der Hand über den Bart. »Seit nunmehr zwei Tagen treibt sich hier ein Landstreicher herum. Er erweckt den Eindruck, als ob er schon zuvor Bekanntschaft mit Gefängniszellen gemacht hat. Wahrscheinlich hat der Lump den Fotografen am See beobachtet, und die wertvolle Fotoausrüstung hat seine Begehrlichkeit geweckt.«

Es war immer dasselbe: Zuerst wurden Fremde verdächtigt. Außerdem fragte ich mich, was Bertram Steinmetz um diese Uhrzeit im Ort zu schaffen hatte.

»Warum haben Sie Ihre Apotheke am helllichten Vormittag im Stich gelassen?«, erkundigte ich mich.

»Wozu sollte ich die Apotheke hüten, wenn alle meine Kunden hier herumstehen und Maulaffen feilbieten?«

»Nun ist also binnen kürzester Zeit der zweite Bewohner dieses Hauses eines gewaltsamen Todes gestorben«, stellte Holmes sachlich fest. »Und diesmal kann niemand das Seeungeheuer dafür verantwortlich machen.«

Der beschauliche Ort hatte eine Serie von schrecklichen Vorfällen erlebt: Eine Frau war verschwunden, ein Mann wurde erschlagen, ein anderer erstochen. Trotz seiner gesunden Landluft war Ulmen offenbar ein ziemlich gefährliches Pflaster.

»Das war bestimmt niemand aus dem Ort. Bei uns ist noch nie ein Verbrechen begangen worden«, war alles, was Bertram Steinmetz dazu einfiel.

»Ob man den Gendarmen einen Mordfall ganz allein bearbeiten lässt?«, überlegte ich.

»Sicherlich wird sich die übergeordnete Dienststelle einschalten«, stimmte der Apotheker mir zu. »Wahrscheinlich lässt unser Gendarm daher niemanden das Haus betreten. Er möchte später nicht den Vorwurf zu hören bekommen, er habe nicht verhindert, dass Schaulustige die Spuren am Tatort verwischen.«

Holmes stellte sich so nah neben mich, dass der Apotheker uns nicht hören konnte. »Wir müssen vorsichtig sein, damit man uns nicht offiziell verbietet, uns in die Ermittlung einzumischen«, warnte er mich leise. »Daher unterhalte ich mich ein andermal mit dem Gendarmen.«

Hoffentlich untersagte er uns nicht, bis zum Ende der Ermittlungen den Ort zu verlassen.

»Nun würde ich aber gern endlich mit dem Vermieter des Fotografen sprechen!«, erklärte Holmes laut auf Französisch. Seine Augen schweiften suchend über die Köpfe der Umstehenden, bevor er sich an Bertram Steinmetz wandte. »Könnten Sie mich vielleicht mit ihm bekanntmachen?«

»Er hat sich in sein eigenes Haus zurückgezogen, weil ihn alle mit Fragen bestürmt haben«, entgegnete der Apotheker mit einer vagen Geste auf das Nachbargebäude. »Sie müssen wissen, dass er ein sehr zurückhaltender Mensch ist.«

»Der Gendarm wird ihn verhören wollen. Vor ihm kann er sich nicht verkriechen«, sagte Holmes mit einem Seitenblick auf den grimmig in die Menge starrenden Ordnungshüter mit der Pickelhaube.

Dann zog das Geräusch eines Wagens, der über das Kopfsteinpflaster herangepoltert kam, unsere Aufmerksamkeit auf sich. Es war eine große, schwarze Kutsche, die mich an ein Mannschaftsfahrzeug der englischen Polizei erinnerte. Ich fragte mich sogleich, ob es sich um die Verstärkung für den Gendarmen handelte.

Die Kutsche bremste so ungestüm vor dem Unglückshaus, dass Funken von den Bremsbacken der Räder stoben. Die beiden vor Schweiß dampfenden, schwarzen Pferde waren kaum zu bändigen und tänzelten nervös auf der Stelle. Der Kutscher redete ihnen gut zu, während zwei kräftige, weiß gekleidete Männer aus der Fahrgastkabine sprangen, bei denen es sich wohl um Krankenpfleger handelte. Sie holten eine Bahre aus dem hinteren Ladebereich des Wagens, schulterten sie und schritten an uns vorbei als wären wir Alleebäume. Der Gendarm riss die Haustür auf, um die Sanitäter einzulassen, und forderte die verbliebenen Schaulustigen barsch zum Verschwinden auf.

Wenige Minuten später öffnete sich die Tür erneut, und die Krankenpfleger traten ins Freie. Sie hatten den Leichnam des Fotografen auf die Bahre gelegt und mit einer groben, grauen Decke verhüllt. Mit langsamen Bewegungen und gebeugt von der Last durchschritten sie ein zweites Mal die Menge. Bevor sie ihren Wagen erreichten, stolperte einer der Männer über einen Pflasterstein. Die Bahre geriet in Schieflage, die Wolldecke rutschte zur Seite, ein Arm glitt darunter hervor und hing über die Kante herunter. Die Decke fiel vollends zurück und gab den Blick auf den leblosen Körper frei.

Die umstehenden Männer nahmen ihre Hüte ab, eine ältere Frau, die ein spitzenbesetztes Kopftuch trug, stieß einen schrillen Schrei aus, andere bekreuzigten sich und begannen leise, Rosenkränze zu beten.

Mich schauderte es bei dem Anblick der sterblichen Überreste des Fotografen, den ich noch am Vortag so heiter und lebenslustig gesehen hatte, und ich schloss instinktiv die Augen. Doch dann siegte die detektivische Neugier. Ich gab mir einen Ruck und hob langsam die Lider. Der Tote lag auf dem Rücken, seine Augen waren geschlossen. Dennoch hatte ich das ungute Gefühl, dass er mich vorwurfsvoll ansah. Über dem Nachthemd trug er einen gelben Morgenmantel, auf dem trotz seiner hellen Farbe kein einziger Blutstropfen zu sehen war. Auch an Kopf und Hals befand sich keine Wunde.

»Man hat ihn von hinten erstochen«, raunte ich Holmes erschrocken zu.

»Das lässt sich diesmal nicht als Unfall vertuschen!«, entgegnete er befriedigt. »Aber es ist wirklich ein Jammer, dass man den Toten abtransportiert, ohne vorher den Tatort wissenschaftlich untersucht zu haben.

Die weiß gekleideten Männer stellten die Bahre auf der Straße ab. Rasch bedeckten sie den Toten wieder mit der Wolldecke. Einer der Rappen begann zu scheuen. Wen wunderte es, bei dem Durcheinander! Das Pferd bäumte sich auf und drohte durchzugehen. Auch der andere Rappe scharrte nervös mit den Hufen. Wieder flüsterte der Kutscher den Zugtieren beschwichtigend etwas zu. Allmählich beruhigten sie sich und die Sanitäter konnten ihre Arbeit beenden. Als die Bahre im Wagen verschwunden war, setzten die Schaulustigen ihre Hüte wieder auf, aber sie schauten noch immer bestürzt drein.

»Falls Sie noch etwas Zeit haben sollten, wäre ich Ihnen sehr verbunden, wenn Sie mich begleiten könnten«, sagte Holmes höflich zu Bertram Steinmetz, der dem makaberen Schauspiel mit weit aufgerissenen Augen beigewohnt hatte.

Ohne die Zusage des Apothekers abzuwarten, machte Holmes sich auf den Weg. Nach kurzem Zögern schloss sich Bertram Steinmetz an, wenngleich mit mürrischer Miene.

Plötzlich hellte sich sein Gesichtsausdruck auf, und er fasste an die Krempe seines Huts, um einen alten Mann zu grüßen, der seinerseits seinen Stock hob. Vermutlich handelte es sich nur um einen Kunden, und ich dachte mir, dass die Geschäftsleute wohl überall gleich waren.

13. Der Schwager

Das Haus des Handlungsreisenden war nur unwesentlich größer als das des verstorbenen Lehrers, aber noch heruntergekommener. Auf den schwarzen Dachschindeln wuchs Moos, und der Verputz war von Wasserflecken übersät. Das Efeu, das sich zu beiden Seiten des Eingangs mühsam nach oben gearbeitet hatte, war so blass, als hätte es nicht genug Sonne abbekommen.

Holmes pochte an die morsche Holztür, deren Anstrich fast völlig abgeplatzt war. Wir warteten einige Sekunden lang, aber nichts geschah, obwohl im Haus Stimmen zu hören waren. Ob man uns einfach auf der Straße stehen lassen wollte? Oder hatte man den Dienstmädchen verboten, in Abwesenheit der Herrschaft die Haustür zu öffnen? Verärgert klopfte Holmes so ungestüm an die Tür, dass ich befürchtete, sie könnte auseinanderbrechen.

Als wieder niemand reagierte, rief der Apotheker mit Stentorstimme etwas durch das offene Fenster zur Rechten. Nur Sekunden später wurde die Tür von einem hochgewachsenen Mann von Ende dreißig mit hängenden Schultern und skeptischen Augen aufgezogen. Sein hellbraunes Haar war frisch gewaschen, und sein buschiger Schnurrbart sorgsam gestutzt. Seine elegante Kleidung rundete die gepflegte Erscheinung ab: Zu einem pelzbesetzten Gehrock aus feinem, anthrazitfarbenem Wollstoff trug er elegante Beinkleider und schwarze Lackschuhe.

»Das ist Heinrich Decker«, informierte uns der Apotheker, stellte uns aber dem Handlungsreisenden nicht vor. Dann wechselte er mit dem Hausherrn einige Worte, die ich leider nicht verstand. »Herr Decker bedauert, nur rudimentäre

Englischkenntnisse zu besitzen, aber ich werde Ihr Gespräch übersetzen.«

Forschend sah ich dem Handlungsreisenden in die Augen. Trotz seiner schlaffen Haltung wich er meinem Blick nicht aus, sondern erwiderte ihn mit einem schüchternen Lächeln. Bis zu diesem Augenblick hatte ich Heinrich Decker in Verdacht gehabt, aus Habgier den Witwer seiner Schwester umgebracht zu haben. Aber seine Bekanntschaft brachte meine vorgefertigte Meinung nun ins Wanken.

»Ich hoffe, ich komme nicht ungelegen, aber ich warte schon seit Tagen auf die Gelegenheit, mit Ihnen sprechen zu können«, sagte Holmes und überreichte dem Hausherrn seine Visitenkarte.

Heinrich Decker betrachtete die Karte so andächtig, als wäre sie ein Kunstwerk, und steckte sie dann ein, sagte aber nichts.

»Wenn Sie ein paar Minuten erübrigen könnten? Ich habe ein paar Fragen an Sie, würde es jedoch vorziehen, mich im Haus zu unterhalten«, erklärte Holmes mit einem Seitenblick auf die Gaffer, die sich vor dem Nachbarhaus versammelt hatten.

Nachdem der Apotheker seine Worte übersetzt hatte, bat Heinrich Decker uns endlich hinein.

Als wir eine enge Diele mit fleckigen Wänden betraten, die nur von einem winzigen Fenster beleuchtet wurde, schlug uns kalter Zigarettenrauch entgegen. Ein scheckiger Hund mit abgeknicktem Ohr und treuherzigen Augen trottete zutraulich heran, um uns zu begrüßen. Aber eine pummelige Frau, bei der es sich wohl um die Hausherrin handelte, rief ihn barsch zurück. Über einem einfachen, grauen Kleid trug sie eine lange, karierte Schürze. Sie hatte die Ärmel hochgekrempelt, und ihr Haar war strubbelig von der Arbeit.

»Elisabeth Decker, die Gattin Heinrich Deckers«, stellte der Apotheker die Dame vor, die uns daraufhin mit einem knappen Kopfnicken begrüßte.

Mit einem verlegenen Lächeln instruierte der Handlungsreisende seine Frau. Diese warf uns einen argwöhnischen Blick zu, bevor sie in die Küche verschwand und die Tür vehement hinter sich zuzog.

In der Diele gab es keine Garderobe, und niemand machte Anstalten, unsere Hüte entgegenzunehmen. Holmes warf mit der größten Selbstverständlichkeit seinen karierten Mantel über das schmale Treppengeländer und legte seinen Deerstalker darauf. Ich behielt meinen schwarzen Wollmantel an, stülpte aber meinen Hut auf Holmes' seltsame Kopfbedeckung.

Mit einer einladenden Handbewegung komplimentierte uns der Hausherr durch eine Tür, die so niedrig war, dass wir beim Eintreten den Kopf einziehen mussten. Ob Heinrich Deckers schlechte Haltung von diesen beengten Wohnverhältnisse herrührte?

Wir gelangten in einen kleinen Raum mit Holzbalkendecke und weiß getünchten Wänden. Das Sonnenlicht fiel als breiter Streifen durch ein Sprossenfenster auf die groben Holzdielen des Bodens. Ansonsten war das Zimmer, das fast völlig von einer Essgruppe ausgefüllt wurde, recht düster. Der einfache, aber geschmackvolle Esstisch und die Stühle mit den leiterförmigen Lehnen waren anscheinend vom selben Schreiner angefertigt wie das Mobiliar der Witwe. Aber die Einrichtung des Handlungsreisenden war in einem städtischeren Stil gehalten.

Der Hausherr setzte sich neben den Apotheker, der vorangegangen war, und wies uns die Plätze an der gegenüberliegenden Seite des Tisches zu. Nachdem auch wir uns niedergelassen hatten, ließ Holmes höflich nachfragen, ob die Geschäfte des Handlungsreisenden gut gingen. Heinrich Decker richtete aus, er könne nicht klagen.

»Dann bin ich Ihnen dankbar, dass Sie sich trotzdem Zeit für uns genommen haben«, entgegnete Holmes mit einem sarkastischen Unterton in der Stimme, der beim Dolmetschen sicherlich verloren ging.

»Die meiste Arbeit fällt von November bis März an. Im Frühjahr mache ich nur ab und zu eine mehrtägige Dienstreise«, übersetzte der Apotheker Heinrich Deckers Antwort.

»Wir sind private Ermittler und untersuchen …«

»Das weiß hier jeder«, unterbrach Bertram Steinmetz mit einem breiten Grinsen.

»Ich frage mich, ob ein Zusammenhang zwischen dem Tod Ihres Schwagers und dem des Fotografen besteht«, fuhr Holmes unverdrossen fort. »Daher interessiere ich mich für den Einbruch von vergangener Nacht. Sie haben doch bestimmt überprüft, was im Haus gestohlen wurde?«

»Ja, Herrn Grünewalds Kamera und alle Fotoplatten. Das ist mir jedenfalls sofort aufgefallen. Ich kann aber leider nicht beurteilen, ob sonst noch etwas aus Herrn Grünewalds Besitz fehlt«, antwortete Heinrich Decker ohne nachzudenken. »Eine schreckliche Geschichte! Ich konnte es zuerst gar nicht fassen, dass mein Mieter ermordet wurde«, brach es dann aus ihm heraus.

»Ich habe gehört, das Haus gehört Ihrer Schwester?«, meinte Holmes in einem beiläufigen Tonfall.

Gespannt wartete ich, ob der Hausherr zugab, dass seine Schwester noch lebte.

»Ja, die arme Gisela hat es mit in die Ehe gebracht. Das war eine schreckliche Geschichte. In diesem Haus ist niemand glücklich geworden«, entgegnete der Handlungsreisende zögerlich, nachdem ihm die Frage übersetzt worden war.

Wenn man davon absah, dass er alle Schicksalsschläge als »schreckliche Geschichte« bezeichnete, waren seine Worte gut gewählt. Er hatte den Tod seiner Schwester weder bestätigt noch abgestritten.

»Eigentlich sollte ich das Haus verkaufen. Es war ein Glücksfall, dass dieser Fotograf eine möblierte Wohnung suchte. Wer weiß, ob ich so schnell einen neuen Mieter dafür finde!«, murmelte der Hausherr vor sich hin, was der Apotheker ungefragt übersetzte.

Ich vermutete, dass wie in England auch hier die Dorfjugend in die Städte zog, da es auf dem Land keine einträgliche Arbeit für sie gab.

»Was hält Sie dann davon ab, das Haus zu verkaufen?«, ließ Holmes nachfragen.

Heinrich Decker ließ sich einen Moment Zeit, bevor er etwas erwiderte.

»Es ist schließlich mein Elternhaus. Ich kann mich nur schwer davon trennen.«

Die mollige Hausherrin öffnete leise die Tür. Sie hatte sich frisch frisiert und die Ärmel ihres Kleides wieder heruntergekrempelt. Mit gesenkten Lidern trug sie bedächtig ein Tablett herein, auf dem vier mit Kaffee gefüllte Porzellantassen, ein Milchkännchen und eine Zuckerdose standen. Wie ich von Anfang an geahnt hatte, gab es offenbar in diesem Haushalt keine Dienstboten.

Als Elisabeth Decker eine der kleinen, dünnwandigen Tassen vor mich auf den Tisch stellte, schwappte etwas Kaffee über. Die Hausherrin gab aber vor, ihr Missgeschick nicht bemerkt zu haben, und zog sich wieder zurück.

»Wie viele Räume hatte der Fotograf im Haus bewohnt?«, wollte Holmes wissen und betrachtete argwöhnisch seine Tasse.

Auch ich befürchtete, es könnte sich wieder um Zichorienkaffee handeln, aber der köstliche Duft ließ mich das Gegenteil hoffen. Behutsam, um nicht noch mehr Flüssigkeit zu verschütten, blies ich auf den Kaffee, der noch immer glühend heiß war. Ich trank einen Schluck und war angenehm überrascht, wie stark der Kaffee war.

»Im eigentlichen Sinn bewohnt hat er nur das Schlafzimmer im ersten Stock«, antwortete der Handlungsreisende. »Aber er hatte eine Dunkelkammer im Badezimmer eingerichtet, das sich im Erdgeschoss befindet, und in der Vorratskammer hat er seine Requisiten aufbewahrt.«

»Ich nehme an, der Einbrecher ist durch das Küchenfenster eingedrungen?«

Der Apotheker und der Handelsvertreter blickten einander erstaunt an, nachdem Ersterer die Frage übersetzt hatte.

»Ja, genau. Dort hat man auch den unglücklichen Herrn Grünewald gefunden. Vielleicht hatte er etwas Verdächtiges gehört. Vielleicht war er aber auch in die Küche gekommen, um sich einen Kaffee zu kochen«, ließ Heinrich Decker ausrichten.

»Mitten in der Nacht?«

»Diese Zeitungsleute machen doch die Nacht zum Tag«, entgegnete der Apotheker, ohne vorher dem Hausherrn die Frage zu übersetzen.

»Könnte er nicht in der Dunkelkammer gearbeitet haben?«, schlug ich schüchtern vor.

»So wird es gewesen sein! Dass mir diese Idee nicht selbst gekommen ist!«, rief Bertram Steinmetz begeistert aus.

Ich wollte noch etwas hinzufügen, fing aber einen bösen Blick von Holmes auf. Trotzdem ließ er die Sache dabei bewenden. »Wie war Ihr Verhältnis zu Ihrem Schwager?«

»Was soll ich dazu sagen?« Der Handlungsvertreter stockte, lockerte seine dunkle Krawatte und atmete tief durch. »Er war der Gatte meiner Schwester. Sonst verband mich nichts mit ihm.«

»Ich hörte, Sie interessieren sich für das Altertum?«, fragte Holmes etwas unmotiviert, aber mit einem angedeuteten Lächeln.

Nachdem die Frage an ihn weitergeleitet worden war, ließ der Hausherr seine Schultern noch tiefer hängen und blickte verlegen auf den frisch geputzten Boden. »Da hat man Ihnen etwas Falsches erzählt. Ich bin kein Privatgelehrter wie mein verstorbener Schwager«, widersprach er bescheiden, aber in seiner Stimme schwang Missgunst mit.

Gedankenverloren steckte Holmes sein Notizzeug ein, griff dann in seine Jackentasche, holte aber nichts heraus. »Leider habe ich meine Taschenuhr im Gasthof vergessen«, sagte er dann zu mir. »Könnten Sie vielleicht die Freundlichkeit besitzen, mir die Uhrzeit zu sagen.«

Es war eigentlich nicht Holmes' Art, seine persönlichen Dinge zu vergessen. Erstaunt zog ich meine silberne Uhr aus der Westentasche und klappte sie auf. Auch der Handlungsreisende hatte automatisch nach seiner Uhr gegriffen, hielt aber mitten in der Bewegung inne, da ich ihm zuvorgekommen war.

»Falls sie nicht falsch geht, ist es fünf vor elf«, erwiderte ich vorsichtig, denn ich hatte meine Taschenuhr seit Tagen nicht mehr gestellt, sondern sie nur aufgezogen. Offenbar hatte mich das gemächliche Landleben angesteckt. In Ulmen gab es keine Pferdebahn, die man verpassen konnte, und keine Theateraufführung, zu der man pünktlich erscheinen musste.

»Dann möchte ich Ihre Zeit nicht länger in Anspruch nehmen! Morgen früh werde ich übrigens nach Frankfurt am Main fahren, um den Saurier-Experten des Senckenberg-Instituts zu konsultieren«, kündigte Holmes an. Warum informierte er die beiden Männer über seine Pläne, obwohl er gewöhnlich so geheimniskrämerisch war? »Als Handlungsreisender sind Sie notgedrungen oft unterwegs. Sie können uns doch sicherlich ein Hotel in Frankfurt empfehlen?«

Als der Apotheker Holmes' Worte übersetzt hatte, versuchte der Hausherr nicht, seine Erleichterung über unseren bevorstehenden Aufbruch zu verbergen. »Wenn ich in Frankfurt bin, steige ich immer im Bahnhofshotel ab. Es ist zentral gelegen und nicht so teuer. Wenn Sie sich auf mich berufen, wird man Ihnen bestimmt meinen Mengenrabatt gewähren«, ließ er geflissentlich ausrichten, bevor er zur Anrichte ging und einen Zettel aus einem kleinen Holzkasten holte, der dort herumstand. Sorgfältig notierte er die Adresse des Hotels darauf.

Holmes nahm den Zettel in Empfang und erhob sich, ohne seinen Kaffee angerührt zu haben. Auch die beiden Einheimischen hatten nichts getrunken.

Als uns der Handlungsreisende zur Tür brachte, schloss sich der Apotheker sogleich an. »Höchste Zeit, in mein Geschäft zurückzukehren«, verkündete er, und während wir noch unsere Mäntel zuknöpften, eilte er bereits davon.

Nachdem wir uns vom Hausherrn verabschiedet hatten, verließen auch wir das Haus.

»Ich nehme an, wir gehen zum Gasthof«, erkundigte ich mich, als wir um die nächste Ecke gebogen waren.

»Ja. Aber ich versuche unterwegs, einige Requisiten zu beschaffen, die ich heute Nachmittag benötige. Halten Sie daher bitte Ausschau nach Brettern und Holzleisten, die in Höfen oder am Wegrand herumliegen«, instruierte mich Holmes, während er die Straße entlangmarschierte, ohne nach rechts oder links zu schauen.

Ich fragte nicht nach, was er mit den Holzteilen zu tun gedachte, da ich nicht mit einer Antwort rechnete. »Ich glaube, der Fotograf musste sterben, weil er wusste, wer Herbert Becher umgebracht hat«, sagte ich stattdessen.

»Der Mörder des Lehrers hat einen Schritt in die falsche Richtung gemacht, und jetzt kann er nicht mehr zurück«, erklärte Holmes dunkel, aber immerhin widersprach er mir nicht.

»Sie glauben auch nicht, dass es der Landstreicher war?«, hakte ich nach.

»Wenn ein Landstreicher es auf die Kamera abgesehen gehabt hätte, wäre er nicht in das Haus eingebrochen, sondern hätte den Fotografen an einem nebligen Tag am Ufer überfallen.«

»Ich dachte, Verbrecher bleiben immer bei ihrer Methode. Daher erstaunt es mich, dass Herbert Becher erschlagen und der Fotograf erstochen wurde«, überlegte ich laut.

»Möglicherweise hat unser Mann den Lehrer im Affekt erschlagen, während er seinen zweiten Mord gründlich geplant hat«, gab mir Holmes zu bedenken.

»Ich habe mich über die farbige Kleidung von Elisabeth Decker gewundert«, sinnierte ich nach einer Weile, da Holmes gerade ungewöhnlich gesprächig war. »In Italien hätte sie Trauer getragen.«

»Für den geschiedenen Mann der Schwester?«

»In Italien gibt es keine Ehescheidungen«, führte ich zu meiner Entschuldigung an, aber Holmes warf mir trotzdem einen rügenden Seitenblick zu. »Es wird Ihnen sicherlich nicht entgangen sein, dass die Geschäfte des Handlungsreisenden nicht so lukrativ sind, wie er vorgab?«, fragte er mich geradezu inquisitorisch.

»Sein Gehrock entspricht nicht der neuesten Mode?«, schlug ich vorsichtig vor, aber Holmes machte eine abwehrende Handbewegung.

»Das ist in seinem Metier nicht nötig. Er verkehrt mit Gutsverwaltern und Bauern, nicht mit Damen der Gesellschaft. Aber die Fellbesätze an Kragen und Revers sind nachträglich angebracht worden, um abgewetzte Stellen zu vertuschen. Außerdem baumelte seine Uhrkette so locker am Westenknopf, dass keine Uhr daran befestigt sein konnte. Zweifelsohne hat er sie unlängst verpfändet, was seine unbedachte Reaktion enthüllte.«

»Vielleicht hat er sie sogar verkauft«, spann ich den Gedanken weiter.

»Dazu würde er sich nur im äußersten Notfall hinreißen lassen, denn die Taschenuhr war ein Geschenk seiner Großeltern zur Firmung. Haben Sie nicht das altmodische, kleine Kreuz aus Silber gesehen, das an der Uhrkette befestigt war?«, widersprach Holmes, und ich nickte, um nicht zugeben zu müssen, dass mir dieses Detail bedauerlicherweise entgangen war. »Seine Frau kümmert sich während seiner Abwesenheit allein um die Milchkühe. Das konnte man an ihrem frischen Teint sehen. Die Beschaffenheit des Bodens und die geringe Abmessung der Parzellen ermöglichen es in dieser Region nur den Wenigsten, von Landwirtschaft oder Viehzucht allein zu leben.«

»Tatsächlich«, war alles, was mir dazu einfiel.

»Umso erstaunlicher, dass Herr Decker trotz seiner prekären finanziellen Situation das Haus seiner Schwester nicht verkauften möchte«, trumpfte Holmes auf. »Das untermauert meine Theorie, dass seine Schwester noch lebt.«

»Hoffentlich deutet der Gendarm unsere überstürzte Abreise nicht als Schuldeingeständnis«, bemerkte ich – eine Sorge, die mich zunehmend plagte.

»Warum um Himmels willen sollte er ausgerechnet uns der Tat verdächtigen?«

»Weil wir in dem Gasthaus wohnen, in dem auch das Mordopfer logiert hat. Außerdem sind wir ebenso wie der Landstreicher Fremde.«

»Das halte ich für recht weit hergeholt«, widersprach Holmes leichthin.

Ich hätte mir eigentlich denken können, dass er meine Befürchtungen nicht ernst nahm. Wenn er eine heiße Spur verfolgte, verschwendete er keinen Gedanken an seine eigene Sicherheit und die seines Assistenten.

»Ob uns Doktor Peeters wohl die Kosten der Bahnfahrkarten nach Frankfurt und der Hotelübernachtungen erstattet?«, fragte ich nach einer Weile.

»Davon bin ich überzeugt. Schließlich kenne ich ihn von früher.« Holmes hatte bereits in Antwerpen eine diesbezügliche Bemerkung gemacht, mich aber über Art und Zeitpunkt ihres früheren Zusammentreffens im Dunkeln gelassen. »Außerdem schien er über den Tod seines Freundes ehrlich betroffen zu sein.« Holmes blickte mich schelmisch an. »Es würde mich auch nicht wundern, wenn die Zeitung, für die Herr Grünewald tätig war, eine Belohnung für die Ergreifung seines Mörders aussetzt.«

»Das steigert bestimmt die Auflage«, pflichtete ich ihm boshaft bei.

»Vor allem bin ich nicht willens, diesen Fall der – glücklicherweise sehr kurzen – Liste meiner Misserfolge hinzuzufügen.« Auf Holmes' Gesicht zeigte sich ein kämpferischer Ausdruck. »Ich werde dem Mörder von Herbert Becher das Handwerk legen – ob mit Doktor Peeters Auftrag oder ohne ihn.

14. Der Einbruch

Insgeheim hatte ich gehofft, dass die Ulmener zu arm oder zu sparsam waren, um brauchbare Holzstücke verkommen zu lassen. Aber leider wurde Holmes mit dem Fuhrmann handelseinig, der uns am nächsten Morgen nach Mayen transportieren sollte. Er überließ ihm nicht nur einige etwa drei Fuß lange Bretter, sondern auch seinen halbwüchsigen Sohn, den er damit beauftragte, sie zu unserem Gasthof zu schleppen. Damit man uns nicht mit den Planken in Verbindung brachte, ließen wir dem Jungen eine Viertelstunde Vorsprung und folgten ihm dann.

»Sie werden mich für eine Stunde entschuldigen. Ich muss noch ein paar weitere Requisiten besorgen«, sagte Holmes, nachdem wir im Hof des Gasthauses die Holzstücke begutachtet hatten. »Ich hole Sie dann in Ihrem Zimmer ab.«

Falls der Gastwirt darüber erstaunt war, dass altes Holz hinter seinem Haus gestapelt worden war, so ließ er es sich zumindest in meiner Gegenwart nicht anmerken. Mit stoischer Miene überreichte er mir meinen Zimmerschlüssel, und ich zog mich in mein Gästezimmer zurück. Als es eine halbe Stunde später an meine Zimmertür anklopfte, riss ich sie neugierig auf.

Draußen stand ein untersetzter Handwerker, der ein sorgsam verschnürtes Bündel geschultert hatte. Der biedere Mann besaß zwar keine Ähnlichkeit mit dem Londoner Detektiv, aber trotzdem ließ ich mich nicht ins Bockshorn jagen, sondern machte eine einladende Geste und trat zur Seite.

»Was um Himmels willen haben Sie in dieser Aufmachung vor?«, fragte ich von einer dunklen Vorahnung ergriffen, als ich die Zimmertür hinter mir geschlossen hatte.

»Ich möchte den Tatort untersuchen. Deshalb werden wir vorgeben, Arbeiter zu sein, die die leere Fensteröffnung vernageln sollen.«

Ich erlaubte mir einen missbilligenden Blick.

»Keine Sorge, ich werde den gesetzwidrigen Part übernehmen«, beteuerte Holmes, während er sein Bündel öffnete. »Sie bleiben draußen und warnen mich, falls der Gendarm auftauchen sollte.«

Er kniff die Augen angestrengt zusammen, durchwühlte dann seinen Packen, der alte Kleidungsstücke enthielt, und entschied sich schließlich für einen schmuddeligen Arbeitskittel und eine grobe Mütze, die er mir überreichte. Nachdem ich den Kittel, der viel zu weit für mich war, übergestreift und mir die unkleidsame Schirmmütze ins Gesicht gezogen hatte, trat Holmes einen Schritt zurück, um mich zu mustern. Er nickte zufrieden. Wahrscheinlich sah ich eher wie ein Vagabund als ein Handwerker aus.

»Aber wie stellen Sie sich das vor! Der halbe Ort ist um das Haus versammelt!«, gab ich zu bedenken.

»Das ist nicht London, wo sich Tausende von Müßiggängern auf den Straßen tummeln ...«

»Nein es ist Ulmen, wo jeder jeden kennt«, schnitt ich Holmes das Wort ab. »Und wir können nicht einmal antworten, wenn man uns auf Deutsch anspricht.«

»Die Einheimischen haben sicherlich inzwischen ihre Arbeit wieder aufgenommen. Sonst schaffen sie ihr Tagwerk nicht«, meinte Holmes, während er sein Bündel sorgfältig verschnürte und es sich dann über die Schulter warf. »Warum sollte Heinrich Decker keine Handwerker aus dem Nachbarort angeheuert haben? Als Handelsvertreter kommt er viel herum, und darüber hinaus ist er zur Sparsamkeit gezwungen. Was aber Ihre letzte Befürchtung betrifft: Niemand spricht einen Arbeiter an, sondern man geht ihm aus dem Weg.«

Als wir das Gasthaus durchquerten, hielt ich mit gemischten Gefühlen nach den Wirtsleuten Ausschau. In unserer Verkleidung mussten sie uns für Ganoven halten. Da ich den von Holmes geplanten Einbruch für keine sehr gute Idee hielt, hoffte ich insgeheim, vom Wirt aufgehalten zu werden. Aber das Glück war auf Holmes' Seite, und die Rezeption war nicht besetzt.

An diesem Tag hätte ich nichts gegen dichten Nebel einzuwenden gehabt. Doch trotz einer grauen Wolkendecke, die nichts Gutes verhieß, waren die Sichtverhältnisse für meinen Geschmack noch immer viel zu gut. Wir umrundeten das Haus, klemmten die Bretter unter den Arm und machten uns dann auf den Weg zum Tatort. Da ich im Gehen weiterhin missmutig vor mich hingrübelte, stieß ich unterwegs fast mit einem erschöpften Landarbeiter zusammen. An der nächsten Straßenkreuzung kam uns eine kleine Gruppe von schwatzenden Bäuerinnen entgegen, die sich aber nicht weiter für uns interessierten. Ansonsten waren die Ulmener Gassen wieder menschenleer.

Als ich das Haus des verstorbenen Lehrers vor mir erblickte, stieß ich einen leisen Seufzer der Erleichterung aus. Wie Holmes vorhergesagt hatte, lungerten tatsächlich keine Schaulustigen mehr davor herum. Außerdem dämmerte mir, warum Holmes wusste, durch welches Fenster der Einbrecher eingedrungen war: Die drei Glasscheiben der Vorderfront, vor der wir bei unserem letzten Besuch gestanden hatten, waren unversehrt. Als wir jedoch in die links angrenzende Gasse einbogen, sah ich, dass das einzige Fenster im Erdgeschoss eingeschlagen worden war. In der Stadt hätte man in der Zwischenzeit den Schaden behoben. Aber wir waren auf dem Lande, wo man die Haustür nicht abschloss, wenn man die Nachbarn besuchte.

Neugierig spähte ich durch das offene Fenster in die Küche. Hier hatte sich nichts verändert, seit wir das Haus inspiziert hatten. Noch immer lastete auf dem alten Bau, der in der Vergangenheit stehen geblieben schien, eine unheilvolle Atmosphäre. Schließlich hatte der neue Mieter das Haus nur einen einzigen Tag lang bewohnt und daher keine Spuren hinterlassen.

»Falls der Gendarm vorbeikommen sollte, tun Sie bitte so, als ob Sie sich anschicken, mit den Brettern den Fensterrahmen zu vernageln«, instruierte mich Holmes, nachdem wir die Latten an die Hauswand gelehnt hatten.

Eine blasse Sonne blinzelte zwischen den Wolken hervor, verschwand aber gleich wieder. Ein starker Wind frischte auf, der vom See feucht-stickige Luft herwehte, die nach Regen roch.

»Im Zweifelsfall werde ich mich erst einmal möglichst unauffällig verhalten«, entgegnete ich, während ich skeptisch in die Seitengasse schaute. Sie war so eng, dass ich die angrenzenden Häuser mit ausgestreckten Armen hätte berühren können.

Holmes begutachtete mit skeptischem Blick die verschlossenen Fensterläden des gegenüberliegenden Fachwerkhauses. »Aber passen Sie bitte auf, dass man Sie nicht durch eines dieser Fenster beobachtet«, meinte er, bevor er sein Bündel öffnete und ihm Hammer und Nägel entnahm. Er überreichte mir das Werkzeug und stieg dann so mühelos wie ein routinierter Einbrecher in die Küche ein.

Mit einem Auge schielte ich in Richtung Straße, mit dem anderen beobachtete ich Holmes durch die Fensteröffnung. Langsam und mit zu Boden gesenkten Augen ging er in der

Küche auf und ab. Nachdem er jeden Inch begutachtet hatte, hockte er sich auf seine Fersen, um durch seine Lupe die Holzdielen des Küchenbodens zu betrachten. Dabei brummelte er missmutig etwas vor sich hin, was ich leider aus dieser Entfernung nicht verstehen konnte.

Schließlich erhob sich Holmes, steckte die Lupe in seine rechte Jackentasche zurück und ging zur Küchentür. Ich fragte mich, was er vorhatte, denn ich hatte geglaubt, er sei in das Haus eingestiegen, um den Tatort zu untersuchen. Warum verließ er dann die Küche?

Als Holmes die Tür lautlos einen Spaltbreit aufzog, schoss ein struppiger, kleiner Hund knurrend heraus, der in der Diele gelauert haben musste. Zähnefletschend und mit funkelnden Augen sprang er auf Holmes zu. Kein Zweifel: Das war der bösartige Köter des Lehrers! Hatte den nicht Heinrich Decker bei sich aufgenommen?

Meine Nackenhaare stellten sich auf, und ich überlegte, ob ich Holmes zu Hilfe kommen sollte, konnte mich aber nicht entschließen, meinen Beobachtungsposten aufzugeben. Schließlich musste ich nach dem Gendarmen Ausschau halten.

Holmes murmelte einige beruhigende Worte und zog dabei ganz langsam etwas aus der Tasche seines Kittels. Es war ein Knochen, den er dem bösartig knurrenden Hund zuwarf. Das Tier hielt den Kopf schräg, schaute mit noch immer gebleckten Gebiss zu dem Eindringling hoch, dann wieder gierig auf den Knochen herab. Schließlich begann es, daran zu knabbern, und ließ Holmes ohne weiteres Kläffen passieren. Dieser drückte sich durch den Türspalt hindurch und stieß dann die Tür blitzschnell hinter sich zu.

Hufgetrappel und das Geräusch von eisenbeschlagenen Rädern, die über Kopfsteinpflaster polterten, kamen von der Straße her. Sofort drückte ich mich mit dem Rücken an die

Hauswand, zog meine Mütze tiefer in die Stirn, um mein Gesicht zu verbergen, und verharrte atemlos im Schatten des Hauses. Dabei umklammerte ich den Hammer und die Nägel so krampfhaft mit den Fingern, dass sie schmerzten.

Das von einem Ackergaul gezogene Fuhrwerk eines Bauern näherte sich bedächtig und drosselte vor dem Haus des Lehrers nochmals seine Geschwindigkeit. Mein Herz schien vor Aufregung zu bersten und ich wagte kaum zu atmen. Hatte mich der Mann auf dem Kutschbock bemerkt? Jeden Augenblick erwartete ich, in einer Sprache, die ich nicht verstand, zur Rede gestellt zu werden. Vielleicht hätte ich doch, wie Holmes vorgeschlagen hatte, mit dem Vernageln des Fensters beginnen sollen?

Aber das Fuhrwerk blieb nicht stehen, sondern entfernte sich ganz allmählich wieder. Das war gerade noch einmal gutgegangen! Ich konnte nur hoffen, dass der Fuhrmann nicht den Gendarmen herbeirief! Als die Geräusche endlich verklungen waren, atmete ich tief durch, um meinen rasenden Puls zu beruhigen. Noch immer etwas atemlos von der nervlichen Anspannung verließ ich dann meine Deckung und spähte neugierig durch das Küchenfenster. Der Hund nagte noch immer an seinem Knochen, aber von Holmes fehlte jede Spur.

Nach einer knappen Viertelstunde kehrte er endlich zurück. Zum Glück hatte sich in der Zwischenzeit niemand in der Gasse blicken lassen, meine Nerven lagen langsam blank. Ich nahm an, Holmes würde das Haus endlich verlassen, aber jetzt öffnete er die Tür der Vorratskammer, die ich leider von draußen nicht einsehen konnte. Dort befand sich wahrscheinlich der spärliche Überrest der fotografischen Ausrüstung, den der Einbrecher nicht entwendet hatte.

Ein lautes Krachen drang aus dem Nachbarhaus herüber, und ich hielt reglos inne. Fluchtartig trat ich zur Wand zurück. Ich wartete ein oder zwei Minuten, aber es wurde kein Fensterladen geöffnet. Dann trieb die Neugier mich wieder zum Küchenfenster.

Holmes war wohl noch immer in der Vorratskammer. Jedenfalls konnte ich ihn nicht sehen. Wenig später kam er endlich zurück, verließ aber noch immer nicht das fremde Haus, sondern schickte sich an, die Küche zu durchstöbern. Ungeduldig beobachtete ich ihn durch das Fenster. Es gab keine Dose, die er nicht öffnete, und keine Schublade, die er nicht aufzog. Enerviert fragte ich mich, wonach er eigentlich suchte. Endlich fand er in einem der Glasschuber, in denen man Mehl, Linsen und dergleichen aufbewahrte, einen postkartengroßen Gegenstand, den er in seine Hosentasche fallen ließ. Dann durchquerte er mit schnellen Schritten die Küche und stieg zu guter Letzt doch noch durch das zerschlagene Fenster auf die Gasse zurück.

Erleichtert verstaute ich Hammer und Nägel, die ich die ganze Zeit umklammert hatte, in Holmes' Bündel. Hastig entledigten wir uns unserer Kittel und Mützen, die wir ebenfalls in das Tuch einbanden. Die Bretter lehnten wir im Hinterhof gegen die Wand. Niemand würde sie mit den beiden Besuchern aus dem Ausland in Verbindung bringen.

15. Ein unerwarteter Besucher

Wir machten einen weiten Bogen um den Ortskern herum, um unsere Kostümierung hinter ein paar Büschen abzulegen, bevor wir endlich wieder ins Gasthaus zurückkehrten. Holmes ging zielstrebig in sein Zimmer, wo er sich auf den einzigen Stuhl fallen ließ und sogleich begann, seine Pfeife zu stopfen.

In seinem Raum sah es aus, als wäre ein Wirbelsturm hindurchgefegt. Der Papierkorb war umgeworfen, der Kleiderschrank stand offen, und auf dem Bett türmten sich elegante Kleidungsstücke, abgelegte Wäsche und schäbige Lumpen zu einem wirren Haufen. Der Koffer hingegen lag auf dem Boden, wo er einem Blumentopf aus Terrakotta Gesellschaft leistete, den Holmes zum Aschenbecher umfunktioniert hatte, sehr zum Leidwesen der darin eingepflanzten Palme, die mit hängenden Wedeln gegen diese Behandlung protestierte. Die rechteckige Tischplatte gegenüber dem Bett war mit zerfledderten belgischen, französischen und deutschen Zeitungen übersät, und unter dem Tisch lagen ein Regenschirm und ein Zollstock.

Einige Sekunden lang stand ich in Ermangelung einer Sitzgelegenheit unschlüssig im Raum herum. Dann schob ich die Kleidung auf dem Bett auseinander und nahm zwischen den beiden unordentlichen Stößen Platz. Die Durchsuchung des Hauses hatte für mich mehr Fragen aufgeworfen als beantwortet, und nun war ich ganz begierig darauf zu erfahren, was Holmes in der Küche gefunden hatte.

»Wussten Sie, dass der Hund im Haus lauert?«, eröffnete ich das Gespräch, als endlich der Tabak in Holmes' Pfeife brannte.

Bevor er antwortete, blies Holmes einige Rauchkringel in die Luft. Unter seinen glanzlosen Augen befanden sich dunkle Ringe und auch sonst machte er einen erschöpften Eindruck.

»Da es sich bei dem zutraulichen Schoßhund in Heinrich Deckers Haus wohl kaum um die kläffende Bestie handeln konnte, die Bertha nicht gebändigt bekam, vermutete ich, dass Herbert Bechers Hund momentan das leere Haus bewachte. Schließlich ist es – wie ich selbst demonstriert habe – ein Kinderspiel, durch das kaputte Küchenfenster einzusteigen. Bestimmt wird Heinrich Decker spätestens morgen früh das Fenster reparieren. Nicht zuletzt deshalb wollte ich das Haus so schnell wie möglich untersuchen.« Holmes zog an seiner Pfeife. »Es gibt bei der Ermittlungsarbeit kaum etwas Lästigeres als bösartige Hunde. Manche von ihnen sind die reinsten Ausgeburten der Hölle.«

Ich bestätigte diese nur allzu wahre Beobachtung mit einem Kopfnicken.

»Glücklicherweise habe ich aber festgestellt«, fuhr Holmes fort, »dass fast jeder Hund bestechlich ist. Ich habe sogar eine kleine Abhandlung zu diesem Thema mit dem Titel *Die bisswütigsten Hunderassen und ihre bevorzugte Nahrung* verfasst. Daher war ich für den Hinweis dankbar, dass wir es mit einem Terrier zu tun haben. Sie gehören nicht zu den extrem bissigen Hunden, sind aber berüchtigte Kläffer.«

»Und was haben Sie in den Wohnräumen des Fotografen herausgefunden?«, fragte ich, da Holmes gerade in ungewohnt redseliger Stimmung war.

Von der Rezeption hörte man die hohen Stimmen zweier Frauen. Dann drang das Knarren der hölzernen Treppenstufen durch die Zimmertür. Bisher waren wir die einzigen Gäste im Obergeschoss gewesen, aber das hatte sich offenbar geändert.

»Das Schlafzimmer des Fotografen war ziemlich unordentlich.«

Mein Blick schweifte über die Wäschestöße neben mir. Wenn Holmes den Ausdruck »unordentlich« verwendete, musste dort das schiere Chaos herrschen.

»Trotzdem lag der Teppich im rechten Winkel vor dem Bett und der Anzug ordentlich zusammengefaltet auf einem Stuhl. Die Treppe war gewischt, aber der Küchenboden durch Chemikalien – wahrscheinlich Filmentwickler – verschmutzt. Was folgern Sie daraus?«

Die Frage traf mich unerwartet. Um etwas Zeit zu gewinnen, räusperte ich mich bedeutungsvoll. Holmes wurde bereits ungeduldig wegen meiner Begriffsstutzigkeit, als ich schlagartig erkannte, dass seine Beobachtungen nur einen Schluss zuließen. »Dass der Fotograf nicht in der Küche, sondern in seinem Schlafzimmer umgebracht wurde«, folgerte ich verblüfft. »Der Täter wollte das vertuschen, damit es nach einem Einbruch aussah und nicht nach vorsätzlich geplantem Mord.«

Holmes widersprach mir ausnahmsweise nicht, sondern nickte gedankenverloren und schlenderte zum Fenster, wandte sich dann aber wieder um. »Außerdem wurde das Verbrechen auf keinen Fall von einem Landstreicher begangen. Er hätte nicht die Umsicht besessen, am Tatort aufzuräumen und die Blutspuren zu entfernen.«

»Wie sah es eigentlich im Schlafzimmer aus? Hat der Schwager des Lehrers wenigstens dessen Kleidung weggeräumt.«

»Selbstverständlich. Im Schrank hing Herrn Grünewalds Garderobe.«

Die Schritte hatten den Treppenabsatz erreicht und kamen näher.

»Ich würde gern einen Blick auf die Fotografien werfen, die Sie gefunden haben«, sagte ich, aber im gleichen Moment klopfte es energisch an die Zimmertür. Ob der Gendarm von unserem Einbruch erfahren hatte? Hoffentlich wartete er nicht in der Diele, um uns zu verhaften! Als ich mich nach Holmes umdrehte, verriet seine angespannte Miene, dass er ebenfalls beunruhigt war.

»Herein!«, rief er laut und deutlich.

Die Tür wurde aufgestoßen und ein mageres Mädchen von etwa fünfzehn Jahren blieb auf der Schwelle stehen. Zwei dicke, hellbraune Zöpfe hingen ihr über den Rücken, aber sie war ansonsten wie eine Erwachsene gekleidet. Über eine dunkelblaue, hochgeschlossene Bluse mit Biesenbesatz und einem farblich passenden, knöchellangen Rock hatte sie eine längsgestreifte, blau-graue Schürze gebunden, und ihre Füße steckten in derben Schuhen. Ihr sommersprossiges Gesicht mit der stumpfen, kurzen Nase hatte eine gesunde Farbe und wurde von grauen, nachdenklichen Augen dominiert. Das Mädchen war nur mittelgroß, doch durch ihre aufrechte Haltung wirkte sie hochgewachsener als sie tatsächlich war. Auch ihr ernster Gesichtsausdruck zeugte von dem Versuch, erwachsen zu wirken.

»Mister Siegersohn? Mister Tristan?«, fragte sie in passablem Englisch. Ihre Augen wanderten zwischen uns hin und her, als wären wir exotische Pflanzen.

»Mister Sigerson und Mister Tristram«, korrigierte Holmes und taxierte dabei das Mädchen mit gerunzelter Stirn. »Was führt Sie zu uns?«

»Mein Englischlehrer sagte, dass Sie einen Dolmetscher brauchen?«, erklärte sie erstaunt. Mit trotziger Miene verschränkte sie die Arme vor der Brust. »Er hatte eigentlich meinen Bruder gefragt, aber der hat keine Lust.«

In der Zwischenzeit war so viel geschehen, dass ich unser Gespräch mit Herrn Matuschke völlig vergessen hatte. Außerdem hatte ich erwartet, dass er, wenn überhaupt, einen Musterschüler und kein Bauernmädchen vorbeischicken würde.

»Das ist richtig!«, bestätigte Holmes hocherfreut. Ganz plötzlich war alle Lethargie von ihm abgefallen. »Kommen Sie herein!«

Zaghaft betrat das Mädchen das Gästezimmer. Ihr wachsamer Blick suchte in den Ecken und unter dem Bett offenbar nach Skeletten oder schrecklichen Utensilien, und ich fragte mich, welche Schauermärchen ihr Lehrer wohl über uns verbreitet hatte.

»Ich würde gern zur Polizei gehen, aber dort nimmt man keine Frauen«, verkündete sie ungebeten und reckte forsch das Kinn empor.

Holmes fragte sie höflich, wie sie hieß. Ich erinnere mich noch daran, dass ihr Vorname Klara war, muss aber zu meiner Schande gestehen, dass ich mich nicht mehr ihres Nachnamens entsinne.

»Mister Tristram, könnten Sie vielleicht telegrafisch in Frankfurt zwei Zimmer für morgen Abend reservieren?«, bat mich Holmes reichlich abrupt, und ich nickte automatisch. »Und vergessen Sie bitte nicht, sich auf den Handelsreisenden zu berufen.« Holmes überreichte mir den Zettel mit der Adresse des Bahnhofshotels. »Wenn es Ihnen nichts ausmacht, könnten Sie dann nach Bertha Ausschau halten. Sie müsste im Laufe des Nachmittags von ihrer Nichte zurückkehren, und ich würde vor unserer Abfahrt nach Frankfurt gern mit ihr sprechen.«

Ich fühlte Enttäuschung in mir aufsteigen, denn ich hätte Holmes lieber bei seinen Ermittlungen geholfen statt Depeschen aufzugeben und der alten Haushälterin aufzulauern.

Dann fügte ich mich, wenn auch widerwillig, in mein Schicksal.

»Sie werden doch nicht Ihren Fünfuhrtee ausfallen lassen?«, fragte mich Klara erstaunt. Sie schien eine sehr idyllische Vorstellung vom Alltag eines Briten zu haben.

»Was haben Sie vor?«, erkundigte ich mich bei Holmes schlecht gelaunt, ohne die Frage des Mädchens zu beantworten.

»Ich möchte mich mit allen Bewohnern Ulmens unterhalten, die das Ungeheuer gesichtet haben.« Einen Moment fragte ich mich, ob Holmes mittlerweile an die Existenz des Seeungeheuers glaubte. Aber ich verwarf diesen Gedanken sogleich wieder. Es war völlig ausgeschlossen, dass Holmes einen derartigen Humbug ernsthaft erwog. »Das hätte ich eigentlich schon am ersten Tag zu gern getan. Was ein Jammer, dass es solange gedauert hat, bis ich einen Dolmetscher gefunden habe«, schimpfte er verärgert vor sich hin.

»Die Frau des Bäckers ist ganz begierig darauf, Ihnen ihre Beobachtungen zu schildern«, kündigte Klara mit vor Aufregung roten Wangen an.

»Die redseligsten Zeugen erweisen sich meist als Zeitverschwendung«, dämpfte Holmes ihren Enthusiasmus, blickte aber dann das Mädchen aufmunternd an.

Ich verstand den dezenten Wink und ging zur Tür. Holmes sammelte noch einige Utensilien zusammen, schob dann den Stuhl unter den Tisch und griff nach seinem Hut, der am Fenstergriff hing. Als wir zu dritt die Rezeption passierten, tuschelten die Wirtsleute hinter unserem Rücken. In der Großstadt wäre es völlig undenkbar, dass ein junges Mädchen mit einem eingefleischten Junggesellen von Tür zu Tür zog, um Leute auszufragen. Aber selbst auf dem Land, wo alle sich kannten, war es sicherlich befremdlich.

Nachdem ich das Telegramm aufgegeben hatte, schlenderte ich durch die verwinkelten Gassen Ulmens. Ich wollte mich nämlich nicht zum allgemeinen Gespött machen, indem ich stundenlang vor dem Haus des verstorbenen Lehrers herumstand. Wenn Einheimische meinen Weg kreuzten, bemerkte ich den Unterschied zwischen ihrem schnellen, zielgerichteten Gang und meinem scheinbar ziellosen Herumspazieren. Sie waren weder Flaneure beim Schaufensterbummel noch Urlauber, die auf dem Land Erholung suchen, sondern eilten zur Arbeit oder nach Hause. Entsprechend abschätzig waren ihre Blicke.

Als ich das fünfte Mal das Unglückshaus passierte, war Heinrich Decker im Begriff, das Fenster mit der eingeschlagenen Scheibe zu vernageln. Ob er dazu die Bretter verwendete, die Holmes und ich großzügigerweise hinter dem Haus zurückgelassen hatten? Wir hätten uns eigentlich denken können, dass er die Arbeit selbst erledigte, so abgebrannt wie er war.

Auf meiner zehnten Runde sah ich aus der Ferne einen einspännigen, ländlichen Wagen mit großen Holzrädern, der sich in Richtung Ortskern bewegte. Ich kaute gerade lustlos auf einem harten Backwerk herum, das wohl vom Vortag übriggeblieben war. Sicherlich hätte der Bäcker nicht gewagt, das altbackene Teilchen einem seiner Mitbürger anzubieten.

Einer Eingebung folgend, eilte ich zu Herbert Bechers Haus. Schwer atmend schaffte ich es, fast gleichzeitig mit dem Gefährt anzukommen. Als der Wagen mit quietschenden Bremsen vor dem Haus des Lehrers zu stehen kam, stellte ich erfreut fest, dass meine Vorahnung mich nicht getrogen hatte: Auf dem Kutschbock thronte neben einem jungen Bauern eine große, korpulente Frau. Zu einem altertümlichen, unter der Brust gegürteten Kleid trug sie einen abgetragenen

Fuchspelz als Stola. Ihr dunkelblondes Haar hatte sie – wahrscheinlich unter Zuhilfenahme einer Brennschere – sorgfältig zu einer Löckchenfrisur drapiert. Nur weil ich Bertha erwartet hatte, erkannte ich sie wieder, denn in dieser Aufmachung sah sie aus, als wäre sie einem Ölbild aus dem Empire entsprungen. Die robusten Schnürstiefel, in denen ihre Füße steckten, waren das einzige Zugeständnis an die ländliche Umgebung. Aber wenigstens waren sie so gründlich poliert, dass sich die Wagenräder auf ihrer Oberfläche spiegelten.

Nachdem sie schwerfällig vom Kutschbock heruntergestiegen war, verabschiedete Bertha sich von dem Fahrer des Wagens, einem muskulösen, braunäugigen Mann mit großem, buschigem Schnurrbart. Seine Kleidung – eine einfache Arbeitsjacke, eine weite Hose, die in kniehohen Stiefeln steckte, und eine Stoffmütze – ließ darauf schließen, dass er nur kurz seine Feldarbeit unterbrochen hatte.

Als er mich witterte, hob der braune Ackergaul vor dem Wagen den Kopf und schnaubte tückisch, bevor er versuchte, mit dem Schwanz eine Fliege wegzuschlagen. Ehe ich den Kutscher bitten konnte, einen Augenblick lang zu warten, knallte er mit der Peitsche, und das Zugpferd setzte sich in Bewegung.

Endlich bemerkte mich wenigstens Bertha, die mir allerdings einen finsteren Blick zuwarf, der einer Rachegöttin alle Ehre gemacht hätte. Ihre leichte Reisetasche hielt sie an die Brust gepresst, als ob sie jeden Moment mit einem Raubüberfall rechnete. Ratlos fragte ich mich, wie ich der Haushälterin begreiflich machen sollte, dass sie erstens den Tatort nicht betreten durfte und zweitens Holmes mit ihr zu sprechen gedachte.

Aber zu meiner Erleichterung bog just in diesem Augenblick die lange, dünne Gestalt von Holmes um die Ecke. Vermutlich hatte er die Kutsche schon aus der Ferne beobachtet. Seine junge Dolmetscherin, die Schwierigkeiten hatte, mit ihm Schritt zu halten, folgte in einigen Fuß Abstand.

»Bitte erschrecken Sie nicht. Wir möchten nur mit Ihnen über Ihren Arbeitgeber sprechen«, ließ Holmes Klara ausrichten, als das ungleiche Paar die Haushälterin erreicht hatte. »Mein Name ist Mister Sven Sigerson ...«

»Ich weiß, Sie haben im Haus meines armen, verstorbenen Herrn ein schreckliches Durcheinander angerichtet. Drei Tage habe ich gebraucht, bis alles wieder am richtigen Ort war«, übersetzte das Mädchen ihren Einwurf. Ihr verlegener Gesichtsausdruck ließ darauf schließen, dass Klara einige Grobheiten unterschlagen hatte.

Irritiert fragte ich mich, wie Bertha sich die weitere Zukunft des Hauses vorstellte. Es war schließlich kein Museum. Früher oder später würde ein neuer Bewohner einziehen und die altmodischen Möbel ausrangieren. Hoffentlich nahmen ihre Verwandten Bertha bei sich auf, denn es war sicherlich keine gute Referenz, Haushälterin zweier Herren gewesen zu sein, die binnen weniger Wochen eines unnatürlichen Todes gestorben waren.

»Berichten Sie ihr bitte, dass Herr Grünewald während ihrer Abwesenheit erstochen wurde«, trug Holmes mit unerschütterlichem Gleichmut seiner Dolmetscherin auf.

Klara schluckte und blickte bekümmert zu Boden, bevor sie den Auftrag ausführte.

Als sie die schrecklichen Nachrichten vernommen hatte, griff Bertha unwillkürlich an das kleine, goldene Kreuz, das sie an einer Kette um den Hals trug, und ihre Augen füllten sich mit Tränen. Mit einem leisen Aufschrei rang sie die Hände, wobei ihr schäbiger Pelz ihre Schultern hinunterglitt. Schniefend zog sie ihr Taschentuch hervor und trocknete sich die Tränen. Diese heftige Reaktion hatte ich nicht erwartet. Betrauerte sie den Tod des Fotografen oder den erneuten Verlust ihres Arbeitsplatzes?

Bertha schaute noch einen Augenblick lang betreten zu Boden, bevor sie das Fuchsfell auf ihre Schultern zurückschob und ihr wettergegerbtes Gesicht sich wieder verhärtete. In feindseligem Tonfall stieß sie ein paar Worte hervor. Ihre schrille Stimme klang mindestens eine Oktave höher als gewöhnlich.

»Sie sagt, das sei die Strafe des Himmels dafür, dass Heinrich Decker so pietätlos war, das Haus weiterzuvermieten, kaum dass sein Schwager unter der Erde war.« Klara hatte den langen Satz so schnell heruntergerattert, dass sie außer Atem geraten war. »Und noch dazu einem Ortsfremden, der gekommen ist, um uns auszukundschaften und anschließend darüber zu berichten. Wir leben in schrecklichen Zeiten! Selbst auf dem Land ist man heutzutage nicht mehr sicher«, ergänzte sie, nachdem sie tief Luft geholte hatte.

»Sie scheint ja ein besonders herzliches Verhältnis zu ihrem neuen Arbeitgeber gehabt zu haben«, entgegnete ich boshaft. »Aber warum sollte der Himmel den Mieter des Hauses bestrafen und nicht den pietätlosen Eigentümer?«

Aber wie so oft überging Holmes meine Bemerkung. »Worüber hat er gestern Morgen gesprochen, als Sie ihn das letzte Mal lebend gesehen haben?«, ließ er nachfragen.

Bertha strich sich eine dunkelblonde Locke aus dem Gesicht und rückte dann ihren Pelz zurecht, der schon wieder verrutscht war.

»Er hat sich darüber Gedanken gemacht, wie man die Anzahl der Fremden steigern kann, die die Eifel besuchen«, richtete die Haushälterin aus, wobei sie ihr Gewicht ungeduldig von einem Fuß auf den anderen verlagerte.

Aber Holmes gab nicht so schnell auf. Mit allem Fingerspitzengefühl, das er in derartigen Fällen durchaus aufbringen konnte, fragte er sie nach ihrer persönlichen Meinung über Herbert Becher. Dessen ehemalige Haushälterin wusste jedoch nur zu berichten, dass er ein hervorragender Gelehrter und ein großartiger Mensch gewesen sei. Auch die Adresse des Trierer Antiquitäten-Händlers sagte ihr leider gar nichts, worauf Holmes das Gespräch wieder auf den Fotografen lenkte.

»Sie wissen nicht zufällig, ob es ihm tatsächlich gelungen ist, das Seeungeheuer abzulichten?«, erkundigte er sich enerviert, aber ein trotziges Kopfschütteln war die einzige Antwort.

Ein Fenster des Nachbarhauses wurde aufgerissen und das von der Hausarbeit gerötete Gesicht der Frau des Handlungsreisenden schaute heraus. Wahrscheinlich hatte sie im Haus unsere angeregte Unterhaltung mitbekommen. Berthas Hände, die noch immer ihre Tasche umklammerten, entkrampften sich ein klein wenig. Elisabeth Decker rief der Haushälterin etwas zu, schloss das Fenster wieder und öffnete die Haustür.

»Sie hat Bertha eingeladen, in ihrem Haus zu logieren, bis die polizeilichen Untersuchungen abgeschlossen sind«, informierte uns Klara.

Die Haushälterin verabschiedete sich mit einem Kopfnicken und einigen halbherzigen Höflichkeitsfloskeln.

Holmes sah ihr grimmig nach, bis sie ins Nachbarhaus verschwunden war.

»Sie kann unmöglich so abgestumpft sein, dass sie nicht mitbekommen hat, womit sich der Fotograf an seinem letzten Lebenstag beschäftigt hat! Wie ich ihn einschätze, sprach er gern und oft über seine Arbeit.«

»Aber nicht mit Bertha, die ihm immer so feindselig begegnet war!«, widersprach ich. »Außerdem war er auf die Belohnung erpicht und wollte daher nicht riskieren, dass die Konkurrenz ihm die Butter vom Brot nimmt.«

»Trotzdem muss sie doch irgendetwas bemerkt haben!«

»Es besitzt aber nicht jeder Ihre exzellente Beobachtungsgabe«, gab ich zu bedenken, was Holmes etwas gnädiger stimmte.

»Ich habe meine Befragungen noch nicht beendet«, verkündete er, wandte sich dann brüsk ab und stapfte davon.

Klara blickte mich mit ihren grauen Augen hilfesuchend an. Ich machte eine vage Geste und deutete auf Holmes, der bereits die nächste Abzweigung erreicht hatte. Mit einem leisen Seufzer nahm das Mädchen die Verfolgung auf. Ihre Begeisterung, bei der Ermittlung zu assistieren, hatte offenbar schon arg gelitten.

16. Frankfurt

Ich wäre lieber nur mit leichtem Handgepäck nach Frankfurt gereist. Schließlich hatten wir vor, in die Eifel zurückzufahren. Aber Holmes hatte es den Einheimischen gegenüber so dargestellt, als ob unsere Rückkehr unwahrscheinlich wäre. Daher hatten wir unsere gesamten Habseligkeiten mitgenommen. In Mayen erwarb Holmes eine lokale Zeitung, die wir im Zug studierten. Der Bericht über den Mord an dem Fotografen hatte es zwar auf die erste Seite geschafft, aber es bedurfte keiner profunden Deutschkenntnisse, um festzustellen, dass sich der größte Artikel der vergeblichen Jagd auf das Seeungeheuer widmete.

»Die Gendarmerie verfolgt eine heiße Spur. Sie geht davon aus, dass der Täter bald gefasst wird«, übersetzte Holmes, als wir Ulmen hinter uns gelassen hatten. »Das heißt im Klartext, dass sie noch im Dunkeln tappt.« Holmes setzte seine Lektüre fort. »Schauen Sie nur!« Er tippte auf eine Zeile. »Hier ist die Ankündigung einer Belohnung für die Ergreifung des Mörders. Ganz, wie ich erwartet habe!«

Holmes ließ die Zeitung sinken, faltete sie zusammen und legte sie ins Gepäcknetz. Zum Glück hatten wir ein Erste-Klasse-Abteil für uns allein und mussten nicht auf andere Fahrgäste Rücksicht nehmen.

»Kann ich die Fotografien noch einmal sehen, die Sie im Haus des Lehrers gefunden haben?«, fragte ich, obwohl ich sie am Vorabend schon eingehend betrachtet hatte und leider wenig damit hatte anfangen können.

Wortlos zog Holmes einen Umschlag aus der Innentasche seines Gehrocks und überreichte ihn mir. Ich breitete die drei Abzüge auf dem Nachbarsitz aus und studierte sie. Es waren

Landschaftsaufnahmen. Zwei von ihnen zeigten das Ulmener Maar bei Sonnenschein, die dritte war falsch belichtet. Nur ein paar unscharfe Büsche waren darauf zu erkennen. Mit zusammengekniffenen Augen suchte ich die Wasseroberflächen der beiden gelungenen Bilder nach einer Schwanzflosse des riesigen Fisches oder wenigstens einem dunklen Schemen im Wasser ab. Aber so sehr ich mich bemühte, ich konnte keinen Hinweis auf das Ungeheuer finden. Enttäuscht steckte ich die Fotos in den Umschlag zurück und reichte ihn Holmes.

Er brütete schon wieder über seinen Aufzeichnungen vom Vortag. Offenbar war er damit beschäftigt, die Berichte über die Sichtungen des Seeungeheuers nach Datum zu ordnen. Ohne aufzublicken griff er nach dem Umschlag und ließ ihn in seinen Gehrock verschwinden.

»Die überbelichtete Fotografie hätten wir genauso wegwerfen können«, sagte ich und schaute gelangweilt aus dem Fenster, obwohl es draußen nur monotones Weideland zu sehen gab.

»Sagen Sie das nicht!« Holmes blickte mich an, als hätte ich ein Sakrileg begangen. »Bevor ein Fall aufgeklärt ist, wirft man keine potentiellen Beweisstücke weg!«

»Was hat eigentlich Ihre Auswertung ergeben?«, fragte ich, um das Thema zu wechseln. »Zeigt sich das Seeungeheuer vorzugsweise bei Vollmond?«

»Es ist doch kein Werwolf! Bisher kann ich keinerlei Logik in den Daten erkennen. Die einzige Konstante ist, dass sich der angebliche Saurier nur bei schlechtem Wetter die Ehre gibt.«

»Er ist also schüchtern und kamerascheu«, bemerkte ich belustigt. Je weiter wir uns aus der Eifel entfernten, desto absurder erschien mir die Vorstellung, im Ulmener Maar könnte ein Urweltmonster leben.

In diesem Augenblick ging ein Ruck durch den Zug, und er kam vor einem winzigen Provinzbahnhof zum Stehen. Auf dem Bahnsteig warteten zwei Herren mittleren Alters, die in eine angeregte Diskussion verwickelt waren.

»Was soll ein Abzug, auf dem nichts zu sehen ist, schon beweisen?«, bohrte ich schlecht gelaunt nach.

»Durch die Lupe betrachtet habe ich einen Stein und ein paar Zweige erkannt«, behauptete Holmes. »Vielleicht gelingt es ...«

Er ließ seinen Satz unbeendet, da die beiden redseligen Herren ausgerechnet unser Zugabteil betraten. Nachdem sie uns gegrüßt und Platz genommen hatten, nahmen sie ihr Gespräch wieder auf.

Holmes ließ sich durch die lebhafte Unterhaltung nicht von seiner Arbeit ablenken. Ich jedoch hätte es vorgezogen, in Ruhe über unseren Fall nachzudenken. Enerviert stellte ich mich draußen auf die Plattform und ließ mir den Fahrtwind ins Gesicht wehen. Ich betrachtete die Funken, die von den Gleisen sprühten, und wartete vergeblich auf einen Geistesblitz.

Der Expresszug, in den wir in Trier umstiegen, erfreute sich offenbar großer Beliebtheit bei Geschäftsmännern. Zusammengepfercht zwischen zwei dicken Herren hatte ich fast Sehnsucht nach unseren ehemaligen Mitreisenden. Wenigstens waren jene schlank gewesen.

Nach einer mir endlos erscheinenden Reise in überheizten Zügen und vollen Abteilen fuhr die Lokomotive am späten Nachmittag endlich in den neu errichteten Frankfurter Central-Bahnhof ein. Staunend betrachtete ich seine fast hundert Fuß hohen, in moderner Eisenkonstruktion ausgeführten drei Tonnengewölbe, die je drei Bahnsteige überfingen – und selbst Holmes war nicht unbeeindruckt.

»Der Frankfurter Bahnhof ist der größte Europas[8]«, erklärte ich und hielt dabei meinen neuen Reiseführer hoch, dem ich diese Erkenntnis verdankte. »Aber es wird Sie als Kriminalist sicherlich interessieren, dass sich auf diesem Gelände früher das Galgentor befand.« Beifallheischend schaute ich Holmes an, aber er hörte mir bereits nicht mehr zu.

Auf dem Bahnsteig stellte ich erfreut fest, dass es in Frankfurt milder als in Ulmen war. Durch die Bahnhofshalle hasteten mehr Menschen als die gesamte Eifel Einwohner zählte. Während wir uns einen Weg zwischen den zu den Gleisen eilenden Reisenden bahnten, fühlte ich mich, als wäre ich in eine Stampede geraten. So eilig hatte es in Florenz kein Mensch, nach Hause zu kommen, noch nicht einmal am Wochenende.

Als wir endlich die riesige Bahnhofshalle durchquert und den Bahnhofsvorplatz erreicht hatten, verschwendeten wir keine Zeit mit dem Versuch, eine Droschke zu ergattern. Angesichts der langen Schlange von Interessenten wäre das ein mühsames Unterfangen gewesen. Aber glücklicherweise befand sich unser Hotel nur einen Katzensprung vom Bahnhof entfernt. Der bescheidene Neubau des Bahnhofshotels wurde bedrängt von zwei ähnlichen, aber größeren Gebäuden, von denen eines das Geschäft eines Pfandleihers beherbergte.

»Diese schäbige Unterkunft belegt, wie schlecht die Geschäfte des Handlungsreisenden gehen. Aber zumindest ist das Hotel verkehrsgünstig gelegen«, bemerkte ich in einem Anflug von Galgenhumor, als wir auf den Eingang zuschritten.

Kaum hatten wir die Tür geöffnet, schoss uns schon ein Page entgegen und übernahm unser Gepäck, das er mit gravitätischer Miene die wenigen Yards zur Rezeption trug.

[8] Er blieb es bis zur Einweihung des Leipziger Bahnhofs im Jahre 1915.

Dort war ein schlanker, akkurat gekleideter Hotelangestellter mit heller Haut und dunkelblondem, kurz geschorenem Haar dabei, Briefe in schmale Fächer oberhalb des Schlüsselbretts zu sortieren. Als er uns sah, unterbrach er seine Arbeit und setzte ein professionelles Lächeln auf.

»Haben die Herrschaften reserviert?«, fragte er in fast akzentfreiem Englisch.

Wieso wurde ich, nach all den Jahren, die ich auf dem Kontinent verbracht hatte, noch immer sofort als Engländer erkannt? Vergeblich versuchte ich mir einzureden, dass diese Einschätzung überwiegend auf Holmes' typisch britischer Physiognomie beruhte.

»Wir haben unser Kommen telegrafisch angekündigt und um die Reservierung von zwei Zimmern auf die Namen Sven Sigerson und David Tristram gebeten«, entgegnete Holmes und kramte dabei den norwegischen Pass aus seiner Tasche, den ein Nachbar meiner angeheirateten italienischen Familie ihm in Florenz angefertigt hatte.

Der dunkelblonde Mann schlug das Dokument auf und fuhr dann mit dem sorgfältig manikürten Finger die Einträge im Gästebuch hinab, bis er unsere Namen fand. Dann nahm sein blasses Gesicht einen skeptischen Ausdruck an.

»Sie sind also die Freunde von Heinrich Decker«, murmelte er und musterte uns mit abschätzigen Blicken.

»Freunde ist übertrieben, wir sind eher Kollegen«, stellte Holmes richtig.

»Sie sind ebenfalls Handlungsreisende?«

Als keiner von uns beiden widersprach, schob uns der Rezeptionist zwei Schlüssel mit silbernem Anhänger über den Tresen zu.

»Sie haben die Zimmer 25 und 26 im zweiten Stock. Der Aufzug befindet sich am Ende der Halle.«

Zwar vernahm ich nicht ungern, dass das Haus über einen Aufzug verfügte, doch war es eigentlich Aufgabe der Pagen, sich um unser Gepäck zu kümmern. Dann erinnerte ich mich an den Rabatt, den der Handlungsreisende erwähnt hatte.

»Könnte ich mit Herrn Decker sprechen?«, fragte Holmes und griff nach dem Schlüssel mit der Nummer 25.

»Er weilt leider zurzeit nicht in unserem Haus.« Der verschlossene Gesichtsausdruck des Hotelangestellten zeigte, dass Heinrich Decker nicht gerade sein Lieblingsgast war.

Holmes richtete sich zu seiner gesamten Größe auf und bedachte den Mann auf der anderen Seite des Empfangs mit einem konsternierten Blick. »Aber wir waren hier verabredet.« Er klopfte die Taschen seines Mantels ab, als suchte er einen Brief.

»Könnte es sein, dass Sie sich im Datum täuschen?«

»Nein, ich erinnere mich ganz genau!«

Holmes' geheuchelte Empörung machte den Hotelangestellten langsam nervös. Mit einer fahrigen Handbewegung öffnete er das Gästebuch und starrte hinein, als wäre es sein Todfeind. Mit nur mühsam aufrechterhaltener Höflichkeit schaute er wieder hoch. »Ich kann Ihnen leider nicht weiterhelfen. Herr Decker wohnt momentan nicht hier.«

Holmes schüttelte mit vorwurfsvoller Miene den Kopf. »Aber er müsste schon vor zwei Tagen hier eingetroffen sein.

Der Rezeptionist durchblätterte gereizt das Gästebuch, wobei sich seine Lippen lautlos bewegten. Als er schließlich den gesuchten Eintrag fand, gelang es ihm nicht, ein selbstzufriedenes Lächeln zu unterdrücken. »Er hat uns vor fünf Wochen das letzte Mal mit seiner Anwesenheit beehrt.« Der Mann nannte ein Datum. »Und ich halte es für unwahrscheinlich, dass er vor September wieder hier absteigen wird.«

Holmes bedankte sich und bückte sich dann, um seinen Koffer hochzuheben. Als wir unser Gepäck zum Aufzug trugen, bedauerte ich, nicht darum gebeten zu haben, das Zimmer zuerst in Augenschein zu nehmen. Aber offenbar wollte Holmes aus irgendwelchen Gründen unbedingt hier logieren.

»Warum interessierten Sie sich dafür, wann der Handlungsreisende das letzte Mal hier abgestiegen ist?«, fragte ich, als sich die schmiedeeiserne Tür des Aufzugs hinter uns geschlossen hatte.

»Es war nur eine Idee«, sagte Holmes zerstreut und drehte den Hebel auf die zweite Etage.

»Mich wundert überhaupt, dass Heinrich Decker regelmäßig nach Frankfurt fährt«, sagte ich. »Hier gibt es keine Bauern, denen er Dünger verkaufen kann. Und außer der Internationalen Elektrotechnischen Ausstellung von 1891 wurde in Frankfurt seit Langem keine Messe[9] von überregionalem Interesse mehr veranstaltet.« Letzteres hatte ich zufällig irgendwo gelesen, und ich freute mich immer, Holmes gegenüber mit abwegigen Details aufwarten zu können.

»Vergessen Sie nicht, dass seine Schwester hier wohnt«, erwiderte Holmes, und ich ärgerte mich, dass ich nicht daran gedacht hatte.

Rumpelnd setzte sich der Fahrstuhl in Bewegung. Er war ein wahres Ungetüm, brachte uns aber sicher in das zweite Stockwerk.

Mein Zimmer lag gegenüber dem Aufzug und führte zu allem Überfluss zur Straße. Ich fragte mich, ob Holmes das bekannt gewesen war, als er sich für den anderen Raum entschieden hatte. Ohne große Erwartungen schloss ich die Tür

[9] Nach der Französischen Revolution kam die traditionsreiche Frankfurter Messe zum Erliegen. Erst 1907 wurde die Messe- und Ausstellungsgesellschaft neu gegründet.

auf. Der Raum war größer, als ich gedacht hatte, aber geschmacklos möbliert. Durch das schräg stehende Fenster drangen das Stampfen der Lokomotiven, das Rumpeln der Eisenbahnwaggons, das Gepolter der am Hotel vorbeifahrenden Gespanne und die Peitschenhiebe ihrer Kutscher, sowie der beißende Gestank von Pferdeäpfeln. Welcher Teufel hatte mich geritten, nicht gegen ein preisreduziertes Hotelzimmer zu protestieren?

»Ich habe noch etwas Wichtiges zu erledigen«, sagte Holmes, bevor ich auch nur die Schwelle meines Raums überschritten hatte. »Könnten Sie daher vielleicht so freundlich sein, eine Annonce in der *Frankfurter Zeitung* aufzugeben, falls das Anzeigenbüro nicht schon geschlossen haben sollte?« Holmes holte einen zusammengefalteten Schreibbogen aus der Innentasche seines Mantels und händigte ihn mir aus. Ich faltete ihn auf und las folgenden, in französischer Sprache verfassten Text: *Gisela Becher aus Ulmen, bitte melden Sie sich umgehend. Sie haben geerbt.* Darunter war die Anschrift unseres Hotels vermerkt, sowie der Zusatz, dass Herr Sigerson die Dame am folgenden Tag um fünf Uhr in der Hotelhalle erwartete.

»Deshalb haben Sie sich also nach ihrem Vornamen erkundigt«, entfuhr es mir. Verblüfft faltete ich das Blatt wieder zusammen, um es in die Hosentasche zu stecken. »Aber wie kommen Sie darauf, dass sie französisch spricht?«

»Haben Sie nicht die französischen Liebesromane im Schlafzimmer gesehen?«

»Das habe ich ganz vergessen«, behauptete ich scheinheilig, obwohl ich die Bücher nicht bemerkt hatte. »Aber waren Sie nicht der Meinung, dass sie bereits vom Tod ihres Mannes in Kenntnis gesetzt sei?«

»Das glaubte ich, bevor ich mit ihrem Bruder gesprochen hatte. Mittlerweile bin ich mir da jedoch nicht mehr so sicher«, entgegnete Holmes und schritt zur Tür seines Zimmers, das sich am Ende des Korridors befand.

Ich war von der langen Bahnreise ermüdet und hätte lieber einen Imbiss zu mir genommen oder wenigstens einen Kaffee getrunken. Missmutig vor mich hinbrummelnd deponierte ich meine Reisetasche in meinem Hotelzimmer und eilte dann die Treppen hinunter, denn mir war der Aufzug nicht geheuer.

Als ich um die Ecke bog, machten schon die Laternenanzünder ihre Runde. Aber auf dem Bürgersteig flanierten noch immer Herren in dunklen Anzügen, begleitet von eleganten Damen. Unter die Passanten mischten sich Schuhputzer und Krämer, die in Bauchläden Zündhölzer und andere Waren verkauften. Niemand schenkte mir sonderliche Beachtung. Nicht einmal die Zeitungsjungen, die die Schlagzeilen der Abendzeitungen ausriefen würdigten mich eines Blickes. Obwohl ich mehrmals von Fußgängern angerempelt wurde, die es offenbar eiliger als ich selbst hatten, genoss ich die Großstadtatmosphäre. Das Leben, das mir gestern noch so eintönig erschienen war, war auf einmal aufregend und interessant.

17. Senckenberg

Am nächsten Morgen sah ich Holmes im Frühstücksraum wieder, wo er an einem Tisch in einer dunklen Ecke saß und gedankenverloren mit einer Tasse abgekühltem Kaffee herumspielte. Dabei starrte er düster vor sich hin und registrierte kaum, dass ich mich zu ihm gesellte. Aber wenigstens drängte er mich nicht, mich mit dem Frühstück zu beeilen, bevor wir das Hotel verließen.

Auf dem Bahnhofsvorplatz herrschte sehr viel Betrieb, aber wir bekamen ohne lange Wartezeit eine Kutsche am Droschkenstand.

»Zur Senckenbergschen Stiftung«, instruierte Holmes den Kutscher, ein verschrumpeltes, altes Männlein, das daraufhin mit den Achseln zuckte.

Ich schlug meinen Reiseführer auf, deutete auf die Adresse der Forschungseinrichtung und ein Aufleuchten huschte über das faltige Gesicht des alten Mannes.

Unsere Mietdroschke bog in die Kaiserstraße ein, die ein moderner, großstädtischer Prachtboulevard nach französischem Vorbild war. Am Vortag hatte ich bei meinem Botengang jedoch erstaunt festgestellt, dass jenseits des gründerzeitlichen Bahnhofsviertels die Frankfurter Innenstadt noch von Fachwerkhäusern geprägt war, die mich an das putzige Alt-Frankfurter Haus erinnerten, das ich in Antwerpen auf der Weltausstellung[10] gesehen hatte.

»Sie glauben doch nicht an die Existenz eines Ungeheuers im Ulmener Maar?«, fragte ich irritiert, während wir an einer

[10] Es gehörte der Frankfurter Binding-Brauerei und wurde nach dem Ende der Weltausstellung von einem Engländer gekauft.

langsam dahintrödelnden Straßenbahn vorbeifuhren, die von vor Schweiß glänzenden Pferden gezogen wurde.

»Selbstverständlich nicht!«

Für Holmes schien die bloße Vermutung eine Beleidigung zu sein.

»Ist es unter diesen Umständen dann nicht überflüssig, sich über Saurier zu informieren?«

»Man sollte nichts von Anfang an ausschließen.«

Wir erreichten die ehemalige Hauptwache, ein Barockgebäude, das heute ein Café beherbergte. Dann holperte die Droschke unsanft über Kopfsteinpflaster auf ein malerisches, altes Tor zu: Über einem quadratischen Sockel mit vier Ecktürmen erhob sich ein Rundturm mit steiler Spitze und vier weiteren kleinen Seitentürmen. Der steile Wehrgang ließ mich vermuten, dass es sich um einen ehemaligen Turm der Stadtbefestigung handelte. Mein Reiseführer bestätige mir diese Annahme. Der Eschenheimer Turm war eines der wenigen Stadttore, die dem Abriss der Stadtmauer entgangen waren.

»Wir sind keine Touristen«, rügte mich Holmes, der mein Interesse an alter Architektur nicht teilte. »Sie sollten lieber den Abschnitt über die Senckenbergsche Stiftung lesen und mich an Ihren Erkenntnissen teilhaben lassen.«

Ich räusperte mich, überflog ein paar Zeilen und begann zu referieren: »Der Frankfurter Arzt und Naturforscher Dr. Johann Christian Senckenberg – er lebte übrigens von 1707 bis 1772 – stiftete nach drei kinderlosen Ehen sein ganzes Vermögen der Allgemeinheit. Die Stiftung umfasste ein Bürgerhospital, in dem Arme unentgeltlich versorgt werden, ein Medizinisches Institut mit Bibliothek, Chemielabor, Botanischem Garten und anatomischem Theater sowie eine naturhistorische Sammlung.« Holmes nickte anerkennend und schloss die Augen, während ich den restlichen Text überflog.

»Das ist ja ungeheuerlich«, entfuhr es mir. »Am 15. November 1772 besichtigte Senckenberg die Baustelle des Bürgerhospitals und stürzte tödlich vom Gerüst der Kuppel.«

»Das erinnert mich fatal an das vorzeitige Ende von Adriano Benetti[11]«, brummelte Holmes, ohne seine Lider wieder zu heben. »Wenn dieser unheilvolle Sturz nicht über hundert Jahre zurückläge, würde ich mich der Sache annehmen. Es würde mich gar nicht wundern, wenn jemand nachgeholfen hat.«

»Dafür bezahlt uns bestimmt niemand. Außerdem dürfte es schwierig sein, Zeugen zu befragen«, sagte ich, aber Holmes' kriminalistische Überlegungen arbeiteten weiterhin in meinem Kopf. »Wer sollte ein Motiv gehabt haben ihn umzubringen?«, gab ich zu bedenken. »Schließlich hatte Senckenberg keine Nachkommen, die es auf sein Geld abgesehen haben könnten.«

»Zum Beispiel die Beschäftigten seiner Stiftung! Vielleicht waren sie es leid, dass Senckenberg ihnen in ihre Arbeit hineinredete«, schlug Holmes in einem teilnehmenden Tonfall vor, als ich meine Lektüre fortsetzte.

»Aber es kommt noch viel besser«, kündigte ich an. »Wegen seines gewaltsamen Todes wurde Senckenberg zwei Tage später in dem von ihm selbst gestifteten anatomischen Theater öffentlich seziert. Dabei hatte er testamentarisch eine Autopsie seines Leichnams abgelehnt!«

Inzwischen war unsere Droschke vor dem Tor nach rechts abgebogen und kam nun vor zwei miteinander verbundenen Gebäuden zum Stehen. Das eine war ein dreigeschossiger Steinbau[12] in den strengen Formen der Florentiner Frührenaissance. Das andere war im reicheren Hochrenaissancestil gehalten.

[11] Die Umstände seines Todes klärte Holmes in *Der Club des Höllenfeuers* auf.

[12] Es wurde 1821 erbaut. Später zog der gesamte Komplex an seinen heutigen Standort nahe der Messe.

Nachdem wir den Kutscher entlohnt hatten, durchschritten wir die Flügeltür, die den Zugang zu beiden Bauten bildete. Holmes entschied sich für das linke Gebäude und wir gelangten in den Vorplatz, einen holzvertäfelten Raum mit eleganten Stuckaturen an der Decke. Über der Tür des Parterresaals thronte eine weiße Marmorbüste, die von zwei betrübt dreinblickenden, ausgestopften Giraffen beschnuppert wurde, die zu beiden Seiten der Türflügel standen. Eine der beiden bemitleidenswerten Kreaturen berührte mit den Hörnern die Decke, die andere streckte vergeblich ihren Hals, um es ihr gleichzutun. Beide ignorierten geflissentlich das ebenfalls ausgestopfte, etwas plumpe, aber freundliche Flusspferd vor dem gegenüberliegenden Fenster. Der Parterresaal, dessen kassettierte Decke von dünnen, eisernen Säulen mit Basis und Kapitell getragen wurde, war völlig ausgefüllt mit hohen Vitrinen.

Kaum waren wir eingetreten, schoss uns schon ein älterer, fast kahler Wächter entgegen. Seine blaue Uniform mit den blankpolierten Messingknöpfen war viel zu weit für seinen mageren Körper. Seine frisch geputzten, schwarzen Schuhe hingegen schienen zu drücken. Er grüßte mit einem tiefen Kopfnicken und sprach uns dann in verbindlichem Tonfall an. Wahrscheinlich fragte er, ob er behilflich sein konnte.

Holmes winkte ebenso höflich ab und schritt dann eilig die Vitrinen entlang, wohl auf der Suche nach Reptilienskeletten. Aber die voluminösen Glaskästen enthielten ausgestopfte Säugetiere, darunter ein Tiger mit gebleckten Gebiss. Über der rückwärtigen Tür waren Hirschgeweihe angebracht, die den Saal wie eine Jagdhütte erscheinen ließen.

Holmes verließ den Saal, stieg ein weiteres Stockwerk hinauf, und wir erreichten einen großen Raum mit umlaufender Galerie. Sie war auf jeder Seite mit je drei Marmorbüsten von

Frankfurter Naturwissenschaftlern geschmückt. Vor den Wänden der Seitenräume standen hohe Holzschränke, die mit eng aneinandergereihten Vogelpräparaten vollgestopft waren.

Holmes eilte daraufhin die Treppe ins zweite Obergeschoss hinauf, aber über dem Lichthof mit den Marmorbüsten befand sich der Vogelsaal mit weiteren ausgestopften Vögeln. Wir stiegen die steile Holztreppe wieder hinunter, Holmes ging im Erdgeschoss zu einer schmalen Tür und griff nach der Klinke.

Drinnen saßen drei schnurrbärtige Männer mit Schürzen an einem groben Tisch und mühten sich mit einer großen Lederhaut ab. Hinter ihnen standen zwei weitere ausgestopfte Giraffen und ein kapitaler Hirsch. Von der Decke hing eine Schlinge herab, die mich an einen Galgen erinnerte, und ich begriff, dass wir im Präparationszimmer gelandet waren.

Eine Entschuldigung vor sich hinmurmelnd schloss Holmes die Tür. Wir verließen die naturhistorische Sammlung und lenkten unsere Schritte zum Nachbarbau, der – wie sich herausstellte – die Bibliothek beherbergte. Holmes' Gesichtsausdruck hellte sich auf, als wir den Lesesaal betraten, in dem zwei Privatgelehrte saßen, vertieft in große, staubige Folianten. Auf der Suche nach dem Bibliothekar schweifte mein Blick über gediegene Holzregale, kleine Tische und elegante Stühle. Ich entdeckte den Bibliothekar auf der obersten Sprosse einer Leiter stehend, die an ein Bücherregal gelehnt war, das bis unter die Decke reichte. Er war ein großer Mann mit rundem Kopf und gewelltem Haar unbestimmbarer Farbe, der dieselbe Uniform trug wie sein Kollege aus der naturhistorischen Sammlung, nur dass bei ihm der Stoff über seinem runden Bauch spannte und die Messingknöpfe stumpf und abgegriffen waren. Als er uns bemerkte, stieg er mit langsamen, tastenden Schritten die bedenklich schwankende Leiter herab.

Holmes begrüßte ihn mit vollendeter Höflichkeit und erkundigte sich dann, ob er englisch sprach.

»Ein wenig«, antwortete der Bibliothekar. Seine wässrig blauen Augen blinzelten uns kurzsichtig an. »Aber ich muss Sie leider darauf hinweisen, dass wir hauptsächlich deutschsprachige Bücher anschaffen.«

»Ich kann deutsche Texte lesen, auch wenn ich die Sprache nicht spreche«, beteuerte Holmes. Sein Blick suchte die Karteikästen, die sich aber jenseits des Publikumsbereichs befanden. »Ich interessiere mich für neue Literatur über Ichthyosaurier«, sagte er dann, eine direkte Bitte vermeidend.

»Einen Moment bitte«, erwiderte der Bibliothekar, ging mit wichtiger Miene zum hintersten Karteikasten und durchblätterte langsam die Karten. Er hob einen Bleistift vom Pult und notierte sich etwas auf einen Leihschein. Dann schritt er zum Bücherregal an der Rückwand, wo er mit spitzen Fingern zwei Broschüren und ein dickes Buch mit marmoriertem Umschlag herauszog. Gravitätisch wie ein englischer Butler legte er die Publikationen vor uns auf den Tisch.

Holmes öffnete das Buch und blätterte darin herum, während ich mich einer der beiden Broschüren widmete. Mit einer Mischung aus Faszination und Grauen betrachtete ich die darin abgebildeten Rekonstruktionen der Untiere aus der grauen Vorzeit. Ich musste mir eingestehen, dass ich die von Fachausdrücken durchsetzte Abhandlung auch auf Englisch nicht hätte lesen können.

»Jetzt weiß ich, was Sie neulich meinten, als Sie einen Blick auf den Totenschein geworfen haben. Dieser Text besteht offenbar zur Hälfte aus lateinischen Wörtern«, sagte ich zu Holmes, der sich so tief über sein Buch gebeugt hatte, dass seine Nase fast das Papier berührte. Er las hier und da eine Zeile, betrachtete die Illustrationen und schlug schließlich den Folianten so vehement zu, dass der Einband staubte.

Sein Platznachbar, ein elegant, aber etwas altväterlich gekleideter Herr mit hoher Stirn und melancholischen, dunklen Augen warf ihm einen halb neugierigen und halb säuerlichen Seitenblick zu. Holmes gab vor, ihn nicht zu bemerken und klappte den Einband der größeren der beiden Broschüren auf. Das Bändchen vermochte noch weniger als das Buch, seine Neugier zu wecken. Bald schob Holmes es gelangweilt von sich und blickte mich gespannt an.

»Wahrscheinlich ist das auch nicht viel ergiebiger«, sagte ich und reichte ihm die zweite Broschüre.

»Das glaube ich Ihnen unbesehen.«

Lustlos versuchte Holmes den Text auf der Rückseite des Hefts zu entziffern.

»Vielleicht kann ich Ihnen weiterhelfen, mein Herr«, bot Holmes' Nachbar mit sanfter Stimme an. Er stellte sich nicht vor und hielt auch eine Begrüßung für unnötig.

Ich zuckte überrascht zusammen, denn ich hatte nicht vermutet, dass er unser Gespräch mitverfolgt hatte.

»Ich interessiere mich für das Leben der Saurier«, sagte Holmes. Aber er kam nicht dazu, den Grund seines Interesses an den Urweltechsen zu präzisieren, da sein Gegenüber ihn nicht ausreden ließ.

»Ich bin froh, dass diese Monster nicht mehr über die Erde streifen.« Er setzte sich eine Nickelbrille auf die Nase, die vor ihm auf dem Tisch gelegen hatte und schaute dann in die Runde, als ob er etwas ausgesprochen Originelles verkündet hätte. »Überhaupt bin ich kein großer Freund des Mesozoikums, sondern beschäftige mich lieber mit dem Paläozoikum. Wenn ich nur an die Trilobiten denke! Diese Spezies hat immerhin 270 Millionen Jahre lang existiert und war geografisch sehr weit verbreitet«, verfiel er dann ins Dozieren. »Sie müssen nämlich wissen, dass ich zurzeit an einem Aufsatz über Trilobiten arbeite, der die Forschung zu diesem Gebiet wesentlich bereichern wird. Ich habe auch an einigen Exkursionen teilgenommen, und es ist nicht zu viel behauptet, dass meine Fossiliensammlung zu den besten privaten Spezialsammlungen in Deutschland gehört.«

Der Bibliothekar verdrehte die Augen. Er hatte diese Ausführungen wohl schon oft mit anhören müssen.

»Aber mein Interesse gilt trotzdem den Ichthyosauriern«, entgegnete Holmes todernst. »Genauer gesagt möchte ich herausfinden, ob es völlig ausgeschlossen ist, dass ein Saurier in einem Eifelmaar überlebt haben könnte.«

Der Privatgelehrte bedachte ihn mit müdem Blick und einem mitleidigen Lächeln. Dann zuckte er entschuldigend mit den Schultern. »Sie haben wohl den Vortrag dieses unsäglichen Herbert Becher gehört?«

»Sie kannten Herbert Becher?«, fragte Holmes und musterte neugierig sein Gegenüber.

»Kennen wäre zu viel gesagt. Er hat vor einigen Monaten hier einen Vortrag über einen Saurier gehalten, der angeblich in der Eifel sein Unwesen treibt.« Der Gelehrte machte eine wegwerfende Handbewegung und verzog das Gesicht. »Ich habe lange keinen derartigen Blödsinn gehört.«

»Bedauerlicherweise habe ich den Vortrag versäumt. Ich fühlte mich an diesem Tag unpässlich und wollte das Haus lieber nicht verlassen«, behauptete Holmes. »Ich kann mir vorstellen, dass der Vortrag sehr gut besucht war, bei dem interessanten Thema?«

»Sie haben nicht viel versäumt. Herbert Bechers Thesen sind völlig unhaltbar«, beteuerte unser Gesprächspartner enerviert.

»Nicht von ungefähr war ihm der Ruf eines Spinners vorausgeeilt. Wenn wundert es, dass er nur fünf Zuhörer hatte?«

»War im Publikum zufällig eine Frau von Ende dreißig?«

»Leider ziehen unsere Vorträge zur Paläontologie nur selten Damen an«, bedauerte der Gelehrte.

»Und wie steht es mit einem großen, kräftigen Mann mittleren Alters mit dunklem Vollbart und durchdringenden Augen?«

Ohne nachzudenken schüttelte unserer Gegenüber den Kopf.

»Nein, ich kannte drei der anderen vier Zuhörer persönlich und auf den letzten trifft Ihre Beschreibung nicht zu. Er war ein blässlicher Typ, an dessen Gesichtszüge ich mich bezeichnenderweise nicht erinnere.« Er schlug das vor ihm liegende Buch ganz behutsam zu und schaute über den Rand seiner Brille hoch. »Wieso interessiert Sie das eigentlich so genau?« Unser Gesprächspartner hatte keine Hemmungen, Fremde einfach anzusprechen, schätzte es aber offenbar nicht, wenn man ihm Fragen stellte.

»Es hat mich nur interessiert, ob einer meiner Bekannten zufällig im Publikum saß.«

Kopfschüttelnd klappte der Gelehrte sein Buch wieder auf. »Es ist hochgradig bedauerlich, dass es in Frankfurt keine Universität gibt[13]. Dann wäre ein derartiger Dilettantismus nicht mehr möglich«, polterte er dann unerwartet heftig los.

»In Wahrheit hat man Herbert Becher doch vor allem verübelt, dass er kein Akademiker war«, entgegnete Holmes verschnupft, der sich wahrscheinlich als Laienforscher persönlich angegriffen fühlte.

[13] Die heutige Goethe-Universität wurde erst 1914 von Frankfurter Bürgern gegründet.

Auch ich empfand in diesem Augenblick Mitleid mit dem enthusiastischen Lehrer, der von den etablierten Wissenschaftlern ausgelacht worden war.

»Vielen Dank für Ihre Mühe!«, sagte Holmes, sprang dann abrupt von seinem Stuhl auf und stürmte aus dem Raum.

»Ich freue mich immer, wenn ich helfen kann«, rief ihm der Bibliothekar noch nach und sammelte dann mit einem Seufzer das Buch und die Broschüren zusammen.

Mit einem verlegenen Gruß verabschiedete ich mich ebenfalls von den beiden Herren und folgte Holmes.

18. Die Fotografie

Der Apotheker hätte sich ruhig den Vortrag seines Freundes anhören sollen. Schließlich behauptet er, ebenfalls an die Existenz des Seeungeheuers zu glauben«, schimpfte ich, als wir auf die Straße getreten waren.

»Es ist wirklich bedauerlich, dass die Frau des Lehrers sich frühestens am späten Nachmittag melden wird«, brummte Holmes ungesellig zurück. Die Arme hinter dem Rücken, den Kopf leicht vorgebeugt, ging er mit langen Schritten in Richtung Eschenheimer Tor.

»Hoffentlich liest sie überhaupt die *Frankfurter Zeitung*«, warf ich ein. Im Gehen überlegte ich, wie man in diesem Fall die Adresse der Dame herausfinden könnte. »Warum fahren wir nicht einfach zu der Straße, die auf dem Rückschein des Einschreibens notiert war?«, fragte ich nach einer Weile.

»Das habe ich selbstverständlich bereits gestern Abend erledigt.« Holmes gab mir mit seinem gönnerhaften Tonfall zu verstehen, wie banal mein Vorschlag war. »Der Droschkenkutscher, dem ich die Anschrift nannte, transportierte mich zu einer trostlosen Mietskaserne. Dort ging ich von Tür zu Tür und habe das Hochzeitsbild herumgezeigt. Aber leider kannte keiner der anderen Mieter die darauf abgebildete Braut. Auch mit dem Namen Gisela Becher wusste niemand etwas anzufangen. Was aber nichts heißen muss, denn aus naheliegenden Gründen herrscht in dem öden Mietshaus eine recht hohe Fluktuation. Ich hatte das Haus schon wieder unverrichteter Dinge verlassen, drehte mich aber auf dem Bürgersteig nochmals um und bemerkte dabei hinter den Gardinen eines Fensters im Erdgeschoss eine alte Frau, die mit weit aufgerissenen, runden Augen das Treiben auf der Straße verfolgte.«

»Die Sorte kenne ich zur Genüge!«, entfuhr es mir. »Nur, dass sie in Italien am offenen Fenster oder direkt in der weit geöffneten Haustür sitzen, um näher am Geschehen zu sein.«

»Offenbar hörte die alte Frau schlecht und hatte daher die Klingel nicht vernommen. Es gelang mir, mich bemerkbar zu machen, und ich wurde eingelassen«, fuhr Holmes mit der Schilderung seiner Nachforschungen fort. Es sprach für seine Überredungsgabe, dass er eine alte, alleinstehende Frau dazu bewegt hatte, ihm die Tür ihres Heims zu öffnen. »Erwartungsgemäß war die alte Dame sehr gut informiert. Nachdem ich zwei Tassen Kaffee getrunken und ein Stück selbstgebackenen Apfelstreusel verzehrt hatte, wusste ich nicht nur, dass sie die Witwe eines Postbeamten war, sondern auch, dass Frau Becher vor einigen Jahren bei einem Mieter im ersten Stockwerk eingezogen war. Er behauptete, sie geheiratet zu haben, aber man hatte im Haus gemunkelt, sie lebten in Wahrheit im Konkubinat zusammen. Wenige Wochen später sei das Paar wieder ausgezogen, ohne seine neue Adresse zu hinterlassen. Zu allem Überfluss trug der Mann auch noch den Allerweltsnamen Müller.«

Ob er wirklich so hieß? Oder war er ein Heiratsschwindler, der sich abwechselnd Müller, Meier und Schmidt nannte?

»Sprach die alte Frau englisch?«, erkundigte ich mich, denn mich wunderte, was Holmes alles ohne die Dienste eines Dolmetschers herausgefunden hatte.

»Nein, aber langsam beginne ich, die deutsche Sprache zu verstehen. Sie ist eng mit dem Flämischen verwandt.«

Diese Erkenntnis half mir leider auch nicht weiter, da das Flämische für mich ein Buch mit sieben Siegeln war.

»Ansonsten ließ ich die Witwe einfach reden. Beim Aufzählen der Skandale im Haus kam irgendwann auch das gar nicht so junge Paar an die Reihe.«

»Das war eine Meisterleistung!«, entfuhr es mir beeindruckt. »Nur schade, dass es schwierig sein wird, eine Frau Müller in der Großstadt zu finden.«

»Zu diesem Schluss war ich auch schon gelangt«, entgegnete Holmes trocken, bevor ganz plötzlich etwas seine Aufmerksamkeit erregte. »Da ist endlich eine Droschke!«, rief er erfreut aus und gab dem Kutscher ein Zeichen.

Holmes' Reaktion überraschte mich, denn bisher hatte er mir den Eindruck vermittelt, ziellos durch die Stadt zu streifen. Außerdem war er doch sonst nicht gewillt, die erste vorbeifahrende Mietkutsche zu akzeptieren.

Der Kutscher zog am Zügel, sein Pferd verlangsamte seinen Gang und blieb dann wenige Yards vor uns stehen. Für ein Zugpferd war es ein ausgesprochen hübsches Tier mit weißer Blesse und schlanken Fesseln.

»Zum Palmengarten«, rief Holmes dem Kutscher zu, der von seinem Bock abstieg, um den Schlag aufzureißen. Er war ein kleiner, massiger Mann, der fast genauso breit wie hoch war. Das suchte er durch einen besonders hohen Hut zu kompensieren, was ihm aber gründlich misslang. Mit lauter Stimme rief er dem Pferd etwas zu. Dann schnalzte er mit der Zunge, und die Fahrt ging los.

»Ich denke, wir sind keine Touristen«, bemerkte ich, als die Droschke sich in den Verkehr eingefädelt hatte. »Der Palmengarten hat doch bestimmt nichts mit unserem Mordfall zu tun?«

»Ich bin der festen Überzeugung, dass die Fotografien der Schlüssel zum Lösen der beiden Mordfälle sind. Auf dem missratenen Abzug sind Pflanzen zu erkennen. Aber warum hat der Fotograf sie fotografiert? Vielleicht hilft mir die Atmosphäre eines botanischen Gartens auf die Sprünge«, entgegnete Holmes, während unsere Droschke eine schnurgerade Straße Richtung Westen entlangfuhr, in die immer wieder Fahrzeuge aus den Seitenstraßen einbogen.

Trotz dieser Beteuerung war es sicherlich Holmes' Passion für die Naturwissenschaften, die ihn zum Besuch des Palmengartens bewog. Ich hatte bereits den Einwand, dass der Fotograf höchstwahrscheinlich keine exotischen Pflanzen abgelichtet hatte, auf den Lippen, verkniff ihn mir aber im letzten Augenblick.

»Außerdem las ich in Ihrem Reiseführer, das Gewächshaus für tropische Pflanzen sei ein Treffpunkt der Gesellschaft.«

»Das trifft wohl auch für die Räumlichkeit der Senckenbergschen Stiftung zu. Schließlich wird sie von der Bürgerschaft getragen. Und wen haben wir dort getroffen?«, fragte ich düster.

»Selbsternannte Experten sind kein besonders angenehmer Menschenschlag«, bestätigte Holmes, der gedankenverloren aus dem Fenster schaute.

Das Pferd war in einen flotten Trab gefallen. Der Verkehr hatte mittlerweile abgenommen, denn wir fuhren durch ein vornehmes Wohngebiet mit modernen Villen inmitten ausgedehnter Gartenanlagen. Zunehmend gefiel mir die Idee, das hektische Stadtzentrum für ein paar Stunden zu verlassen.

»Ich frage mich nur, warum die Fotografien ausgerechnet in der Küche herumlagen«, murmelte Holmes nach einer Weile.

»Wahrscheinlich hatte der Fotograf vor, sie wegzuwerfen. Schließlich sind zwei von ihnen nichtssagend und die dritte misslungen.«

»Das ist eine Erklärung. Eine andere ist, dass auf einem der Bilder doch etwas Wichtiges zu sehen ist, das wir aber noch nicht erkannt haben«, beharrte Holmes verbissen auf seinem Standpunkt.

Unerwartet früh bog unsere Mietkutsche nach rechts ab und kam schaukelnd vor einem grandiosen Blumenparterre zu stehen, hinter dem sich ein pompöses Gebäude in die Höhe erhob, das wie eine Kreuzung aus toskanischer Renaissancevilla und französischem Barockschloss aussah.

»Das Gesellschaftshaus des Palmengartens«, bemerkte Holmes, der sich diesmal gründlicher als ich informiert hatte.

Wir stiegen aus der Droschke aus und entlohnten den stämmigen Kutscher, der sich nicht die Mühe machte, sich für das reichlich bemessene Trinkgeld zu bedanken.

Der Weg zur Kasse führte an Beeten mit blühenden Tulpen, Narzissen und Stiefmütterchen vorbei durch eine Lindenallee. In der Mitte der Rabatten befand sich ein kleeblattförmiges Bassin mit einer Fontäne, die Wasser in den milchigen Himmel sprühte. Während wir durch die Grünanlage schlenderten, trieb uns ein Windstoß betörenden Blütenduft und Wassertröpfchen des Springbrunnens ins Gesicht.

Zu beiden Seiten des Eingangstors wuchsen meterhohe Palmen, die anscheinend recht robust waren. Ich hätte nicht einmal im Traum vermutet, dass tropische Gewächse dem rauen Klima nördlich der Alpen trotzen könnten. Unwillkürlich musste ich an den Saurier im Eifelmaar denken, versuchte aber diesen beunruhigenden Gedanken in die hinterste Ecke meines Gehirns zu drängen.

An der Kasse entrichteten wir unseren Obolus und betraten durch die Pforte der eisernen Umzäunung den botanischen Garten. Wir gingen immer geradeaus und gelangten zu einem großen Weiher, auf dem echte, venezianische Gondeln im Wasser schaukelten. Die dazugehörigen Ruderer standen plaudernd und rauchend am Ufer und warteten auf Kundschaft. Hinter ihnen zeichnete sich die Silhouette einer malerischen Hängebrücke ab, die auf einen Hügel führte.

Offenbar hatte sie die Brücke im Pariser *Parc des Buttes-Chaumont* zum Vorbild.

»Leider haben wir keine Zeit, um spazieren zu gehen«, erklärte Holmes und lenkte seine Schritte wieder zurück, wohl auf der Suche nach einem in der Botanik versierten Gesprächspartner.

Wir durchschritten das repräsentative Portal des Gesellschaftshauses und gelangten in einen geräumigen, tonnengewölbten Festsaal. Hohe Säulen aus rosafarbenem Marmor trugen eine Empore mit filigranen Metallgittern, und auch die restliche Ausstattung des Gesellschaftshauses war prächtig: Den Boden bedeckte poliertes Parkett und von der Decke hing ein wuchtiger Kronleuchter herab, der mich an einen gläsernen Weihnachtsbaum erinnerte.

Schwermütige Kammermusik klang uns beim Näherkommen entgegen. Mein Blick folgte den Tönen, und ich bemerkte, dass in der hinteren, rechten Ecke des Saals ein Café untergebracht war, in dem ein Pianist und drei Geiger zur Unterhaltung der Gäste spielten. Die gepflegte musikalische Untermalung war gewiss nach Holmes' Geschmack, aber die anderen Gäste behagten ihm wahrscheinlich weniger: Auf den Wiener Kaffeehausstühlen saßen lauter dunkel gewandete, alte Damen mit kostspieligen Hüten, die genüsslich Torte und Kuchen mit Schlagsahne in sich hineinschaufelten. Das waren sicher nicht die Autoritäten der Botanik, die Holmes im Palmengarten anzutreffen erhofft hatte.

»Ich glaube, wir haben uns einen Kaffee verdient«, schlug ich dennoch vor.

»Verdient sicherlich noch keinesfalls!« Holmes' Blick schweifte missbilligend über die grauen Köpfe. »Aber dennoch, eine Tasse Kaffee kann nicht schaden.« Holmes' Enttäuschung über die anderen Gäste spiegelte sich auch darin wider, dass er einen abseits gelegenen Tisch auswählte.

»Zwei Tassen Kaffee, bitte«, rief ich einem dürren Ober unbestimmbaren Alters nach, der an unserem kleinen, runden Tisch mit Metallfuß und Marmorplatte vorbeiflitzte.

Aber verstand er meine auf Englisch aufgegebene Bestellung? Um meine Worte zu veranschaulichen, hob ich Daumen und Zeigefinger der rechten Hand in die Höhe.

»Möchten Sie auch ein Stück Kuchen?«, erkundigte sich der eifrige Ober, der zu uns zurückgekehrt war, in passablem Englisch.

»Nein danke! Nur zwei Tassen Kaffee«, winkte ich nicht ohne Bedauern ab. Denn wir wollten schließlich die vermaledeiten Abzüge betrachten und die Tischplatte war viel zu klein für zwei zusätzliche Teller.

Als der Ober verschwunden war, legte Holmes die Fotografien auf den Tisch. Dabei behielt er das gesamte Café im Blick, als erwartete er, dass eine der alten Frankfurterinnen es auf die Bilder abgesehen haben könnte.

»Irgendwo habe ich diese Szenerie schon einmal gesehen, aber ich weiß nicht wo«, murmelte er vor sich hin und betrachtete zum wiederholten Mal den überbelichteten Abzug durch seine Lupe. »Ich dachte zuerst, dieser graue Fleck sei ein Baum, der sich im Wasser spiegelt. Aber unter dem Vergrößerungsglas sieht man, dass es Lehmklumpen sind.«

Der Kellner trat an unseren Tisch und ich streckte die Hand aus, um meine Kaffeetasse in Empfang zu nehmen. Aber er beachtete mich nicht, sondern schob die Fotografien zur Seite, um die Tassen vor uns stellen zu können. Letzteres tat er so schwungvoll, dass die Lichtbilder vom Tisch gefegt wurden und auf den Parkettboden segelten.

»Verzeihung!«, murmelte er, bevor er sich nach den Bildern bückte und sie vorsichtig zurücklegte.

Missmutig starrte Holmes auf den unordentlichen Stoß.

»Wenn mein Schwager Andrea mit einer Skulptur nicht zufrieden ist, stellt er sie manchmal auf den Kopf, um sie aus einer völlig anderen Perspektive zu betrachten«, schlug ich vor, als der Ober zum Nachbartisch weitergeeilt war. Aber ich bezweifelte, dass den Fotografien irgendwelche Geheimnisse zu entlocken waren.

»Schaden kann es nicht«, brummte Holmes und beugte sich mit frischem Elan über die Bilder.

Vorsichtig schlürfte ich einen Schluck des heißen Kaffees in mich hinein. Er war stärker als der oft recht dünne Filterkaffee in der Eifel, aber mit einem italienischen Espresso konnte er natürlich keinesfalls mithalten. Auch neutralisierte das elegische Schluchzen der Geigen die belebende Wirkung des Kaffees. Ich wagte aber nicht, mich zu beschweren, da Holmes sicherlich die Musik schätzte.

Ein scharfer Tabakgeruch stieg mir in die Nase. Angewidert drehte ich mich um und schaute in das kantige Gesicht eines wie ein Gentleman gekleideten Herrn, der am Nachbartisch Platz genommen hatte. Er war in die Lektüre der Speisekarte vertieft und paffte dabei gedankenlos an seiner Zigarette.

Als ich mich wieder umwandte, bemerkte ich, dass Holmes mit leuchtenden Augen die missglückte Fotografie betrachtete.

»Der Abzug ist nicht nur zu lang belichtet, sondern auch falsch herum abgezogen«, erklärte er begeistert und überreichte mir das Bild. »Stellen Sie sich vor, es wäre spiegelbildlich! Erkennen Sie dann, was darauf dargestellt ist?«

Bei dem Versuch, die grauen Schemen im Geist herumzudrehen und dann noch mit den saftig sprießenden grünen

Büschen am Ulmener Maar in Einklang zu bringen, verdarb ich mir fast die Augen. Trotzdem musste ich am Ende passen. »Dort bin ich bestimmt noch nie gewesen«, beteuerte ich enerviert.

»Bisher noch nicht, aber das wird sich nach unserer Rückkehr in die Eifel ändern!« Holmes trank genießerisch einen Schluck Kaffee, um meine Neugier auf seine Enthüllung zu steigern. »Sie haben die Lokalität bereits zuvor auf einem Ölbild des Malers Fritz von Wille gesehen.«

Er blickte mich erwartungsvoll an, aber ich hätte lügen müssen, wenn ich behauptet hätte, mich an die Motive der beiden Landschaftsbilder zu erinnern. »Auf dem Gemälde sah der Flecken aber viel idyllischer aus«, behauptete ich aufs Geratewohl.

»Das stimmt«, bestätigte Holmes zu meiner Überraschung. »Ich frage mich, ob der Maler die Szenerie idealisiert hat. Dieser Frage sollten wir unbedingt heute noch nachgehen. Sie haben doch sicherlich Ihren Reiseführer bei sich?«

»Selbstverständlich!« Stolz zog ich den inzwischen etwas abgegriffenen Baedeker aus meiner Jackentasche.

Holmes riss ihn mir förmlich aus der Hand, schlug das Kapitel über Frankfurt auf und fuhr beim Lesen mit dem Finger über die Seite. »Da haben wir es!«, frohlockte er. »Ich habe mich also richtig erinnert, dass die Stadt Frankfurt eine Gemäldegalerie besitzt! Sie heißt Städelsches Kunstinstitut, und hier steht, die Sammlung sei besonders reich an altniederländischen, altdeutschen und holländischen Bildern sowie an Gemälden der Düsseldorfer Schule.«

Ich hatte keine Ahnung, worauf Holmes hinauswollte, und sagte daher lieber nichts.

»Wahrscheinlich kann man uns dort Auskunft über den Maler Fritz von Wille geben.«

Das Orchester hatte einen Walzer zu spielen begonnen, der unsere schlagartig gehobene Stimmung zu illustrieren schien.

»Aber wir haben doch noch nicht einmal einen Blick in die Treibhäuser geworfen«, wandte ich enttäuscht ein, während ich den Ober herbeiwinkte.

»Der Wissenschaft müssen Opfer gebracht werden«, erklärte Holmes in komischer Verzweiflung. Mit »Wissenschaft« meinte er selbstverständlich die von ihm propagierte Methode der Deduktion. »Ich hoffe, das Versäumte wird sich vor unserer Abfahrt noch nachholen lassen.«

19. Der Museumsbesuch

Wir stiegen in eine der vor dem Palmengarten wartenden Droschken ein, um zum stadtabgewandten Mainufer zu gelangen, wo sich die Gemäldegalerie befand. Leider mussten wir nach wenigen Minuten die Hauptstraße verlassen, die wegen eines Verkehrsunfalls gesperrt war. Unsere Mietkutsche kam nun nur noch im Schritttempo in den engen Straßen voran, die nicht für den großstädtischen Verkehr ausgelegt waren. Der Kutscher stieß eine Serie von Flüchen aus, musste sich aber ins Unvermeidliche fügen.

Holmes trommelte wegen der stockenden Fahrt ungeduldig auf seinem lederbezogenen Sitz herum. Endlich reichte es ihm, und er pochte an die Vorderwand der Fahrgastkabine, um dem Kutscher zu signalisieren, dass er anhalten sollte. Die Mietdroschke hielt vor einem repräsentativen Bau, auf dessen Dach die schwarz-weiß-rote Fahne mit dem Reichsadler flatterte.

Wir stiegen aus, und nachdem wir uns zweimal nach dem Weg erkundigt hatten, erreichten wir eine in Stahlfachwerk konstruierte Fußgängerbrücke, die den Stadtkern mit Sachsenhausen verband. Der Vorort auf der anderen Mainseite wurde beherrscht von einem hohen Kirchturm aus rotem Sandstein, der offenbar das zweithöchste Gebäude der Stadt war. Entlang des Ufers standen Villen und Sommerhäuser mit gepflegten Gärten.

Neugierig blieb ich auf der Mitte des Stegs stehen und schaute auf das graue Wasser des Flusses, der zäh dahinfloss. Ein mit Kohle beladener Frachtkahn zog mit schäumenden Bugwellen unter der Brücke hindurch. In den Grünanlagen am Ufer sah ich weiß gekleidete Hausangestellte, die Korbwägen mit Säuglingen darin vor sich herschoben, und Kleinkinder, die ihre ersten Gehversuche machten. Zur Linken zeichnete sich vor dem blauen Himmel ein mächtiger, mittelalterlicher Sandsteinturm mit flacher Kuppel und filigranem, gotischem Dekor ab. Er gehörte zum sogenannten Dom. In meinem Reiseführer hatte ich gelesen, dass man die Hauptkirche Frankfurts so nannte, aber für mich war sie kein richtiger Dom, denn sie war niemals Kathedralkirche eines Bischofs gewesen.

Ich bemerkte, dass Holmes inzwischen mit weit ausladenden Schritten weitergegangen war, und eilte ihm nach, holte ihn aber erst am gegenüberliegenden Mainufer ein. Wir bogen nach rechts ab und erreichten nach einem kurzen Fußweg das Städelsche Kunstinstitut, einen breit gelagerten Bau mit Mittelrisalit, der von einer Kuppel bekrönt wurde. Wir stiegen die Freitreppe zum Haupteingang hinauf und gelangten in einen zentralen Empfangsraum mit großartiger Treppenanlage.

»Wir sollten uns ein Bild von der zeitgenössischen deutschen Malerei machen«, sagte Holmes, der während seiner Untersuchungen unempfänglich für alles andere war. »Vielleicht könnten Sie diesen Part übernehmen. Er entspricht sicherlich Ihren Neigungen.«

»Gern! Ich frage mich allerdings, was die Gemälde mit dem Tod zweier Männer in der Eifel zu tun haben.«

»Vielleicht gar nichts«, gab Holmes zu. »Aber ich wüsste gern, ob die Ölbilder im Haus des Kommerzienrats die tatsächlichen Gegebenheiten zeigen. Ihre Aufgabe besteht daher darin abzuschätzen, ob die modernen Maler in Deutschland Landschaften idealisiert oder naturalistisch wiedergeben. In der Zwischenzeit versuche ich mich in der Bibliothek über Fritz von Wille zu informieren. Eine Stunde dürfte dazu mehr als ausreichend sein. Ich erwarte Sie also um ein Uhr in der Empfangshalle.« Holmes eilte davon.

Vergeblich sah ich mich nach einem Plan des Gebäudes um, das weitläufiger war, als ich erwartet hatte. Dann gab ich Mantel und Hut an der Garderobe ab, löste eine Eintrittskarte und schritt die Treppe hoch. In den beiden oberen Stockwerken befanden sich Oberlichtsäle, in denen monumentale Gemälde hingen und intime Kabinette mit kleinformatigen Gemälden. Erstere waren mit bequemen Sitzgelegenheiten ausgestattet.

Nachdem ich die Abteilung mit der modernen Malerei gefunden hatte, beäugte ich unschlüssig ein Gemälde eines gewissen Hans Thoma. Aus der Vogelperspektive war ein Tal dargestellt. Hinter den Kronen dichter Laubbäume lugte ein Gewässer hervor, auf das sich Spaziergänger auf einem gewundenen Pfad zubewegten. Sie hatten sich bereits so weit entfernt, dass man sie kaum noch sehen konnte. Im Vordergrund spielte ein weiß gekleidetes Kleinkind in einer blühenden Wiese. Es wurde von seiner Mutter beaufsichtigt, die ein weiteres Kind im Arm hielt. Nach welchen Kriterien sollte ich beurteilen, wie realistisch diese Szenerie war? Schließlich kannte ich die wiedergegebene Landschaft nicht aus eigener Anschauung.

Im gleichen Saal hingen auch Italienansichten deutscher Maler, die auf jeden Fall hochgradig beschönigt waren. Auf einem Gemälde sah man eine südliche Küste in der Abenddämmerung. Inmitten von sturmgepeitschten Zypressen erhob sich eine Villa im italienischen Stil auf einem Felsen. Die Vegetation schien im Begriff zu sein, alles Menschenwerk zu überwuchern. Im Bildvordergrund stand eine Frau verlassen am Strand. Sie war in ein schwarzes Gewand gehüllt und blickte sinnierend in die Ferne. Alles an dem Gemälde strahlte Melancholie und Einsamkeit aus, weshalb es sich bei der dargestellten Dame unmöglich um eine Italienerin handeln konnte. Sie sah allerdings auch nicht gerade wie eine deutsche Touristin aus.

Plötzlich bemerkte ich, dass die Stunde längst verstrichen war, und ich hastete in die Eingangshalle hinunter. Holmes erwartete mich am Fuße der Treppe. Neben ihm stand ein wunderlich aussehender, junger Mannes. Er hatte den rechten Fuß auf eine Stufe gestellt und die linke Hand lässig in die Hüfte gestemmt, sodass er eine elegante Pose mit Standbein und Spielbein einnahm. Mit der anderen Hand hielt er einen Hut mit einer kecken Feder. Obwohl der Fremde wahrscheinlich noch keine zwanzig Jahre alt war, hatte schon ein gewohnheitsmäßig gelangweilter Ausdruck Spuren in seinem ebenmäßigen Gesicht hinterlassen. Sein halblanges Haar fiel in eleganten Locken über den Kragen seines blütenweißen Seidenhemdes, das von einem schwarzen Samtbinder zusammengehalten wurde. Auch seine restliche Kleidung war reichlich extravagant. Zu einer im Schottenmuster karierten Wollhose – die mich an Holmes' Garderobe denken ließ – trug er eine graue, taillierte Jacke mit Pelzbesatz, die sicherlich maßgeschneidert war. Seine Füße steckten in schwarzen Lackschuhen, und am linken Mittelfinger trug er einen Ring mit einem riesigen durchsichtigen Stein, bei dem es sich nur um ein Glasimitat handeln konnte. Wenn es ein echter Diamant gewesen wäre, hätte er einem persischen Prinzen alle Ehre gemacht.

Ich fragte mich, was Holmes mit diesem Gecken zu schaffen hatte, denn sein Erscheinungsbild entsprach eher dem eines Dandys als dem eines Kustoden des Museums.

»Darf ich Ihnen Ihren Landsmann Elliott Cavendish vorstellen«, sagte Holmes förmlich. »Er studiert Malerei an der

Kunstschule der Städelschen Stiftung und ist mir daher vom Kustoden, der für die Moderne zuständig ist, empfohlen worden.«

Der junge Mann hatte doch unmöglich in dieser Aufmachung mit Ölfarben und schmutzigen Paletten hantiert!

»Sehr angenehm«, entgegnete ich, der Konvention gehorchend. »Mein Name ist David Tristram. Ich bin sehr beeindruckt von der Frankfurter Kunstsammlung.«

»Sie ist ganz manierlich.« Der Student schaute demonstrativ auf die Uhr über der Kasse, die viertel nach eins zeigte.

In diesem Augenblick wurde mir erst bewusst, dass mein Magen knurrte.

»Wie ich Ihnen vorhin schon gesagt habe, Mister Sigerson, bin ich ziemlich hungrig. Ich habe über meiner Kunst völlig die Zeit vergessen. Aber nun möchte ich endlich etwas essen.«

Das war wohl die Aufforderung, als Gegenleistung für die Informationen, um die wir ihn gebeten hatten, seine Wirtshausrechnung zu übernehmen. Vermutlich hatte dieser Elliott Cavendish seinen letzten Groschen in seine extravagante Aufmachung gesteckt.

»Wir können uns gern in einem Lokal unterhalten«, sagte Holmes unbekümmert. »Ich wollte sowieso gern die Frankfurter Küche kennen lernen.«

Ich widersprach nicht, obwohl mir, was die einheimische Küche betraf, nichts Gutes schwante.

»Wie Sie möchten.« Das blasse Gesicht des Studenten verdüsterte sich. Er hatte sicherlich auf eine Einladung in ein teures Restaurant gehofft. »Zufällig haben Sie sich genau die richtige Gegend ausgesucht. Hier in Sachsenhausen gibt es viele traditionelle Gaststätten.«

Holmes machte eine einladende Handbewegung in Richtung Tür. Elliott Cavendish gab widerwillig seine Pose auf und schlenderte zur Garderobe, wo er einen schwarzen Mantel abholte. Mit einer lässig-eleganten Geste warf er ihn sich über die Schultern. Dann schritt er endlich zum Ausgang. Für einen Mann, der angeblich fast vor Hunger starb, ließ er sich sehr viel Zeit, und wir waren gezwungen, uns seinem Schritt anzupassen. Ich fragte mich, ob er immer so träge war, oder ob er hoffte, wir könnten unsere Meinung ändern, was die Frankfurter Küche betraf.

»Schwer zu sagen, wie realistisch die modernen Gemälde im Museum waren. Nach den Italienansichten deutscher Maler zu urteilen bin ich eher skeptisch«, referierte ich kurz meine Beobachtungen, als wir an einer stark frequentierten Straßenkreuzung warten mussten.

Wir erreichten ein schmales Haus, dessen Erdgeschoss aus roten Sandsteinquadern gemauert war. Darüber folgten ein klassisches Gebälk und drei Fenster mit Dreiecksgiebeln. Außer der Schiefertafel mit den Tagesgerichten, ragte auch eine bombastisch dekorierte Uhr über den Gehweg.

Als wir das Lokal betraten, war es schon fast zwei Uhr. Trotzdem herrschte im Schankraum noch ein beträchtliches Gedränge. Die niedrige Decke wurde von ionischen Säulen getragen, und die Wände waren mit Hirschgeweihen verziert. Ansonsten war im Raum fast alles rund: die Zecher, die Holztische, die flachen Teller, die hohen Gläser und ein farbiges Glasbild, das in das Fenster eingelassen war und einen Nachtwächter zeigte. Nur Holmes' lange, dünne Gestalt widersetzte sich dieser Bestrebung.

»Bestellen doch Sie bitte etwas Typisches für uns«, beauftragte Holmes den Studenten, als wir einen freien Tisch in der Tiefe des Saals gefunden hatten. »Sie sprechen doch gewiss deutsch?«

»Notgedrungen«, knurrte er.

Kaum hatten wir uns niedergelassen, trat schon die Bedienung an unseren Tisch. Unser Begleiter gab eine Bestellung auf und ich fragte mich, ob er wirklich Deutschkenntnisse besaß, denn ich schnappte die Worte »Green Sauce« und »Apple Wine« auf.

»Man hat Sie mir als Kunstexperte empfohlen«, eröffnete Holmes das Gespräch, nachdem die Kellnerin wieder davongeeilt war.

»Ich bin ein Künstler!« Dieser Elliott Cavendish schien nicht gerade unter Minderwertigkeitsgefühlen zu leiden. »Darf ich Ihnen meine Visitenkarte überreichen?« Er zückte zwei kleine, schneeweiße Karten und legte sie vor uns auf den Tisch. Holmes' Blick verriet, dass er einem Studenten nicht das Recht zubilligte, Visitenkarten zu besitzen. »Wenn Sie sich nach dem Essen in mein Atelier bequemen würden, wäre es mir eine Ehre, Ihnen meine neuesten Werke zu präsentieren.« Seine geschwollene Ausdrucksweise passte zu seiner pompösen Kleidung.

»Ich bin auf Reisen und habe nicht vor, mir unnötigen Ballast zuzulegen«, erklärte Holmes, ohne die Visitenkarte auch nur angerührt zu haben.

»Aber wenn Sie nach England zurückkehren, können Sie auf dem Rückweg ...«

»Ich bin Norweger!«

Elliott Cavendish lehnte sich auf seinem Stuhl zurück, und sein Gesicht verzog sich zu einem breiten Grinsen.

»Das können Sie vielleicht den Deutschen weismachen, aber nicht einem Landsmann! Sie haben ein gewisses Talent, Ihre Stimme zu verstellen, können aber Ihre Londoner Herkunft nicht verleugnen!«

Holmes atmete tief ein und warf dann unserem Begleiter einen mörderischen Blick zu. Um ehrlich zu sein, hätte auch ich Holmes den Norweger nicht abgekauft. »Mister Cavendish, ich habe Sie um dieses Gespräch gebeten, weil ich gern mehr über die moderne deutsche Landschaftsmalerei erfahren würde«, begann Holmes.

Bevor der Student etwas erwidern konnte, nahte die Bedienung mit dickbäuchigen, grauen Steingutkrügen mit blauem Dekor und walzenförmigen Gläsern mit Rautenmuster, die sie behutsam auf unseren Tisch stellte. Das matte Licht der Deckenleuchte ließ sie schmierig erscheinen. Nachdem mir die Kellnerin ein gelbes Getränk eingeschenkt hatte, nippte ich daran. Ich hatte mich vorhin nicht verhört, es war tatsächlich Apfelwein.

»Aber wie steht es mit Ihnen, Mister Tristram? Kehren Sie bald nach England zurück?«, versuchte Elliott Cavendish einen neuen Anlauf und taxierte unverfroren meine Kleidung.

»Nein, ich lebe in Florenz.«

Dieser Kommentar brachte den Studenten für einen Augenblick aus dem Konzept. Holmes öffnete den Mund zum Sprechen, aber die Bedienung brachte bereits unser Essen. Auf großen, flachen Tellern lagen fast ebenso riesige Stücke mürben Rindfleisches. Als Beilage gab es Salzkartoffeln, die von einer sehr flüssigen, grünlichen Subtanz bedrängt wurden, deren Farbe an eine englische Pfefferminzsoße erinnerte. Voller Vorfreude zerdrückte ich mit der Gabel eine Kartoffel und schob sie mir genüsslich in den Mund. Aber wie groß war meine Enttäuschung, als meine Zunge auf eiskalte Kräuter in ebensolcher Marinade traf!

»Meine Soße ist kalt!«, äußerte ich spontan und sehr viel harscher, als ich beabsichtigt hatte.

»Frankfurter Grüne Soße wird immer kalt serviert!« Unser Begleiter verfiel in einen belehrenden Tonfall. »Aber Sie wollten ja die lokale Küche unbedingt kennen lernen.«

Ich bedauerte, der Ermittlung zuliebe die Sache auf sich beruhen lassen zu müssen, denn durch den Kontakt mit der Soße waren auch die Kartoffeln abgekühlt.

»Auch in England werden oft warmes Fleisch, kalte Tunken oder sogar Salate auf demselben Teller gereicht«, sagte Holmes – noch immer den Norweger spielend – mit einem Schaudern in der Stimme.

Widerwillig musste ich ihm recht geben. »Ich lebe schon so lange in Italien, dass ich diese Barbarei völlig vergessen habe«, gestand ich lachend.

»Um zur modernen deutschen Malerei zurückzukommen«, versuchte Holmes, dem Gespräch eine andere Wendung zu geben. »Beschönigt sie die einheimische Landschaft?«

»Nein, das tut sie überhaupt nicht.« Unser Begleiter zerstückelte das Fleisch auf seinem Teller mit grimmiger Wucht. »Ich versuche, die Dinge jenseits der unmittelbaren Erfahrung wiederzugeben. Dieses phantasielose Abpinseln der banalen Wirklichkeit finde ich reichlich abgeschmackt.«

Auch ich schnitt eine Ecke von meinem Rindfleisch ab. Es war etwas trocken, sonst aber akzeptabel. Trotzdem sehnte ich mich schon nach dem zweiten Bissen nach der Kochkunst unserer italienischen Haushälterin.

»Ich habe Sie also richtig verstanden, dass die Maler uns ein realistisches Bild der deutschen Landschaft vermitteln«, fasste Holmes nüchtern zusammen. »Gilt das auch für den Maler Fritz von Wille?«

Der Kunststudent rollte mit der Gabel eine kleine Kartoffel durch die Soße und spießte sie auf. »Meine Bilder ...«

Allmählich riss Holmes der ohnehin schon sehr dünne Geduldsfaden. Er hörte auf zu essen und legte sein Besteck nieder, bevor er scharf die Luft einsog. »Mister Cavendish, Sie brauchen sich nicht so ins Zeug zu legen! Ich habe nicht vor, ein Gemälde zu erwerben, weder ein Schlossgespenst noch ein Seestück«, sagte er entschieden. »Ich interessiere mich ausschließlich aus beruflichen Gründen für Malerei. Während der Ermittlungen in einem Mordfall bin ich auf ein Gemälde von Willes gestoßen. Nun wüsste ich gern, ob ich seiner Wiedergabe der Eifellandschaft trauen kann.«

Einen Augenblick lang war der Student sprachlos. »Was den Naturalismus betrifft, ist er der Allerschlimmste«, stieß er dann verächtlich hervor. Missmutig schob er eine Kartoffel auf dem Teller hin und her. »Johann Wilhelm Schirmer hat wenigstens seine Skizzen nach der Natur in ideale Ansichten verwandelt. Von Wille hingegen malt topographisch bestimmbare Portraitlandschaften.« Er zerquetschte mit der Gabel die Kartoffel in der grünen Soße. »Oder um es positiv auszudrücken: Der Maler ist ein zu genauer Beobachter, um etwas zu beschönigen.«

»Danke, das wollte ich nur wissen.«

Nach diesem knappen Kommentar befürchtete ich einen Moment lang, Holmes würde die Mahlzeit vorzeitig beenden. Doch seine Stimmung hatte sich merklich verbessert, und er fuhr geruhsam fort, sein Mittagsmahl zu verspeisen. Die Portionen waren so reichlich, dass ich Mühe hatte, alles aufzuessen. Aber Elliott Cavendish verschlang Fleisch und Kartoffeln, als hätte er eine Woche lang gehungert.

»Sie werden mich entschuldigen, ich muss dringend zurück in mein Atelier«, behauptete er, nachdem sein Teller leergeputzt war, und setzte seinen Hut schräg auf den Kopf. »Es war mir ein Vergnügen, Ihre Bekanntschaft gemacht zu haben!«, erklärte er, bevor er seinen Mantel vom Garderobenhaken hob und sich zwischen den eng beieinanderstehenden Tischen hindurchschlängelte.

»Wie um Himmels willen sind Sie denn auf diesen Paradiesvogel gekommen?«, fragte ich belustigt. »Ich dachte, Sie würden Fritz von Wille in Lexika nachschlagen.«

»Leider fand sich weder im Brockhaus noch in Meyers Universallexikon ein Eintrag. Also habe ich bei dem zuständigen Kustoden vorgesprochen, der aber bedauerte, keine Zeit zu haben, da er einen Vortrag vorbereiten müsse. Er hat mir den Studenten vorgestellt, der zufällig ebenfalls mit ihm reden wollte. Inzwischen kann ich mich des Verdachtes nicht erwehren, dass ihm der Geschäftssinn des jungen Manns auf die Nerven ging und er ihn abwimmeln wollte.«

Kopfschüttelnd spießte Holmes den letzten Rest seines Rindfleisches auf und schaute sich dann nach der Bedienung um.

»Meinen Sie, dieser eitle Mensch ist wirklich ein Künstler?«, fragte ich und steckte die Visitenkarte ein, die ich als Reiseandenken behalten wollte. »Wahrscheinlich lässt er andere die Bilder produzieren, die er selbst nach allen Regeln der Kunst verhökert!«

»Ich sage es Ihnen immer wieder: Achten Sie immer zuerst auf die Hände!«, rügte mich Holmes. »Die Fingernägel waren zwar perfekt manikürt, aber es waren doch winzigste Reste blauer Farbe zu sehen. Aus deren spezifischem Farbton schloss ich, dass er gerade an einer Spukszene oder einer Meereslandschaft arbeitet.«

»Was haben Sie heute noch vor?«, fragte ich noch immer etwas durcheinander.

»Momentan gibt es für uns nichts zu tun, was die Lösung unseres Falls vorantreiben könnte. Aber wir sollten uns beizeiten wieder im Hotel einfinden, falls Gisela Müller auf unsere Anzeige reagiert«, sagte Holmes und schob seinen leeren Teller zur Seite. »Heute Abend gönne ich mir einen Besuch der Oper. Man spielt den Lohengrin, in einer von

Max Brückner ausgestatteten Inszenierung, von der ich nur Gutes gehört habe. Möchten Sie mich begleiten?«

Ich schob die Anstrengungen der vergangenen Tage vor, aber in Wahrheit stand mir nicht der Sinn nach einer vierstündigen Wagner-Oper.

Wir beglichen endlich unsere Zeche, und dann trennten sich unsere Wege. Holmes machte sich auf die Suche nach einem Tabakwarengeschäft, während ich noch etwas am Mainufer spazieren ging.

Als ich um viertel vor fünf das Hotel betrat, wunderte ich mich, Holmes nicht in der Eingangshalle anzutreffen. Ob er aus irgendwelchen für mich nicht nachvollziehbaren Gründen inkognito erschienen war? Sorgfältig musterte ich die anderen Gäste. Um einen runden Tisch saß eine junge Familie mit zwei ungezogenen, kleinen Söhnen, deren laute Stimmen von den Wänden widerhallten. Aber Holmes hatte wohl kaum die Frau mit den Kindern für diesen Abend angeheuert. Auch die beiden Geschäftsmänner, die gerade an der Rezeption die nötigen Formalitäten erledigten, konnte ich ausschließen, zumal sie sich auf Deutsch unterhielten. Es blieb also nur noch der behäbige Geistliche, der mit missbilligend zusammengezogenen Augenbrauen die Abendzeitung studierte. Seine schwarze Kleidung war reichlich abgetragen und an den Säumen verblichen. Sicherlich entstammte sie aus dem gleichen ominösen Packen wie die schäbige Handwerkerkluft, die wir in Ulmen benutzt hatten.

Ich schlenderte zu dem Ecktisch, an dem der Pfarrer sich hinter seiner Zeitung verschanzt hatte, und war schon im Begriff, den Mann anzusprechen, als ich Holmes aus dem Aufzug kommen sah. Er trug seinen besten Gehrock, hielt seinen Zylinder in der Hand und hatte frisch geputzte Schuhe. Ein Blick auf meine Taschenuhr bestätigte, dass es exakt fünf Uhr war.

»Ich habe mich lieber gleich für heute Abend umgezogen und komme daher etwas knapp«, informierte mich Holmes, nachdem er sich zu mir gesellt hatte.

»Sie haben nichts versäumt. Bisher hat sich noch keine Frau hier blicken lassen«, entgegnete ich.

Der Geistliche erhob sich umständlich von seinem Sessel und warf uns einen pikierten Blick zu, bevor er die Zeitung zur Rezeption zurückbrachte. Hatten wir ihn vertrieben?

Wir ließen uns an dem nunmehr freien Tisch nieder und verbrachten die nächste Viertelstunde mit schweigendem Warten.

»Es wäre auch zu schön gewesen!«, brummte Holmes dann missmutig vor sich hin und holte sich von der Rezeption eine Zeitung.

Während er lustlos darin herumblätterte, schien der Zeiger meiner Uhr, die ich vor mich auf den Tisch gelegt hatte, lange Zeit still zu stehen. Dann wanderte er mit quälender Langsamkeit in Richtung sechs Uhr und darüber hinaus.

»Ich glaube, wir verschwenden hier nur unsere Zeit«, erklärte Holmes um zehn nach sechs und knallte seine Zeitung auf den Tisch. »Da die ehemalige Frau des Lehrers bedauerlicherweise nicht vorbeigekommen ist, müssen wir sie wohl auf eine andere Art und Weise ausfindig machen. Leider ist – außer ihrem Allerweltsnamen – unser einziger Anhaltspunkt, dass sie gern liest. Man könnte es vielleicht bei der Stadtbibliothek versuchen, aber offizielle Stellen sind oft nicht besonders kooperativ, wenn es um persönliche Auskünfte geht. Außerdem will ich doch hoffen, dass man nicht auf Kosten der Steuerzahler diese Schundliteratur anschafft, die sie bevorzugt.«

»Vielleicht hat sich ihr Geschmack in der Stadt mittlerweile gebessert«, sagte ich, bevor mir eine Idee kam. »In Italien leihen sich die Frauen Liebesromane und dergleichen für ein paar Centesimi in privaten Leihbibliotheken an der Ecke. Wenn wir sie abklappern, müssten wir Gisela Müller eigentlich finden.«

Holmes' gequälter Miene war anzusehen, dass er derartige Routinearbeiten lieber anderen überließ. Daher machte ich mich darauf gefasst, dass er sie an mich delegieren würde.

20. Die Fabrik

Nachdem Holmes zu seinem Theaterbesuch aufgebrochen war, stand ich noch eine Weile unschlüssig vor dem Fenster meines Hotelzimmers und überlegt, was ich aus dem angefangenen Abend machen sollte, als es an die Tür pochte.

»Kommen Sie nur herein!«, rief ich in der Annahme, Holmes könnte es sich anders überlegt haben.

Die Tür wurde zaghaft geöffnet, und ich schaute in das runde Gesicht eines ansonsten mageren Jungen mit neugierigen Augen, der die Livree des Hotels trug. »An der Rezeption hat jemand nach Herrn Sigerson gefragt«, stammelte er in holprigem Englisch.

Die Frau des Lehrers hat sich doch noch gemeldet, durchfuhr es mich erfreut. Das hätte ich wirklich nicht mehr zu hoffen gewagt!

»Bring mich bitte zu ihr«, trug ich dem Hotelpagen auf und drückte ihm ein Trinkgeld für seine Bemühungen in die Hand.

Er nickte, ich schloss meinen Raum ab und bemerkte mit gemischten Gefühlen, dass der Junge mir bereits die Tür des Aufzugs offenhielt. Es blieb mir also nichts anderes übrig, als mich dieser Höllenmaschine anzuvertrauen. Nachdem wir mit etwas Glück heil im Erdgeschoss angelangt waren, geleitete mich der Page zu einem etwas unbeholfenen Mann um die vierzig, der im Eingangsbereich an der Wand lehnte. Die sonnengebräunte Haut seines bärtigen Gesichts verriet, dass er lange im Süden gelebt haben musste. Zwar trug er einen korrekten, dunklen Anzug, aber er schien sich darin nicht besonders wohlzufühlen. Beim Anblick des Fremden durchflutete mich eine Welle der Enttäuschung. Es wäre auch zu schön gewesen, wenn ich in Holmes' Abwesenheit die Lösung unseres Falls hätte vorantreiben können.

»Herr Sigerson?«, fragte er mich auf Französisch.

»David Tristram, sein Kollege«, stellte ich mich schlecht gelaunt vor. »Herr Sigerson ist außer Haus, aber vielleicht kann ich Ihnen behilflich sein?«

»Mein Name ist Jean Paul Schellenberg. Ich melde mich auf die Anzeige, die Herr Sigerson aufgegeben hat«, erklärte der Fremde. Ich versuchte, Blickkontakt mit ihm aufzunehmen, aber er schaute weiterhin zu Boden. Trotzdem fiel mir auf, dass die rechte Hälfte seiner ansonsten grauen Augen eine bräunliche Färbung besaß. »Ich kenne die Frau, die Sie suchen. Sie ist die Freundin meiner Ehefrau. Leider hat sie die Zeitung erst heute Abend in die Hände bekommen. Sie werden verstehen, dass sie um diese Zeit nicht mehr ausgehen wollte. Daher hat meine Gemahlin mich gebeten, Kontakt mit Ihnen aufzunehmen. Ich habe den Kutscher draußen warten lassen. Wenn Sie möchten, kann ich Sie gleich zu Gisela Becher bringen.«

Leise Zweifel regten sich in mir. Sollte ich wirklich einem Wildfremden zu einem unbekannten Ziel in die Dunkelheit folgen? Warum musste Holmes ausgerechnet heute ein Konzert besuchen?

»Wie ist es ihr in der Zwischenzeit ergangen?«, erkundigte ich mich, um etwas Zeit für eine Entscheidung zu gewinnen.

»Ihr geht es gut. Sie hat wieder geheiratet und ist Mutter zweier Kinder.«

Ersteres hatte Holmes zwar schon herausgefunden, aber wenigstens schien der Fremde die ehemalige Frau des Lehrers tatsächlich zu kennen.

»Kann der Besuch nicht bis morgen warten?«, wandte ich ein. »Mister Sigerson möchte ihr gern ein paar Fragen stellen.«

»Das kann er doch zu einem späteren Zeitpunkt nachholen«, entgegnete mein Gesprächspartner mit einigem Nachdruck. »Gisela wäre sicher sehr enttäuscht, wenn ich allein zurückkäme. Sie hat sich so auf Nachrichten aus der Heimat gefreut.«

Als er die geschiedene Frau des Lehrers beim Vornamen nannte, siegte die Neugier über die Vorsicht – und ich gab mir einen Ruck. »Von mir aus«, willigte ich ein.

Als wir die Rezeption passierten, erwog ich, eine Nachricht für Holmes zu hinterlegen, aber die Theke wurde gerade von mehreren Gästen belagert. Offenbar war im benachbarten Bahnhof gerade ein Schnellzug angekommen, und ich hatte keine Lust darauf zu warten, bis den Neuankömmlingen ihre Zimmer zugeteilt worden waren.

Also trat ich unverrichteter Dinge auf den Bürgersteig hinaus, mitten in das abendliche Gewimmel.

»Dahinten steht meine Droschke«, sagte Herr Schellenberg und deutete auf eine Mietkutsche, die nur wenige Yards vom Hotel entfernt vor einem Alleebaum wartete.

Er spazierte voran, wobei seine Absätze ein klackendes Geräusch auf dem Straßenpflaster produzierten. Mein Schritt wurde unwillkürlich langsamer, als ich mich dem Fahrzeug näherte, aber ich hörte nicht auf meine innere Stimme, sondern ging weiter.

Verärgert bemerkte ich, dass auf dem Kutschbock ausgerechnet der undankbare Geselle saß, der uns zum Palmengarten gefahren und sich anschließend nicht einmal für das großzügige Trinkgeld bedankt hatte. Diesmal würde ich ihm keins geben! Ohne den Kutscher zu instruieren, bestieg mein Begleiter die Fahrgastkabine. Ich gestellte mich zu ihm, und die Fahrt begann. Hinter einer reichlich verschmutzten Fensterscheibe zog das abendliche Frankfurt an mir vorbei. Wir durchquerten die großzügigen, neu errichteten Straßen der Innenstadt, passierten eine Grünanlage, und ich wollte mich gerade nach dem Ziel der Reise erkundigen, als ich plötzlich den Lauf einer Pistole in meiner Seite fühlte. Erschrocken wich ich zurück und stieß mit dem Kopf an die harte Kabinenwand. Ganz langsam kroch eine eisige Kälte über meine Haut und meine Nackenhaare sträubten sich.

»Wenn Sie nur einen Laut von sich geben, drücke ich ab«, flüsterte mir mein Begleiter ins Ohr und warf mir dann ein Stück Tuch auf den Schoß. »Verbinden Sie sich damit die Augen!«

Es war, als öffnete sich der Boden vor mir. Eine ohnmächtige Wut stieg in mir auf. Warum hatte ich nicht auf Holmes gewartet oder ihm wenigstens eine Nachricht geschrieben? Er wäre bestimmt nicht in diese plumpe Falle getappt.

»Worauf warten Sie noch?«

Der kalte Lauf bohrte sich tiefer in meine Seite. Erneut durchrann mich ein Schauer vom Genick bis in die Kniekehlen, und ich begriff, dass ich keine andere Wahl hatte. Mit einer unausgesprochenen Verwünschung tat ich daher, wie mir geheißen, versuchte aber einen kleinen Schlitz freizuhalten.

»Was wollen Sie eigentlich von mir?«, fragte ich dann völlig außer mir. »Ich bin mittellos. Bei mir ist wirklich nichts zu holen!«

»So wie Sie gekleidet sind? Aber keine Sorge, ich bin nicht auf Ihr Geld aus, sondern ich möchte meinen Anteil von dem Vermögen, das Gisela Becher geerbt hat«, brummte mein Entführer mich gefährlich an und schob meine Augenbinde herunter, sodass ich nichts mehr sehen konnte.

»Sie hat kein Geld geerbt, sondern nur ein Haus am Ende der Welt, das nicht viel wert ist!«, beteuerte ich, bereute aber sofort meine unbedachte Bemerkung. Hoffentlich wollte der Halunke sich jetzt nicht an mir schadlos halten!

»Das wird mein Kamerad morgen früh mit Ihnen besprechen. Mich hat er nur geschickt, weil ich in der Fremdenlegion gedient habe und daher französisch spreche.«

Das war das Letzte, was aus dem Mann herauszubekommen war.

Panisch überlegte ich, wie ich eine Spur für Holmes hinterlassen könnte. In Romanen ließen Entführte immer handgefertigte Knöpfe unterwegs auf den Weg fallen, aber das hatte im großstädtischen Verkehr wenig Sinn gehabt. Außerdem besaß ich nichts dergleichen. Holmes würde mich erst am nächsten Morgen vermissen, wenn ich nicht zum Frühstück erschien. Warum hatte ich mir nicht die Zeit genommen, ihm eine Nachricht zu hinterlassen?

Wenigstens musste ich nun auf jede Kleinigkeit achten und sie mir sorgfältig merken. Jeder Verbrecher begeht irgendwann einen Fehler. Mit geschlossenen Augen versuchte ich mich auf die Geräusche zu konzentrieren, die von draußen in die Kutsche drangen. Wir überquerten einen Bahndamm, rollten über eine ebene Straße, bogen links ab und überquerten eine Brücke. Von da an verlor ich die Orientierung. Mal fuhren wir innerhalb einer Wagenkolonne, mal mussten wir an Straßenkreuzungen halten, und dann hatten wir wieder freie Bahn.

Nach einer etwa zehnminütigen Fahrt kam der Wagen schließlich zu stehen.

»Ein falsches Wort und Sie sind ein toter Mann«, raunte mir mein Entführer zu, bevor er mich aus der Fahrgastkabine herausstieß. Ich versuchte mich davon zu überzeugen, dass er keine Veranlassung hatte, mich umzubringen, aber es wollte mir nicht recht gelingen.

Draußen schlug mir der stechende Geruch von frischer Farbe, Moder und Terpentin entgegen. Aus einem Gebäude zur Rechten kam leise Musik, aber der Lärm des Straßenverkehrs drang nicht bis zu diesem offenbar abgelegenen Grundstück. Aus wenigen Schritt Entfernung hörte ich die Stimme eines fremden Mannes, der den Kutscher entlohnte. Der Komplize dieses angeblichen Herrn Schellenberg erwartet uns also bereits. Bis zu diesem Augenblick war ich davon ausgegangen, dass der undankbare Droschkenkutscher mit den beiden Verbrechern unter einer Decke steckte. Nun bereute ich, nicht laut um Hilfe gerufen zu haben. Bevor ich dazu kam, das Versäumte nachzuholen, trieb schon der Kutscher sein Zugpferd an, das in die Dunkelheit davontrabte.

Kaum war das Poltern verklungen, rief mein Entführer seinem Komplizen etwas auf Deutsch zu. Dieser antwortete mit rauer und befehlsgewohnter Stimme. Noch immer bedrohte mich der angebliche Herr Schellenberg mit der Waffe, während sein Kumpan mir die Hände mit einem Strick auf dem Rücken verknotete. Dann gab er mir einen Stoß zwischen die Schultern.

»Vorwärts, wir wollen nicht bis zum Sonnenaufgang hier im Hof herumstehen«, fuhr der ehemalige Fremdenlegionär mich an. »Morgen werden Sie einen Brief an Gisela Müller aufsetzen. Sie haben also die ganze Nacht Zeit, über Ihre Situation nachzudenken. Vielleicht kommen Sie in der Zwischenzeit zur Vernunft.«

Ich ließ mich auf keine Diskussionen ein, zumal die Aussicht, einige Stunden allein gelassen zu werden, mich mit neuer Hoffnung erfüllte.

Man packte mich von beiden Seiten an der Schulter und zerrte mich über den Hof. Nach ein paar Dutzend Schritten stolperte ich fast, gewann aber im letzten Augenblick das

Gleichgewicht zurück. Noch immer schleppte man mich weiter. Schließlich blieben die beiden Männer stehen. Sie öffneten eine Tür und stießen mich in den Innenraum eines Gebäudes. Wir folgten einem langen Korridor und bogen dann ab.

»Jetzt kommen Treppenstufen«, informierte mich mein Entführer mit barscher Stimme.

Am Anfang zählte ich die Stufen mit, aber nach der hundertsten gab ich es auf. Wir stiegen und stiegen von Etage zu Etage, bis mir die Knie schmerzten. Endlich bogen die Männer in einen Flur ab und blieben dann abrupt stehen. Eine Tür wurde geöffnet, und man schubste mich so unsanft hinein, dass ich gestürzt wäre, wenn ich nicht gegen die gegenüberliegende Wand geprallt wäre.

»Morgen kommen wir wieder!«, drohte mir der Mann, der sich als Herr Schellenberg vorgestellt hatte.

Ich hörte das Zuschlagen der Tür, dann das Echo eines Schlüssels, der im Schloss gedreht wurde, und schließlich Schritte, die sich entfernten. Kein Laut war nun in meinem Verließ zu vernehmen. Der stechende Geruch, der das ganze Gebäude durchdrang, hing auch in meiner Zelle. Wahrscheinlich konnte ich mich glücklich preisen, wenn es hier keine Ratten gab. Mit der Schulter stützte ich mich an der Mauer ab, während ich mich behutsam in Richtung Boden gleiten ließ. Trotz aller Anstrengungen landete ich unsanft auf groben Holzdielen.

An Schlaf war mit gefesselten Armen nicht zu denken. Noch immer außer mir vor Wut versuchte ich, meine Gedanken zu ordnen. Zum Glück hatte man versäumt, meine Taschen zu durchsuchen. Ich drückte meine zusammengebundenen Hände so lange nach rechts, bis es mir endlich gelang, mir den rechten Zeigefinger in die Hosentasche zu stecken, in dem ich ein Klappmesser aufbewahrte. Das Messer fiel mit einem dumpfen Schlag auf den Boden, und ich fluchte leise vor mich hin. Dann wälzte ich mich mit dem Rücken über das Klappmesser. Mit klammen Fingern klappte ich es auseinander, wobei ich mir in die Handfläche schnitt. Ganz vorsichtig säbelte ich mit dem Messer an meiner Fessel herum.

Ich weiß nicht, wie viel Zeit verstrich, bis ich endlich den Strick durchschneiden konnte. Mir kam es jedenfalls wie eine Ewigkeit vor. Meine Handgelenke waren von den festen Fesseln ganz taub geworden. Behutsam massierte ich sie mit den Fingerspitzen, bis sich das Gefühl wieder einstellte. Als Nächstes riss ich mir die Augenbinde vom Kopf.

Taumelnd stand ich auf und fiel beinahe wieder, da ich durch die unbequeme Sitzposition und den kalten Boden ganz steife Beine bekommen hatte. Während ich mein Gleichgewicht mühevoll zurückgewann, stützte ich mich mit ausgestreckten Armen gegen die klamme Wand und stieß dabei einen Metalleimer um, der scheppernd über den Boden rollte.

Ich wollte mir ein Bild von meinem Verließ machen, aber es dauerte eine Weile, bis meine Augen sich an die Dunkelheit gewöhnt hatten. Als ich langsam Schemen erkennen konnte, bemerkte ich, dass ich mich in einem kleinen, unmöblierten Raum befand, der den Putzfrauen als Abstellkammer diente. Selbst bei Tag musste es hier drinnen dunkel sein; ich konnte kein Fenster erkennen. Ich versuchte, die Zeit auf meiner Taschenuhr zu lesen, doch es war zu finster.

Mit Leibeskräften rüttelte ich an der Tür, aber das Schloss gab nicht nach. In diesem Augenblick bedauerte ich, dass mich Holmes nicht im Knacken von Schlössern unterrichtet hatte, obwohl er selbst diese Kunst hervorragend beherrschte. Verärgert kniete ich mich vor die Tür und betastete das Holz, konnte aber keine Risse oder Schadstellen finden. Man hätte eine Axt gebraucht, um den Türflügel zu spalten.

Mir blieb als einziger möglicher Fluchtweg nur ein Fenster. Falls es denn hier drinnen ein Fenster geben sollte, fluchte ich innerlich vor mich hin. Ich durchquerte den Raum, denn eine Maueröffnung konnte sich nur an der Stirnwand des Raums befinden. Auf gut Glück tastete ich im Dunkeln nach dem Rahmen. Als ich ihn gefunden hatte, legte ich die Hand auf den Griff und öffnete den Fensterflügel. Durch die Ritzen eines Fensterladens drang ein Schwall feuchter Luft in den ohnehin klammen Raum. Ich riss den Holzladen auf und schaute in den Hof hinunter. Sechs Stockwerke mit hohen Decken lagen unter mir, über mir wölbte sich der nächtliche Himmel. Trotzdem wollte ich einen Fluchtversuch wagen, denn unter den Fenstern verlief ein Fries um das Haus.

Mit einem mulmigen Gefühl im Magen stieg ich auf das Fensterbrett und versuchte dabei, nicht in die Tiefe zu schauen. Jedoch senkte ich unwillkürlich meinen Blick. Entsetzt starrte ich in den tief unter mir liegenden Hof hinab. Ein heftiger Schwindel ergriff mich und drohte mich hinunterzuziehen. Mit letzter Kraft schloss ich die Augen, kniff sie mit aller Kraft zu, hob dann den Kopf und zählte innerlich bis zehn. Dann riss ich die Lider wieder hoch. Diesmal schaffte ich es, nicht hinunterzuschauen. Zaghaft trat ich auf den Sims. Dann setzte ich langsam einen Fuß neben den anderen. Stück für Stück schob ich mich weiter und klammerte mich fest dabei mit den Händen an die Wand. So arbeitete ich mich vorsichtig in Richtung des nächsten Fensterbretts vor. Als ich es endlich erreichte, sah ich mich aber sogleich vor die nächste Schwierigkeit gestellt: Ich musste das verschlossene Fenster öffnen.

Wenigstens war es nicht durch einen Fensterladen gesichert. Ich konnte nur hoffen, dass sich niemand vor dem Gebäude befand, denn ich wollte mich lieber nicht mit eigenen Augen davon vergewissern. Ich nahm meinen gesamten Mut zusammen, trat mit meinem vollem Gewicht gegen die Glasscheibe, die mit einem ohrenbetäubenden Krach zersplitterte. Vorsichtig fasste ich durch das Loch nach dem Griff, öffnete den Riegel und stieß dann den Fensterflügel auf. Hoffentlich war nicht auch dieser Raum abgeschlossen, dachte ich, während ich durch die Fensteröffnung hindurchstieg. Ich schalt mich selbst einen Einfaltspinsel, weil dieser Gedanke mir nicht zuvor in den Sinn gekommen war.

Der Raum, in den ich eingebrochen war, besaß die doppelte Breite der Abstellkammer, aus der ich kam, war aber mit wurmstichigen Tischen und Stühlen möbliert. Offenbar stand die ganze oberste Etage des Gebäudes leer. Mit klopfendem Herzen schritt ich zur Tür, drückte die Klinke herunter und konnte mein Glück kaum fassen, als sie nachgab.

Ich gelangte in einen langen, dunklen Korridor, der mich an ein Gefängnis denken ließ. Als ich zum Treppenhaus schlich, achtete ich darauf, möglichst wenig Lärm zu verursachen. Dann konnte ich mich nicht mehr beherrschen und stürzte die Treppen hinunter, bis ich die Haustür erreichte. Erwartungsgemäß war diese abgeschlossen. Neben dem Portal befand sich eine Portiersloge, die aber glücklicherweise nicht besetzt war. Dort öffnete ich das Fenster und kletterte hinaus in einen mit groben Steinen gepflasterten Hof. In der Zwischenzeit war anscheinend ein heftiger Regen niedergegangen, denn ich landete in einer großen Pfütze.

Nachdem ich zur Seite getreten war, stand ich einen Moment lang reglos vor der Mauer und schaute angestrengt in die Schwärze des Hofs hinein. Mit gemischten Gefühlen stellte ich fest, dass ich mich in einer ausgedehnten Fabrikanlage befand, die auf abschüssigem Gelände errichtet war.

Am liebsten hätte ich mich bis zum Sonnenaufgang irgendwo verborgen, aber die Zeit drängte. Trotz ihrer gegenteiligen Behauptung konnten meine Entführer jederzeit zurückkommen. Wahrscheinlich kannten sie das Gelände wie ihre Westentasche und würden mich schnell aufstöbern. Andererseits durfte ich keinem Nachtwächter begegnen, wenn ich nicht als Einbrecher verhaftet werden wollte. Ich zögerte nicht länger, sondern huschte wie ein Schatten an der Wand entlang. Als ich ihr Ende erreicht hatte, hastete ich über eine gepflasterte Straße zur nächsten schützenden Mauer. Auf diese Weise passierte ich eine Reihe länglicher, kasernenartiger Fabrikbauten, die in gleichgroße Einheiten unterteilt waren. Noch immer setzte ich jeden meiner Schritte mit Bedacht, um gegen nichts zu treten, das ein Geräusch erzeugen könnte. Ich sah schon das Firmentor vor mir, als ein Klappern mich erschauern ließ. In den letzten Stunden war so viel Schreckliches geschehen, dass ich sofort innehielt. Ich verharrte einige Sekunden lang reglos und lauschte in die Dunkelheit, während meine Augen angestrengt nach der Herkunft des beunruhigenden Geräusches suchten. Doch nichts rührte sich, und kein Laut drang an mein Ohr. Offenbar hatten meine Nerven mir einen Streich gespielt. Erleichtert atmete ich durch und ging weiter.

Als ich am Pförtnerhaus vorbeihuschte, bemerkte ich alarmiert, dass dort Licht brannte. Durch die Fensterscheibe sah ich einen älteren Mann in blauer Uniform, der über einer Zeitung eingeschlafen war. Ich konnte leise einen rasselnden Atem hören, der sich zu einem Schnarchen auswuchs, das mir seltsam bekannt vorkam. Ob der Pförtner der andere Entführer war? Wer immer er auch sein mochte, Hauptsache er schlief.

Es kostete mich einige Mühe, über den Zaun zu klettern, obwohl dieser nicht besonders hoch war, so erschöpft war ich mittlerweile. Draußen rannte ich wie ein Wahnsinniger den Hügel hinunter, bis ich das nächste Gebäude erreichte, in dessen Schatten ich eintauchen konnte. Schwer atmend blieb ich stehen und schaute mich um, aber niemand verfolgte mich. Unten im Tal sah ich das nächtliche Sachsenhausen liegen. Ich fragte mich, ob meine Schuhe den Gewaltmarsch dorthin überstehen würden, und wischte mir dann mit dem Ärmel über die verschwitzte Stirn.

Die Anspannung der letzten Stunden fiel ganz plötzlich von mir ab, und eine lähmende Müdigkeit überkam mich. Wie ein Schlafwandler tappte ich dennoch weiter, immer den mit Gaslaternen beleuchteten Straßen der Innenstadt Frankfurts entgegen. Als ich mich endlich in die Außenbezirke der Stadt geschleppt hatte, war bereits ein heller Streifen am Horizont zu sehen. Ich zog meine Taschenuhr heraus und stellte fest, dass es bereits sechs Uhr morgens war.

Plötzlich hörte ich hinter mir das Poltern eines Wagens, der um die Ecke bog, und ich sprang in die Lücke zwischen zwei Gebäude. Als er auf meiner Höhe war, erkannte ich erst, dass es sich um eine Mietkutsche ohne Fahrgast handelte. Rasch sprang ich aus meinem Versteck heraus und winkte der Droschke hinterher.

Ich war überglücklich, als sie tatsächlich anhielt.

»Zum Bahnhofshotel!«, rief ich dem Kutscher zu, der mich mit offenem Mund angaffte.

Erst in diesem Moment registrierte ich, wie abgerissen ich nach der Nacht in dem Fabrikgebäude aussehen musste. Mein Anzug war völlig verdreckt und am Ellbogen aufgerissen. Ich hatte meinen Hut verloren, eine Staubschicht verklebte mein verschwitztes Haar und wie ich im spiegelnden

Glas der Fensterscheibe bemerkte, war mein Gesicht fahl und meine Augen gerötet.

Einen Augenblick lang befürchtete ich, der Droschkenkutscher könnte es sich anders überlegen und weiterfahren, aber er stieg leise vor sich hinbrummelnd vom Kutschbock und riss den Schlag für mich auf.

21. Gisela Müller

»Da sind Sie ja! Wir haben uns große Sorgen um Sie gemacht«, sagte der Portier, als er mich sah, und zog dienstbeflissen die Tür auf.

Mittlerweile war ich zu erschöpft, um etwas zu erwidern. Außerdem waren mir die Ereignisse der vorangegangenen Nacht ausgesprochen peinlich. Ich hatte keine Lust, dem Hotelpersonal gegenüber darzulegen, wie ich in eine plumpe Falle getappt war. Eigentlich wollte ich mich unauffällig in mein Zimmer verkriechen, aber es kam alles ganz anders.

Der Wortwechsel lockte Holmes aus der Hall herbei. Er kam eilends auf mich zu, schreckte aber bei meinem Anblick einen Moment lang zurück. Sein blasses Gesicht zeugte davon, dass er ebenfalls in dieser Nacht keinen Schlaf gefunden hatte. In seinem Mundwinkel hing seine unvermeidliche Pfeife, die er vor sich hinpaffte. »Wo um Himmels willen haben Sie gesteckt?«, fragte er besorgt und musterte mich vom strubbeligen Haar bis zu den verdreckten Schuhen.

Langsam konnte ich mich kaum noch auf den Füßen halten. Ehe ich antwortete, wankte ich daher zu einem der Sessel im Eingangsbereich und ließ mich auf das weiche Polster sinken. »Ich hatte schon befürchtet, Ihnen würde meine Abwesenheit erst beim Frühstück auffallen«, sagte ich dann zu Holmes, der mir gefolgt war und nun rauchend neben meinem Sitzmöbel stand.

»Als ich aus der Oper zurückkehrte, hat der Page mir ausgerichtet, dass Sie mit einem Gentleman das Hotel verlassen haben, der es nicht einmal für nötig befunden hatte, seinen Namen an der Rezeption zu nennen.«

Bevor ich etwas erwidern konnte, huschte ein Hotelangestellter vorbei. Als er mich erblickte, weiteten sich seine Augen, und sein Gesicht nahm einen erschrockenen Ausdruck an. Entweder fürchtete er, ich könnte mit meiner schmutzigen Kleidung seinen Sessel verderben, oder es befremdete ihn, was für schäbige Leute im Bahnhofshotel abstiegen. Geflissentlich wich ich seinem Blick aus, was mir aber leider nur unzureichend glückte.

Holmes kümmerte sich nicht um den Mann, sondern stand noch immer neben mir, forschend zu mir herunterschauend.

»Bitte nehmen Sie doch Platz, Sie machen mich ganz nervös, wenn Sie neben mir stehen!«, rutschte mir völlig entnervt heraus, ehe ich meine Worte überdachte.

Holmes stutzte kurz, kam aber dann meinem Wunsch nach und setzte sich mir gegenüber. »Jetzt spannen Sie mich nicht länger auf die Folter und erzählen Sie endlich, was Ihnen zugestoßen ist«, drängte er mich dann und beugte sich neugierig vor.

»Der Fremde hat sich mir als Jean Paul Schellenberg vorgestellt, aber ich bezweifle, dass er wirklich so heißt«, ergänzte ich und berichtete von meiner Entführung.

Holmes lauschte meinen Ausführungen mit geschlossenen Augen. Hätte er nicht an seiner Pfeife gezogen, hätte man glauben können, dass er schlief. Aber ganz plötzlich ging ein Ruck durch seinen langen Körper, und er schaute mich an.

»Halten Sie inne!«, rief er theatralisch aus, bevor ich dazu kam, mein Gefängnis detailliert zu beschreiben. Sein Blick glitt an meiner derangierten Kleidung hinunter und seine Augen begannen zu leuchten.

»Sie wurden in einem Ziegelgebäude eingesperrt, das sich auf einem Hügel jenseits des Mains befindet. Die roten Flecken auf Ihrem Anzug und die Farbe des Lehms auf Ihren

Schuhen sind dafür charakteristisch. Außerdem wurden Sie gefesselt und haben später Bekanntschaft mit einer Fensterscheibe gemacht.«

Ich war darauf gefasst, dass Holmes die Schuhgröße der Entführer und ihre literarischen Vorlieben aufzählen würde, aber er gab mir keine weiteren Informationen preis, sondern bedeutete mir mit einer ungeduldigen Geste, meinen Bericht fortzusetzen.

»Es ist ein interessanter Hinweis, dass Ihr Entführer Gisela Müller zu kennen scheint«, sagte er, nachdem ich meine abenteuerliche Flucht geschildert hatte.

»Wen wundert es! Ich habe doch die ganze Zeit geahnt, dass sie auf die schiefe Bahn geraten ist!«

»Sie neigen noch immer zu voreiligen Schlüssen«, rügte mich Holmes. »Der Hotelpage hingegen würde einen ausgezeichneten Ermittler abgeben. Er hat mir eine äußerst detaillierte Beschreibung des Mannes gegeben, der Sie entführt hat.«

»Hat er auch die ungleichmäßige Färbung seiner Augen bemerkt?«, fragte ich beleidigt nach.

»Selbstredend! Mit einem derart unverwechselbaren Äußeren sollte man besser nicht vom rechten Pfad abweichen. Ich habe bei meinen Ermittlungen viele dilettantische Verbrecher erlebt, aber noch nie derart unprofessionelle Entführer.«

»Außerdem habe ich den Kutscher wiedererkannt«, trumpfte ich auf. »Es war der kleinwüchsige Bursche, der uns zum Palmgarten gefahren hat. Sie werden sich sicherlich an ihn erinnern?«

»Selbstverständlich! Ich erinnere mich an sämtliche Kutscher, die mich auf drei verschiedenen Kontinenten befördert haben!«, antwortete Holmes gekränkt. Er machte eine kurze Pause und schaute dann auf die große Uhr, die im Eingangsbereich angebracht war. »Schon sieben Uhr! Höchste Zeit, bei der Polizei Anzeige zu erstatten.«

»Sie wollen den Schurken nicht selbst das Handwerk legen?«, erkundigte ich mich befremdet.

»Das kann ich unbesorgt den einheimischen Ordnungshütern überlassen! Schließlich ist Ihre Entführung so gut wie aufgeklärt.« Holmes erhob sich und machte Anstalten aufzubrechen.

»Sie müssen sich leider noch etwas gedulden«, protestierte ich. »Ich muss mir vorher Gesicht und Hände waschen und meine Kleidung wechseln.«

Als ich wieder einigermaßen präsentabel war, suchten wir ein Polizeirevier im Bahnhofsviertel auf, wo ich eine Zeugenaussage machte. Dann zog ich mich in mein Hotelzimmer zurück, ließ mich aufs Bett fallen und schlief sofort ein. Gegen zwei Uhr nachmittags pochte es an meine Tür. Mein erster Impuls war, mich umzudrehen und mir das Kopfkissen auf die Ohren zu drücken. Aber meine Neugier war geweckt, auch wenn ich selbst noch recht schläfrig war.

»Sind Sie es Holmes?«, vergewisserte ich mich, bevor ich mir den Schlaf aus den Augen rieb. Nicht, dass ich mich wegen eines Zimmermädchens aus dem Bett quälte!

»Ja! Wen haben Sie sonst erwartet?«, rief Holmes pikiert durch die geschlossene Tür zurück.

»Die beiden Entführer, den Doppelmörder aus Ulmen oder sonstige Verbrecher!«, entgegnete ich und setzte mich missmutig auf. Nachdem ich meinen Morgenmantel übergestreift hatte, öffnete ich die Zimmertür und forderte Holmes mit einer Handbewegung auf einzutreten. Wenigstens rauchte er ausnahmsweise nicht, was mir in meinem Schlafzimmer überhaupt nicht behagt hätte. »Hat man die beiden Halunken eingebuchtet?«, wollte ich wissen, kaum dass Holmes eingetreten war.

»Es war ein Kinderspiel!«, entgegnete er, während er das Zimmer durchmaß und dann das Fenster öffnete.

Ich ging zu ihm hinüber und warf ebenfalls einen Blick auf die geschäftige Straße. Aber es gefiel mir gar nicht, was ich draußen erblickte: Seit dem Morgen hatte sich der Himmel kaum aufgehellt. Noch nicht einmal die Pfützen waren getrocknet, die der Regen der vergangen Nacht auf den Straßen hinterlassen hatte. Die Mittagszeit war fast vorbei, aber noch immer hasteten zahlreiche korrekt gekleidete Männer die Straße hinunter und verschwanden zumeist in eines der zahlreichen kleinen Restaurants.

»Wie Sie schon richtig vermutet hatten, war einer Ihrer Entführer der Pförtner der Fabrikanlage. Sein Komplize mit der Farbanomalie im Auge – übrigens der Vetter des anderen – ist ein ehemaliger Nachbar von Gisela Müller.« Holmes drehte sich um und blickte mich bedeutungsvoll an. »Daher konnte er Auskunft über die aktuelle Adresse der Dame erteilen. Ihr nächtliches Abenteuer hat also zumindest den positiven Nebeneffekt, dass ich nun nicht sämtliche Leihbüchereien Frankfurts abklappern muss.«

Das hätte er nicht gesagt, wenn er selbst entführt worden wäre! Ich konnte mir eine unfreundliche Entgegnung im letzten Moment verkneifen. »Werde ich irgendwann nach Frankfurt zurückkehren müssen, um meine Aussage vor Gericht zu wiederholen?«, fragte ich stattdessen.

»Wahrscheinlich wird das nicht nötig sein. Die Indizien waren derart überwältigend, dass die beiden Taugenichtse gestanden haben«, entgegnete Holmes und musterte mich missbilligend. »Aber wir haben lange genug geplaudert. Jetzt möchte ich endlich der geschiedenen Frau des Lehrers Herbert Becher einen Besuch abstatten. Wie lange brauchen Sie, um aufbruchbereit zu sein?«

»Eine Viertelstunde«, versprach ich, obwohl ich selbst nicht daran glaubte, diese Zeitvorgabe einhalten zu können.

Als Holmes den Raum verlassen hatte, schüttelte ich verärgert den Kopf. Nur um ein Haar war ich in der vergangenen Nacht einer gemeingefährlichen Bande von Entführern und Raubmördern entflohen – und nun missgönnte Holmes mir die wohlverdiente Erholung! Und warum? Nur um mit einer treulosen Ehefrau zu sprechen, die nach menschlichem Ermessen nicht das Geringste zur Auflösung unseres Falls beizutragen hatte. Schlecht gelaunt zog ich meinen anderen Anzug an. Dann verließ ich mein Zimmer, winkte aus der Tiefe des dunklen Hotelflurs ein Zimmermädchen herbei und gab ihr meine in Mitleidenschaft gezogene Kleidung mit der Bitte, sich darum zu kümmern.

Eine halbe Stunde nachdem Holmes mich geweckt hatte, brachte uns eine Mietkutsche in eine neue Siedlung am Stadtrand, die vornehmer war, als ich vermutet hatte. Gisela Müller wohnte in keinem Elendsviertel, sondern in einem schmucken, kleinen Haus inmitten eines Gartens.

Holmes marschierte forschen Schrittes durch das Tor, die Auffahrt entlang und die drei Stufen zur Haustür hinauf, wo sich der Klingelzug befand. Er zog so fest daran, dass das Bimmeln der Türglocke bis zu uns nach draußen drang. Kurze Zeit später hörte man Schritte nahen und die Hausherrin öffnete selbst die Tür, zumindest einen Spaltbreit, der von einer Kette gehalten wurde. Angriffslustig schaute sie hinaus. Als sie uns bemerkte, schien sie erleichtert und trat einen Schritt zurück, ohne aber die Tür aufzumachen. Der Schatten der Haustür verdunkelte ihr Gesicht, doch vermutlich war ihre Miene noch immer genauso finster. Zwar hatte ich sie nur für einen Moment im Licht gesehen, aber das genügte, um die Frau auf dem Hochzeitsfoto wiederzuerkennen. Sie war etwas fülliger geworden, hatte sich aber ansonsten kaum verändert.

»Entschuldigen Sie, dass ich ohne Voranmeldung vor Ihrer Tür stehe. Ich möchte Ihre Zeit nicht lang in Anspruch nehmen. Mein Name ist Sven Sigerson«, stellte Holmes sich vor und überreichte der Frau seine Visitenkarte. »Ich bin privater Ermittler, das ist mein Kollege Mister David Tristram ...«

»Mein Gemahl ist geschäftlich in den Vereinigten Staaten unterwegs«, unterbrach die Hausherrin. Wir hatten Glück, Sie sprach englisch, auch wenn sie nicht zu einem Plausch an der Haustür aufgelegt zu sein schien.

»Das macht nichts«, beteuerte Holmes. »Wir möchten nicht mit Ihrem Gatten, sondern mit Ihnen sprechen!«

»Ich empfange während der Abwesenheit meines Gemahls keinen Besuch von fremden Herren«, erklärte Gisela Müller kategorisch. »Also sagen Sie mir bitte freundlicherweise, was Sie von mir möchten.«

Ob sie schon immer so resolut war? Sicherlich hatte sie den arglosen Herbert Becher von früh bis spät herumkommandiert, bis es ihr irgendwann langweilig geworden war.

»Ich werde Ihre Zeit nur für ein paar Minuten in Anspruch nehmen«, wiederholte Holmes geduldig. »Aber das Thema, über das ich mit Ihnen sprechen möchte, ist zu persönlich, um es auf der Türschwelle abzuhandeln.«

Gisela Müller war im Begriff, uns wortlos die Haustür vor der Nase zuzuschlagen.

»Wir haben Nachrichten aus Ulmen«, informierte sie Holmes herausfordernd.

»Schickt Herbert Sie etwa vorbei? Dann können Sie gleich wieder gehen! Ich kehre ganz bestimmt nicht nach Ulmen zurück!«, fauchte Gisela Müller uns an. Wütend gestikulierte sie dabei mit ihrer schlanken Hand, an der ein Diamantring steckte. »Schließlich habe ich erneut geheiratet und bin inzwischen Mutter zweier wohlgeratener Kinder!«

Mir stockte der Atem? Konnte es wirklich sein, dass sie nicht wusste, dass Herbert Becher tot war?

»Nein, Ihr erster Mann hat uns nicht geschickt. Wir sind ihm niemals persönlich begegnet«, erklärte Holmes ausweichend.

Die Hausherrin zögerte kurz. Dann siegte die Neugier über ihr Misstrauen und ihre Prinzipien. »Ich habe aber nicht viel Zeit«, behauptete sie zögerlich. Ihre Stimme klang recht melodisch, wenn sie zufällig nicht schimpfte.

»Wir bleiben wirklich nicht lange«, versprach Holmes ihr verbindlich.

Die Tür wurde zugedrückt, die Kette rasselte, dann wurde die Tür ganz geöffnet und die Hausherrin ließ uns endlich eintreten. In der Diele nahm sie unsere Hüte in Empfang, die sie auf die Ablage einer reich verzierten Garderobe aus dunklem Tropenholz legte. Sie war sicherlich sehr teuer gewesen, genauso wie Gisela Müllers helles Seidenkleid, das nach neuester Pariser Mode geschneidert war.

Neugierig beäugte ich die Hausherrin, die ganz anders aussah, als ich vermutet hatte. Vergeblich suchte ich nach grauen Strähnen in ihrem Haar und Kummerfalten auf ihrer Stirn. Ich hatte eine verhärmte, vor der Zeit gealterte Frau erwartet, die in einer schäbigen Bruchbude ein jämmerliches Dasein fristete und von den Nachbarn gemieden wurde. Aber für eine zweifache Mutter von Mitte dreißig wirkte Gisela Müller erstaunlich jugendlich. Ihre Wangen waren rosig, ihre Stirn glatt und ihre Augen klar und strahlend. Sah so eine Ehefrau vom Lande aus, die mit einem Taugenichts aus der Stadt durchgebrannt war?

Plötzlich wurde die Küchentür aufgezogen und der köstliche Geruch von frisch gebackenem Kuchen strömte in die

Diele. Zwei Jungen von etwa drei und vier Jahren mit schokoladeverschmierten Mündern strahlten uns durch den Türschlitz an. Wegen des kühlen Wetters trugen sie Pullover über ihren Matrosenanzügen. An den Jungen vorbei warf ich einen Blick in die Küche. Sie war hell, geräumig und mit einem modernen Herd ausgestattet, neben dem Töpfe und Pfannen an der Wand hingen.

Eine gutmütige Köchin mittleren Alters stand mit mehlbestäubter Kleidung und roten Wangen vor einem massiven Tisch und schnitt mit schnellen, rhythmischen Bewegungen gekochte Eier. Als sie uns bemerkte, hielt sie in der Bewegung inne, wischte ihre rauen, roten Hände an ihrer Schürze ab und begrüßte uns dann mit einem linkischen Kopfnicken.

Liebevoll lächelnd forderte die Hausherrin ihre Söhne auf, in die Küche zurückzukehren. Widerwillig gehorchte der Jüngere, der Ältere verweilte einen Augenblick länger, bevor auch er sich zum Gehen wandte. Während ihre linke Hand schon wieder auf einem Ei ruhte, gab die Köchin mit der rechten dem Kleinen, der in der Nase bohrte, einen freundschaftlichen Klaps auf den Hintern. Dann schloss sich die Küchentür von innen.

Ohne dass bisher ein einziges Wort gefallen war, folgten wir Frau Müller in ein großes Wohnzimmer mit Kachelofen, dessen kostspielige Inneneinrichtung bestimmt noch kein Jahr alt war. Das Licht, das durch ein großes Fenster fiel, ließ das feine, blonde Haar der Hausherrin glänzen wie Gold.

»Nehmen Sie doch Platz!«, forderte sie uns auf und deutete auf drei wuchtige, mit dunkelgrünem Samt bezogene Sessel, die um einen niedrigen Couchtisch gruppiert waren.

Holmes ließ sich auf den Armsessel am Fenster sinken und blickte hinaus. Fürchtete er die Rückkehr des eifersüchtigen Ehemanns?

»Darf ich Ihnen etwas anbieten? Kaffee? Tee? Kuchen?«, fragte die Hausherrin mit einer vagen Handbewegung in Richtung Küche.

Holmes verneinte für uns beide, obwohl ich nichts gegen ein heißes Getränk und ein Stück des köstlich duftenden, frisch gebackenen Kuchens einzuwenden gehabt hätte.

»Haben Sie zufällig einen Cognac im Haus?«, erkundigte sich Holmes stattdessen.

»Wie Sie möchten!«, entgegnete Gisela Becher reserviert, die uns wohl für Alkoholiker hielt.

Sie ging zum Sideboard und holte zwei Cognacschwenker und eine noch fast volle Flasche heraus, die sie vor uns auf den Couchtisch stellte.

»Genehmigen Sie sich lieber selbst einen Schluck«, sagte Holmes und schenkte eines der Gläser halb ein. »Das wird Ihnen bei dem bevorstehenden Schock gut tun.«

»Wie meinen Sie das?«, fragte die Hausherrin alarmiert und trat intuitiv einen Schritt zurück.

»Trinken Sie zuerst etwas Cognac!«, insistierte Holmes. »Dann beantworte ich Ihre Frage.«

Gisela Müller nippte an ihrem Glas und verzog sogleich vor Widerwillen das Gesicht. »Ich weiß wirklich nicht, was Männer an diesem schrecklichen Zeug finden!«

»Ihr Bruder hat Ihnen offenbar noch immer nicht mitgeteilt, dass Ihr geschiedener Mann vor zwei Wochen gestorben ist?«, fragte Holmes ohne Umschweife.

Nachdem er zunächst so feinfühlig gewesen war, der armen Frau vor Verkünden der Hiobsbotschaft Cognac einzuflößen, hätte ich jetzt doch etwas mehr Diplomatie von ihm erwartet.

Gisela Becher stieß einen leisen Schrei aus und schlug sich entsetzt mit der Hand auf den Mund. Alle Farbe wich aus ihrem Gesicht, ihre Haut wurde wächsern. Am ganzen Körper zitternd starrte sie uns an. »Nein ... Wann, wo?«, stammelte sie. »Es war doch bestimmt ein Unfall?« Ihr fassungsloser Blick wanderte von Holmes zu mir.

»Sie wissen, dass er vermutete, im Ulmener Maar könne ein überlebender Saurier sein Unwesen treiben?«, fragte ich vorsichtig nach.

Die Hausherrin nickte. Ihr Gesicht war noch immer kreidebleich, und sie bekam kein Wort heraus. Holmes schenkte ihr nach, damit sie wieder etwas Farbe bekam. Diesmal trank sie einen großen Schluck Cognac, ohne dazu genötigt worden zu sein.

»Ihr geschiedener Mann wurde schwer verwundet am Seeufer gefunden und erlag kurze Zeit später seinen Verletzungen. Sein Freund Bertram Steinmetz behauptet, das Seeungeheuer habe ihn angefallen«, begann Holmes und berichtete mit knappen Worten, was vorgefallen war.

Als er geendet hatte, stützte die Hausherrin die Ellbogen auf den Tisch und vergrub ihr Gesicht in den Händen.

»Ich hatte erwartet, dass Ihr Bruder Ihnen die traurige Nachricht bereits übermittelt hat«, sagte ich irritiert.

»Nein! Das hat er nicht!«

Gisela Müller hob den Kopf, und ich stellte erleichtert fest, dass ihre Augen noch immer trocken waren. Nachdem sie einen weiteren Schluck getrunken hatte, fing sie sich langsam wieder. »Um ehrlich zu sein, erstaunt mich Heinrichs Verhalten nicht im Mindesten«, meinte sie spitz. »Wir haben uns schon als Kinder nicht verstanden. Er ist übrigens nur mein Halbbruder. Meine Mutter hatte ihn mit in die Ehe meiner Eltern gebracht.«

Der Handlungsreisende war also nur der Stiefsohn des Arztes gewesen. Vielleicht hatte dieser ihn deshalb nicht studieren lassen.

»Reist er schon lange in Sachen Düngemittel?«, erkundigte ich mich, um diesbezüglich Genaueres zu erfahren.

»Nein, er hat sich früher als Küster, als Kammerjäger und als Kassierer beim Zirkus versucht. Vor seiner Hochzeit hat er es nie lange an einem Arbeitsplatz ausgehalten.«

Ein Schatten huschte über das blasse Gesicht der Hausherrin. Das Wort »Hochzeit« hatte wohl unangenehme Erinnerungen geweckt.

»Glauben Sie, dass Herbert ermordet wurde?«, fragte sie plötzlich mit weit aufgerissenen Augen. Es lag sicher am ungewohnten Cognac-Konsum, dass ihr dieser Gedanke erst jetzt gekommen war.

»Davon gehe ich aus«, bestätigte Holmes düster.

»Ich habe mich von Herbert scheiden lassen, aber das habe ich ihm nicht gewünscht.« Gisela Müllers Gesicht nahm einen kummervollen Ausdruck an. »Aber Sie haben gesagt, dass Sie mit mir sprechen wollen? Was möchten Sie bitte von mir wissen?«, fragte sie dann förmlich. Doch sie konnte nicht verbergen, dass sie noch immer erschüttert war.

»Keine Sorge, ich habe nicht vor, mich in Ihr Privatleben einzumischen«, versuchte Holmes sie zu beruhigen. »Es interessiert mich nicht, warum Sie Ihren Mann verlassen haben.«

»Er hat sich nur für seine Wissenschaft interessiert. Kein Wunder, dass unsere Ehe kinderlos geblieben ist. Ich habe es irgendwann nicht mehr mit ihm ausgehalten«, erklärte sie trotzdem.

»Sie brauchen sich mir gegenüber nicht zu rechtfertigen«, beteuerte Holmes, um dem Gespräch eine andere Richtung zu geben.

Gisela Müller funkelte Holmes über den Tisch hinweg zornig an. »Das hatte ich auch nicht vor!«

»Sie haben ein schlechtes Gewissen, sonst hätten Sie Ihrem geschiedenen Mann nicht gestattet, kostenfrei in Ihrem Haus wohnen zu bleiben.«

»Er hat es geschafft, den ganzen Ort gegen mich aufzubringen.« Die Hausherrin sah uns nicht an, als sie sprach. »Er hat sich den anderen gegenüber immer als armes Opfer dargestellt. Aber bei uns drehte sich früher immer alles um seine abwegigen Steckenpferde. Wenn wir uns überhaupt einmal einen Urlaub leisten konnten, fuhren wir garantiert ins regnerische England oder nach Schottland, wo es noch viel öder ist, aber niemals ins wunderbare Italien!«

»Suchte er in Schottland nach Seeungeheuern?«, wollte ich wissen.

»Nein, er wollte seine Englischkenntnisse aufpolieren.«

»Vor der Ankunft seines Kollegen Fritz Matuschke hat Herbert Becher an der Schule von Ulmen Englisch unterrichtet«, klärte Holmes mich auf.

»Ich hatte anfangs befürchtet, Sie würden Herbert aus einem seiner Urlaube kennen«, bemerkte die Hausherrin unvermittelt. »Er hat nämlich häufig im Urlaub seine dortigen Bekanntschaften zu uns nach Hause eingeladen.«

»Nein, wir kennen uns durch Doktor Peeters, einen gemeinsamen Freund aus Belgien«, erklärte Holmes mit mühsam aufrecht erhaltener Höflichkeit. »Er hat uns beauftragt, etwas Licht in die dunklen Todesumstände Ihres ehemaligen Mannes zu bringen. Wer außer Ihrem Bruder wusste in Ulmen, dass Sie noch am Leben sind?«, erkundigte sich Holmes.

»Nur Henriette Steinmetz. Ich kenne sie aus der Schule. Zu Ostern bin ich ihr zufällig in Wiesbaden begegnet.« Gisela Müller schien ihre Worte mit Bedacht zu wählen. »Henriette hatte sich ziemlich verändert. Daher habe ich sie auf der Straße nicht sofort wahrgenommen. Als ich sie endlich erkannte, habe ich versucht, schnell um die Ecke zu biegen. Aber zu spät! Henriette hatte mich bereits gesichtet und ist mir in den Weg getreten. Ich habe mich kurz mit ihr unterhalten, aber wir konnten nicht frei sprechen, da sie ihre Kinder dabei hatte. Zum Abschied habe ich sie leise im Flüsterton gebeten, niemandem von unserer Begegnung zu erzählen. Sie wissen ja, wie man auf dem Lande ist!«

Die arme Apothekergattin! Jeder forderte sie zum Schweigen oder zum Lügen auf.

»Inwiefern hat sich Ihre Schulfreundin verändert?«, fragte Holmes mit angespannter Miene nach.

»Sie war früher stets gut gelaunt und freundlich. Aber bei unserer letzten Begegnung wirkte sie völlig verängstigt.

Holmes schrieb mit einem spitzen Bleistift einige Zeilen in sein Notizbuch. Die Hausherrin schwieg, und ich betrachtete ihr weiches, betrübtes Gesicht. Ihre Trauer war augenfällig. Aber dennoch sagte eine nagende Stimme in mir, dass Gisela Müller die einzige war, die von Herbert Bechers Tod profitierte.

»Sie sind sicherlich froh, dass Sie in der Großstadt leben?«, fragte ich mehr aus Verlegenheit.

»Ich habe mich in Frankfurt ganz gut eingelebt. Aber manchmal habe ich noch Heimweh nach Ulmen. Dann fehlen mir die weite Landschaft, die gute Luft und der See. Es war dort alles so friedlich«, erwiderte Gisela Müller betrübt.

Sie schniefte, blinzelte verstohlen und suchte dann vergeblich nach einem Taschentuch. »Glauben Sie wirklich, dass Herr Sigerson Herberts Tod aufklären kann, obwohl die Polizei den Fall ad acta gelegt hat?«, platzte es plötzlich aus ihr heraus.

»Davon bin ich überzeugt. Er verfolgt eine äußerst vielversprechende Spur«, versicherte ich sie, schon aus Sorge, sie könnte doch noch in Tränen ausbrechen, was sie bisher glücklicherweise noch nicht getan hatte.

»Wenn Sie mir dabei behilflich sein wollen, so schreiben Sie doch bitte einen Brief an Ihren Bruder und kündigen Sie für die nächste Woche Ihren Besuch in Ulmen an«, schaltete sich Holmes wieder in das Gespräch ein und schaute der Hausherrin dabei nachdrücklich in die Augen. »Behaupten Sie, das Haus verkaufen zu wollen und sparen Sie nicht an bitteren Vorwürfen, nicht über den Tod Ihres geschiedenen Mannes informiert worden zu sein. Weisen Sie ihn nachdrücklich darauf hin, dass er nur Ihr Halbbruder mütterlicherseits ist und Ihr Vater Ihnen das Haus vermacht hat.«

»Ich fahre auf keinen Fall nach Ulmen! Das können Sie wirklich nicht verlangen!« Gisela Müller machte eine abwehrende Handbewegung. »Ich kann mir lebhaft vorstellen, wie man dort eine geschiedene Frau behandelt.«

»Sie müssen nicht in die Eifel reisen! Falls Sie das Haus tatsächlich verkaufen wollen, kann ein Anwalt alle Formalitäten für Sie regeln. Aber ich verfolge mit meiner Bitte einen anderen Zweck, als Sie vermuten. Es ist nämlich ein weiteres schweres Verbrechen in Ulmen verübt worden«, klärte Holmes sie weiter auf und berichtete dann vom Mord an dem Fotografen. »Ich hoffe, dass der Mörder durch Ihre Ankündigung in Panik gerät. Er muss befürchten, dass sich im Haus vielleicht doch noch Material befindet, das ihn belastet.«

Einen Moment lang herrschte drückendes Schweigen.

»Ich werde den Brief noch morgen schreiben«, versprach die Hausherrin und blickte nachdenklich in den fast leeren Cognacschwenker.

Holmes nickte zufrieden.

»Ich habe noch eine letzte Frage«, sagte er ganz beiläufig. »Sagt Ihnen der Name Johann Theiß etwas? Er besitzt ein Antiquitätengeschäft in Trier.«

»Nein, da muss ich leider passen«, entgegnete die Hausherrin für meinen Geschmack etwas zu schnell.

»Das habe ich schon befürchtet«, murmelte Holmes scheinbar teilnahmslos.

Wir wechselten noch einige Höflichkeitsfloskeln, bevor wir uns von der geschiedenen Frau des Lehrers verabschiedeten.

»Ich habe alles erfahren, was ich in Frankfurt herausfinden wollte. Wir können also morgen früh nach Ulmen zurückkehren«, verkündete Holmes draußen, bevor wir uns auf den Weg zur nächsten Station der Pferdebahn machten.

»Wenn Sie es sagen«, brummte ich missmutig, denn ich wäre lieber noch ein paar Tage in der Großstadt geblieben.

Meine Stimmung besserte sich ein wenig, als ich am Abend den Anzug, den ich dem Zimmermädchen gegeben hatte, gewaschen, geplättet und meisterlich gestopft zurückerhielt. Innerlich leistete ich dem Bahnhofshotel dafür Abbitte, dass es auf mich anfangs keinen besonders guten Eindruck gemacht hatte.

22. Rückkehr nach Ulmen

Als wir am Nachmittag des folgenden Tages in Ulmen ankamen, wehte eine frische Brise vom See her, und ich bedauerte, meinen Mantel nicht angezogen zu haben. Der Wind trieb graue Wolkenfetzen vor sich her, und es roch nach Regen.

»Hoffentlich ist der Gendarm wieder etwas umgänglicher geworden«, sagte ich, nachdem wir den Kutscher bezahlt hatten.

»Wohl kaum, denn er will nicht riskieren, dass die versprochene Belohnung uns oder einen seiner Mitbürger dazu anspornt, den Mörder zu fassen«, dämpfte Holmes meine Erwartungen.

Während wir unser Gepäck über die Straße schleppten, kamen drei halbwüchsige, junge Burschen vorbei, die uns grüßten, als wären wir gute, alte Bekannte.

»Was machen wir, wenn wir kein Zimmer bekommen?«, fragte ich, als wir auf den Gasthof zuschritten. Kaum hatte ich die Frage ausgesprochen, erschien sie mir selbst reichlich töricht. Wie man uns gegenüber mehrfach betont hatte, verirrten sich nur selten Fremde nach Ulmen.

»Im Gasthof gibt es mit Sicherheit genügend freie Gästezimmer. Es führen nämlich lediglich die Fußabdrücke dreier Personen hinein: Die eines korpulenten Mannes mittleren Alters, die einer neugierigen Frau und die von zwei jungen Mädchen, von denen eine den typisch schleppenden Gang des Zimmermädchens hat. Das andere Mädchen hat das Haus bereits wieder verlassen.«

»Woher wissen Sie das?«

Holmes blieb stehen und deutete auf den Lehm auf dem Kopfsteinpflaster, als wollte er ihn in den Zeugenstand rufen. Trotzdem fragte ich mich, ob er scherzte. »Was bedeutet, momentan halten sich nur die Wirtsleute und das Personal in Gasthof auf«, half er meiner Begriffsstutzigkeit auf die Sprünge.

»Und das zweite Mädchen?«

»Das war Klara, die sich nach uns erkundigt hat. Sie hat das Geld, das ich ihr gegeben habe, mittlerweile in ihren Putz investiert.«

Ich räusperte mich, um meine Bedenken anzumelden, aber Holmes winkte ab.

»Schauen Sie sich diesen Abdruck eines eleganten Damenschuhs an! Bei unserer Abreise besaß keine Ulmener Frau ihrer Schuhgröße derartiges Schuhwerk.«

Abermals beeindruckt von Holmes' Schlussfolgerungen schritt ich auf den Eingang des Gasthauses zu.

Als wir eintraten, umfing uns wohlige Wärme. Ein kaum wahrnehmbarer Geruch von köstlichem, gebratenem Fleisch lag in der Luft, der mir schmerzlich ins Gedächtnis rief, was für eine herbe Enttäuschung der Lunch im Speisewagen gewesen war. Gedankenverloren blätterte der untersetzte Wirt im Gästebuch. Er hatte eine Tonpfeife im Mund, die aber zum Glück nicht brannte, und kaute auf deren Mundstück herum. Noch immer trug er dieselbe Kleidung wie bei unserer Abreise. Ob er sich niemals umzog? Als er den Kopf hob um uns anzublicken, zeigte sein Gesicht keinerlei Überraschung über unsere Rückkehr.

»Guten Abend, Mister Sigerson, Guten Abend, Mister Tristram«, begrüßte er uns hocherfreut, nachdem er die Pfeife aus dem Mund genommen hatte. »Schön, dass Sie wieder in Ulmen sind. Ich habe Ihre Zimmer für Sie freigehalten. Die Betten sind gemacht, Sie können, wenn Sie möchten, augenblicklich nach oben gehen.«

Hatte er die Fremdenzimmer tatsächlich freigehalten oder hatte in der Zwischenzeit niemand Interesse an den Räumen bekundet? Letzteres schien mir wahrscheinlicher. »Woher wussten Sie, dass wir wiederkommen würden?«, erkundigte ich mich erstaunt.

»Bisher hatten Sie beim Angeln wenig Erfolg. Außerdem haben Sie weder das Seeungeheuer gesichtet, noch Herbert Bechers Tod aufgeklärt«, antwortete der Wirt, als wäre das eine Binsenweisheit.

Ich hätte mir eigentlich denken können, dass der ganze Ort genauestens über unsere Aktivitäten im Bilde war.

Gemächlich schritt der Wirt zum Schlüsselbrett hinter der Theke, wo er die Zimmerschlüssel vom Haken nahm und sie uns mit der zeremoniellen Langsamkeit eines Bürgermeisters überreichte, der die Stadtschlüssel übergibt.

»Ist während unserer Abwesenheit im Ort etwas Besonderes vorgefallen?«, fragte Holmes mit gut gespielter Beiläufigkeit.

Warum stellte er diese Frage? Befürchtete er, es könnte schon wieder ein Verbrechen in Ulmen verübt worden sein?

»Hier ist einiges geschehen.« Mit verschwörerischer Miene verschränkte der Wirt die Arme auf der Theke und beugte sich vor. »Man hat diesen neuen Lehrer aus Preußen ... wie heißt er noch mal?«

Der teilnahmslose Ausdruck von Holmes' Augen machte einem Anflug von Besorgnis Platz. »Fritz Matuschke!«, half er dem Wirt auf die Sprünge. »Es wird ihm doch wohl nichts zugestoßen sein?«

»Wie man's nimmt!« Der Wirt, der noch immer über die Holzbank gelehnt dastand, zuckte gleichmütig mit den Achseln. »Man hat ihn gestern Morgen wegen Mordes an dem Fotografen verhaftet.«

Ich hatte den unfreundlichen Zeitgenossen schon die ganze Zeit insgeheim verdächtigt, der gesuchte Doppelmörder zu sein. Trotzdem hatte ich diese Wendung unseres Falls nicht erwartet. »Hoffentlich lässt man nun wenigstens den armen Landstreicher in Ruhe!«, entfuhr es mir spontan. Jedoch nahm keiner der beiden Anwesenden meine Bemerkung zur Kenntnis.

»Hat der Lehrer die Tat gestanden?«, erkundigte sich Holmes in einem scharfen Ton. Die Auskunft des Wirtes hatte ihm offenbar missfallen.

»Nein! Er behauptet natürlich, unschuldig zu sein. Aber das wird ihm auch nicht helfen.« Der Wirt machte die Geste des Halsabschneidens. »Die Tatwaffe hat ihn überführt. Das Messer stammte nämlich aus der Küche seiner Wirtin.«

Mir entging nicht, wie Holmes kaum merklich die Augenbrauen hob. »Und wie steht es mit der Kamera und den Fotoplatten, die der Einbrecher mitgenommen hat?«, wollte er wissen. »Hat man sie im Zimmer des Vertretungs-Lehrers sichergestellt?«

»Leider nicht. Er wird sie wohl verkauft haben«, spekulierte der Gastwirt.

Holmes blickte noch immer konsterniert drein, stellte aber keine weiteren Fragen mehr, sondern wünschte dem Wirt etwas zu freundlich einen schönen Abend und wandte sich zum Gehen.

»Fast hätte ich es vergessen! Sie haben Post bekommen, Mister Sigerson«, rief der Wirt ihm nach. »Der Brief liegt oben in Ihrem Zimmer.«

War die ersehnte Auskunft aus Berlin eingetroffen? Oder teilte Doktor Peeters uns mit, dass unser Spesenkonto erschöpft war? Aber eigentlich war es völlig gleichgültig, was der Briefumschlag enthielt, denn der Gendarm hatte den gewaltsamen Tod des Fotografen bereits aufgeklärt, als wir in Frankfurt waren. Bestimmt würde Fritz Matuschke bald auch den Mord an Herbert Becher gestehen.

Zwei Stufen auf einmal nehmend stieg Holmes die Treppe hoch. Sie war in der Zwischenzeit frisch gewienert worden, weshalb ich vorsichtshalber mein Tempo drosselte. Wenn auch mit einigem Abstand folgte ich Holmes zur Tür seines Gästezimmers. Er schloss sie auf, trat ein und wäre beinahe auf einen Umschlag getreten, den die Wirtsleute unter der Tür hindurchgeschoben hatten. Achtlos warf Holmes seinen Koffer auf das Bett, bückte sich dann nach dem Brief und drehte ihn herum, um den Absender zu lesen. »Die Antwort auf meine Anfrage bei der Berliner Polizei!« Ungeduldig riss Holmes den Umschlag auf, zerrte das Schreiben heraus und überflog es mit gerunzelter Stirn. »Es ist genau, wie ich mir gedacht habe!«, rief er dann begeistert aus.

»Fritz Matuschke ist schon als Jugendlicher mit dem Gesetz in Konflikt geraten?«, vermutete ich. »Als seine Jugendsünden publik wurden, war er in der deutschen Hauptstadt nicht mehr tragbar, und man hat ihn aufs Land versetzt.«

»Im Gegenteil, es liegt nicht das Geringste gegen ihn vor! Er genießt an seiner ehemaligen Schule das allerbeste Ansehen, und man wartet dort sehnsüchtig auf seine Rückkehr!«, erklärte Holmes, steckte dann den Brief in den Umschlag zurück und verstaute ihn in seiner Brieftasche.

Einen Moment lang war ich sprachlos. »Diejenigen, die auf den ersten Blick harmlos wirken, sind meistens die Schlimmsten«, war alles, was ich dann herausbekam.

»Damit haben Sie nicht unrecht, nur dass ich diese Beobachtung nicht auf Herrn Matuschke beziehen würde«, entgegnete Holmes und klappte so energisch seinen Koffer auf, dass die darin eingequetschte Kleidung herausquoll. Wie schaffte er es nur trotz seines nicht vorhandenen Ordnungssinns stets korrekt gekleidet zu sein? Seelenruhig begann Holmes seinen Koffer auszupacken und sich in seinem Zimmer häuslich einzurichten. Offenbar ging er nicht davon aus, dass wir die Eifel bald verlassen würden. Sonst hätte er wohl auch viel schlechtere Laune gehabt.

»Sie glauben also nicht, dass Fritz Matuschke der Mörder des Fotografen ist?«, erkundigte ich mich vorsichtig.

»Man wird ihn bald wieder auf freien Fuß setzen, denn die Beweislage ist völlig unzureichend«, antwortete Holmes, während er seine Hemden auf den Holzboden warf. »Die Haustür der Witwe steht den ganzen Tag lang offen. Jeder kann das Messer aus ihrer Küche entwendet haben.«

Das klang äußerst plausibel, aber eigentlich interessierte mich, ob Holmes den Lehrer für den gesuchten Mörder hielt, nicht ob er aus Mangel an Beweisen freigelassen werden würde.

»Wenn Sie den Lehrer für unschuldig halten, sollten Sie ihm zu seinem Recht verhelfen«, forderte ich Holmes auf, der mir beim Herumräumen den Rücken zukehrte.

»Ich habe ihn noch nicht aus dem Kreis der Tatverdächtigen ausgeschlossen.«

Verwirrt beschloss ich, mich doch besser auf mein eigenes Zimmer zurückzuziehen. Ich packte den Griff meines Koffers, den ich in einer Ecke abgestellt hatte und verabschiedete mich von Holmes.

»Haben Sie Lust, mich bei einem kleinen Spaziergang am Seeufer zu begleiten?«, fragte er zu meiner Überraschung, als ich bereits im Begriff war, die Zimmertür hinter mir zu schließen.

»Gern! Die kühle Landluft wird uns nach der langen Bahnfahrt sicherlich guttun«, entgegnete ich, obwohl ich vermutete, dass sich Holmes nicht aus Vergnügen in der Natur ergehen wollte.

Nachdem ich mein Gepäck in meinem Zimmer abgestellt und meine Kleidung ordentlich im Schrank aufgehängt hatte, streifte ich meinen Mantel über, verschloss meine Tür und holte Holmes ab, der mich schon ungeduldig erwartete. Wir schritten die Treppenstufen hinunter durch den Empfangsraum hindurch in Richtung Haustür.

»Wollen Sie bei diesem garstigen Wetter nicht lieber den Abend im Gasthof verbringen?«, fragte der Wirt wahrscheinlich nicht ganz uneigennützig, als wir die Rezeption passierten. »Ich habe den Kamin in der Gaststube angezündet und kann Ihnen gern einen Krug Bier aus der Schankwirtschaft am Marktplatz kommen lassen.«

»Wir wollen das letzte Licht des Tages für einen Spaziergang ausnützen«, erwiderte ich, revidierte aber augenblicklich meine Meinung, als wir ins Freie traten, denn eine eisige Kälte schlug mir entgegen.

Am Himmel brauten sich dunkle Wolken bedrohlich zusammen und verhießen einen nasskalten Abend. Falls Holmes keine Spuren am See suchen wollte, sondern tatsächlich nur einen Spaziergang plante, wäre ich doch lieber in den wohlig warmen Gasthof zurückgekehrt.

»Suchen wir nach der Kamera und den Fotoplatten?«, fragte ich ihn daher.

»Dieses aussichtslose Unterfangen überlasse ich gern dem Gendarmen. Der Mörder des Fotografen wird sein Diebesgut wohl im Ulmener Maar versenkt haben. Er wusste genau, dass der See zu tief ist, um etwas daraus zu bergen«, erklärte Holmes. Mit schnellen Schritten bewegte er sich in Richtung Maar.

Der Wind wurde immer heftiger und kälter. Bäume bogen sich im Sturm, abgerissene Äste flogen herum und Fensterläden klapperten.

»Was haben wir dann bei diesem Wetter am See vor?«, fragte ich und zog den Kopf ein, um den peitschenden Zweigen eines Baumes auszuweichen.

»Ich hoffe endlich herauszufinden, warum Herbert Becher sterben musste.«

»Langsam verstehe ich gar nichts mehr«, entfuhr es mir. »Versuchen wir nun die Todesumstände des Lehrers aufzuklären? Wollen wir den Mörder des Fotografen fassen? Oder glauben Sie, dass beide Verbrechen vom selben Halunken begangen wurden?«

»Zwei Gewaltverbrechen innerhalb weniger Wochen in einem abgeschiedenen Ort wie Ulmen sind wohl kaum unabhängig voneinander begangen worden. Ich jedenfalls glaube nicht an derartige Zufälle!«, entgegnete Holmes so widerwillig, dass ich schweren Herzens darauf verzichtete, ihn mit weiteren Fragen zu malträtieren.

Bald erreichten wir das Ufer und folgten dem steinigen, schlecht instand gehaltenen Pfad, der um das Maar herumführte. Wir passierten die Stelle, an der Herbert Becher sterbend aufgefunden worden war, und ließen auch den Uferabschnitt hinter uns, an dem wir mit Fritz Matuschke geangelt hatten. Nach wenigen Dutzend Schritten verengte sich der Weg, das grobe Pflaster verschwand und wir mussten uns mit einem lehmigen Pfad begnügen. Mageres Weideland und vereinzelte, mächtige Bäume bestimmten nun das Bild der kargen Landschaft. Aus der Ferne hörte man das Blöken grasender Schafe und das Kläffen eines Hirtenhundes. Es war aber kein Mensch jenseits des Dorfs zu sehen. Wen wunderte das bei diesem Sturm, bei dem sogar die Vögel aufgehört hatten zu singen! Als ich mich nach den gefiederten Kreaturen umschaute, blies mir der Luftzug fast den Hut vom Kopf. Ich hielt ihn fest und senkte meinen Blick wieder auf den Boden.

Holmes marschierte weiterhin forschen Schrittes vorwärts. Offenbar war er nicht auf der Suche nach etwas, sondern strebte auf ein bestimmtes Ziel zu. Der Wind blies von hinten, schien mich vorwärtszutreiben, und ich ging immer schneller.

Plötzlich blieb Holmes so abrupt vor mir stehen, dass ich fast mit ihm zusammengestoßen wäre, und deutete nach vorne. Mein Blick folgte seinem Zeigefinger, und ich sah eine nackte Klippe, um die ein paar dürre Ulmen standen. Aus einer armseligen Quelle in der Mitte des Felsens sprudelte Wasser durch ein in den Stein gehauenes Dämonenhaupt. Von dort lief es über den Felsen und sammelte sich auf der Erde zu einem kleinen Bächlein. Der Anblick war mir seltsam vertraut, aber ich brauchte einige Sekunden, ehe ich mich entsann, woran mich dieses Szenario erinnerte.

»Das ist genau der Ausblick, den Fritz von Wille gemalt hat!«, entfuhr es mir wie vom Donner gerührt.

»Und Johannes Grünewald hat dieselbe Stelle kurz vor seinem Tod fotografiert«, bestätigte Holmes mit grimmiger Miene.

Wir eilten weiter, bis wir die Quelle erreichten. Es sah wirklich aus wie auf dem Gemälde, aber die ländliche Idylle, die von Wille dargestellt hatte, wurde inzwischen dadurch getrübt, dass neben der Brunnenfassung das Erdreich bloßlag. Unser Fall nahm immer merkwürdigere Wendungen an. Wer mochte fern von der Siedlung mitten in der Natur den Boden aufgegraben haben? Wir standen doch hoffentlich nicht vor dem Grab eines dritten Mordopfers?

»Die Grube wurde erst vor wenigen Tagen zugeschüttet«, stellte Holmes erfreut fest. »Endlich untersuche ich einen Tatort, an dem nicht mutwillig alle Spuren vernichtet wurden.«

Kaum waren Holmes' Worte verklungen, stieß eine Ente einen durchdringenden Schrei aus, der unheimlich im Maar widerhallte. Sie flog auf, flatterte einige Yards knapp über der Wasseroberfläche und landete nah am Ufer.

»Meinen Sie, dass hier jemand eine Leiche verscharrt hat?«, fragte ich, als wieder Stille herrschte.

»Sie haben eine blühende Phantasie. Kein Wunder, dass Sie Ihre Berichte stets so romanhaft ausschmücken!« Holmes warf mir einen halb belustigten, halb tadelnden Seitenblick zu. »In Ulmen ist es zwecklos, heimlich eine Leiche zu vergraben. Man würde äußerst gründlich nach dem Opfer fahnden. In dieser ländlichen Umgebung verschwindet niemand einfach, ohne dass es Aufsehen erregt.«

»Vielleicht war es ein Landstreicher«, schlug ich vor. »Was ist eigentlich aus dem armen Mann geworden, den man nach dem Tod des Fotografen für einen Raubmörder gehalten hat?«

»Er wird sich wohlweislich aus dem Staub gemacht haben«, sagte Holmes bestimmt, ohne seine Meinung zu begründen.

»Oder man hat ein unerwünschtes Neugeborenes hier begraben, vielleicht das Kind einer Nonne«, vermutete ich, aber Holmes hörte mir schon nicht mehr zu, sondern stocherte mit einem Zweig in der zugeschütteten Grube herum.

Sorgfältig hob er jeden einzelnen Stein auf, der darauf herumlag, und betrachtete ihn eingehend. Einen besonders kleinen hielt er länger als die anderen in der Hand, ließ ihn dann aber wieder fallen und ging – den Blick auf den Boden geheftet – zum Seeufer, das nur einen Steinwurf entfernt war. Nachdem er den Strand untersucht hatte, blickte er nachdenklich über das Wasser, wobei seine Augen das gegenüberliegende Ufer absuchten. Dann setzte sich Holmes auf einen großen Stein neben der Quelle, schlug die Beine übereinander und fing an, seine Pfeife zu stopfen.

Ich rieb mir fröstelnd die Hände, bevor ich sie tief in die Taschen meines Wollmantels versenkte und mich gegen den Stamm einer Ulme lehnte. Der graue Nachmittag ging bereits in einen trüben Abend über und ich hoffte, dass es in dieser

Einöde keine Räuber gab. Was war, wenn Herbert Becher und Johannes Grünewald doch von einer Bande von Raubmördern umgebracht worden waren? In diesem Augenblick hätte ich viel darum gegeben, eine Schusswaffe bei mir zu führen.

Eine Viertelstunde lang brütete Holmes reglos auf dem Felsbrocken vor sich hin, bis er seine Pfeife zu Ende gepafft hatte.

»Ich glaube, ich weiß, was hier vorgefallen ist«, sagte er dann mit leuchtenden Augen und begann sein Beobachtungen in ein neues, ledergebundenes Notizbuch aufzuschreiben. Als ich mich zu ihm gesellte, klappte er es aber schon wieder zu.

»Was wurde hier vergraben?«, wollte ich wissen.

Holmes hob rechthaberisch die Augenbrauen.

»Hier wurde nichts vergraben, sondern hier wurde etwas ausgegraben!«

»Was hat das mit unserem Fall zu tun?«, fragte ich irritiert, bevor mir ganz plötzlich unser Besuch bei dem Trierer Antiquitäten-Händler einfiel. »Man hat hier nach Altertümern gegraben?«

»Sehen Sie selbst!«

Holmes erhob sich und wies mit der erloschenen Pfeife auf platt getrampeltes Gras, zertretene Kräuter und umgeknickte Pilze. Ich hatte die Vegetation um den lehmigen Boden keines Blickes gewürdigt.

»Das hat ein mittelgroßer Mann zwischen dreißig und vierzig verursacht, der gut zu Fuß war. Hier hingegen erkennt man die Hufabdrucke eines frisch beschlagenen Pferdes, die sich tief in den Boden eingegraben haben.«

Ich sah einen plattgetretenen Tannenzapfen und schämte mich, dass er mir ohne Holmes' Hinweis nicht aufgefallen wäre. »Vielleicht wurde es von einem schweren Mann geritten, der zu faul zum Laufen war«, schlug ich zaghaft vor.

»Sehen Sie die fast vom Regen verwaschenen Stiefelabdrücke neben den Spuren des Pferdes? Man hat das Tier schwer beladen am Zügel geführt«, erklärte Holmes, der noch immer mit gerunzelter Stirn auf den Boden blickte.

»Also hat hier jemand gegraben und seine Funde mit einem Pferd nach Trier gebracht«, fasste ich zusammen.

»Er hat ein Pferd mit etwas Schwerem beladen und es am Zügel fortgeführt. Mehr kann man bei nüchterner Beurteilung der Sachlage nicht feststellen«, korrigierte Holmes und schritt mit gesenktem Kopf der Fährte einige Yards weit nach. Dann blieb er abrupt stehen und zeigte erneut auf den Boden. »Die Hufspuren führen weiter Richtung Norden, aber es gibt auch Stiefelabdrücke in eine andere Richtung.« Holmes deutete auf einige niedergetretene Grashalme und ging dann den Hang hinunter, bis wir am Seeufer standen, wo ich zu meinem Leidwesen nichts Besonderes bemerkte.

»Hier ist ein Boot gelandet«, half mir Holmes auf die Sprünge. »Mehr Erkenntnisse kann man aus diesem Gelände nicht ziehen«, stellte er etwas unmotiviert fest. »Wir können uns nun getrost auf den Rückweg begeben.«

Es war tatsächlich höchste Zeit, denn die Dunkelheit nahm rasch zu. Der schmale Pfad war kaum noch zu sehen, und wir riskierten über einen Stein oder eine Wurzel zu stolpern und ins Maar zu stürzen.

»Besitzt Fritz Matuschke ein Pferd?«, fragte ich, als wir endlich den gepflasterten Weg erreichten und ich nicht mehr auf jeden Schritt achten musste.

»Er hätte sich jedenfalls mühelos eins leihen können, nicht nur in Ulmen, sondern auch in einem der Nachbardörfer. Die meisten Bauern und alle wohlhabenden Bürger besitzen auf dem Land ein Fuhrwerk mit Zugtier, weshalb die Spuren, die ich gefunden habe, keinen der Verdächtigen entlasten«, erklärte Holmes und blickte mich von der Seite an.

»Haben Sie übrigens bemerkt, dass sich das Grundstück des Apothekers bis zum Maar hinunter ausdehnt?«, wollte er dann wissen.

»Ich habe bei diesem garstigen Wetter gar nichts bemerkt«, antwortete ich automatisch, bevor ich die Tragweite von Holmes' Worten begriff. »Glauben Sie, der Apotheker hat unseren Klienten ermordet?«

»Diese Möglichkeit sollten wir zumindest nicht ausschließen.« Holmes' entschlossene Miene signalisierte, dass er sein Tagwerk noch nicht für beendet betrachtete.

»Was haben Sie nun vor?«, erkundigte ich mich.

»Ich würde gern zu fortgeschrittener Stunde dem Grundstück von Bertram Steinmetz einen Besuch abstatten.«

»Was bezwecken Sie damit?«, entfuhr es mir erschrocken. *Ein* Einbruch pro Fall war wirklich genug! Man sollte sein Schicksal schließlich nicht herausfordern.

»Falls Sie das wirklich noch nicht wissen sollten, dann lassen Sie sich überraschen«, war alles, was ich von Holmes zu hören bekam.

»Ich hoffe nur, Sie wissen, was Sie tun«, erwiderte ich noch immer zutiefst beunruhigt. »Vergessen Sie nicht, dass der Gendarm ganz begierig darauf ist, uns zu verhaften! Und wenn wir einmal wegen Einbruchs hinter Gittern sind, wird er uns wahrscheinlich gleich noch den Mord an dem Fotografen anhängen!«

»Dazu wird es bestimmt nicht kommen!« Holmes schaute mich an. »Wenn wir ins Gasthaus zurückkommen, sollten Sie sich aber besser ein wenig ausruhen«, empfahl er mir dann, ohne meine berechtigten Bedenken zu zerstreuen. »Wir haben eine anstrengende Nacht vor uns.«

23. Ein nächtlicher Besuch

Zur Geisterstunde schlichen wir auf Zehenspitzen die Treppe des Gasthofs hinunter. Holmes schloss die Haustür auf und ich fragte mich, wie er es geschafft hatte, den biederen Wirtsleuten den Haustürschlüssel zu entlocken. Es war nicht seine Art, andere ins Vertrauen zu ziehen. Daher hatte er ihnen wohl eine Lügengeschichte aufgetischt.

Als ich auf die Gasse trat, wehte ein eisiger Windhauch vom Wasser her und ließ mich frösteln. Der Himmel war gänzlich von Wolken verhangen. Die Bedingungen für unser Vorhaben waren also günstig, aber trotzdem war mir alles andere als wohl zumute. Holmes ging mit schnellen Schritten voran, ich folgte ihm, mich vorsichtig umschauend. Weder Mond noch Sterne beleuchteten unseren Weg, als wir durch die verlassenen Gassen Ulmens huschten. Aus einem Haus drang das Geschrei eines Kleinkindes und die beruhigenden Worte seine Mutter. Ansonsten war es im Ort eigenartig still, nicht einmal die Schreie der Nachtvögel waren zu hören. Fast alle Fenster waren dunkel, nur im Obergeschoss eines Fachwerkhauses flackerte eine Kerze. Im Gegenlicht war die Silhouette eines Mannes zu sehen, der über einem Tisch gebeugt saß und etwas niederschrieb. Zwei Häuser weiter lag ein schwarzer Kater träge auf einem Fensterbrett und beäugte uns mit leuchtend grünen Augen. Abrupt sprang er auf den tief hängenden Ast eines Apfelbaums und verschwand wie ein Geist in die Dunkelheit. Er war das einzige Lebewesen, das uns auf dem Weg zur Apotheke begegnete.

Als wir den rückwärtigen Eingang von Bertram Steinmetz' Anwesen erreichten, vergewisserte sich Holmes, dass niemand uns gefolgt war. Dann machte er eine Räuberleiter, und ich kletterte über das mannshohe Gartentor. So leise ich vermochte, schob ich den Riegel auf, öffnete das Gatter und ließ Holmes herein. Vorsichtig lehnte er den Türflügel an den Zaun und schaute sich nochmals um. Mein Blick wanderte skeptisch zum Wohnhaus, aber ich sah kein Licht hinter den Gardinen und hörte keinen Laut nach draußen dringen.

»Wonach suchen wir eigentlich?«, fragte ich mit gedämpfter Stimme.

»Nach einer Scheune oder einem Schuppen. Etwas, das geräumig genug ist, um einen sehr sperrigen Gegenstand darin zu verstecken«, antwortete Holmes und deutete in die Ferne. Die bleiche Sichel des aufgehenden Mondes, der die Wolkendecke durchdrungen hatte, schien auf das Gelände, und ich erkannte in der Ecke des Grundstücks einen groben Holzbau, der wohl dazu diente, Boote oder Gerätschaften aufzubewahren. »Wie ich Ihnen neulich bereits sagte: Es ist ein interessanter Aspekt, dass das Anwesen des Apothekers bis zum Wasser reicht.«

Holmes ging vorsichtig über einen mit Kies bestreuten Weg, der zwischen verwilderten Hecken hindurch zu dem Schuppen führte. Ich folgte mit bedächtigen Schritten und versuchte, möglichst wenig Lärm zu produzieren. Aber trotz aller Mühe knirschten die Kiesel unter dem Tritt meiner Füße. Inständig hoffte ich, dass der Wind die Geräusche übertönte und dass der Apotheker einen tiefen Schlaf besaß. Wenigstens hielt er keinen Wachhund.

Holmes erreichte die geräumige Scheune. Ihr Tor war mit einer schweren Kette gesichert. Welche kostbaren Schätze versuchte der Apotheker damit zu schützen? Holmes holte einen Schraubenzieher heraus und machte sich an der Halterung der Türkette zu schaffen. Mit wenigen Handgriffen hatte er sie gelockert und die Kette leise eingerollt. Dann drückte er den Türgriff herunter, und die hohe Scheunentür gab mit einem Ächzen nach. Ebenso geräuschvoll schloss sich der Türflügel hinter uns. Die Luft in der Scheune war feucht, und es roch nach Schimmel. Etwas Winziges, wohl eine Maus, huschte vor meinen Füßen über den Lehmboden. Ich konnte sie nicht sehen, sondern spürte nur einen Hauch an meinem Hosenbein.

Holmes tastete sich die Wand entlang und öffnete schließlich einen Fensterladen. Der Mond, der sich inzwischen glücklicherweise zeigte und durch die schmutzige Fensterscheibe fiel, erhellte notdürftig den Innenraum der Scheune. Deren Wände waren mit schmalen Regalbrettern bedeckt, auf denen allerlei Krempel herumstand. Allmählich gewöhnten sich meine Augen an das Dunkel, und die Silhouette eines großen Objekts schälte sich aus dem allgegenwärtigen Schatten. Als ich den halben Raum durchquert hatte, nahm der Gegenstand allmählich die Kontur eines kleinen, hölzernen Ruderbootes an, dessen vorderer Steven als Tierkopf und der hintere als langer Schwanz gestaltet war. Ausführung und Bemalung ließen auf eine fernöstliche Arbeit schließen, die aber offenbar nachträglich an einigen Partien mit grün bemalten Holzpaneelen verkleidet worden war. Unwillkürlich stieß ich einen leisen Überraschungsschrei aus und drehte mich zu Holmes um.

»Das ist ein chinesisches Drachenboot, das durch einige geschickte Ergänzungen verändert wurde, sodass es mit etwas Phantasie als Fisch durchgehen kann«, erklärte er flüsternd.

»Wussten Sie, was wir hier finden würden?«

»Nun, mein Verstand weigert sich, an die Existenz eines Ungeheuers im Maar zu glauben. Wenn ein intelligenter Mann wie der Apotheker einen derartigen Humbug verbreitet, drängt sich der Verdacht auf, dass er damit irgendetwas bezweckt«, wisperte Holmes zurück und deutete dann auf den Kiel des Bootes. »Das Holz ist mit Algen bewachsen, die es in China nicht gibt, die aber in Deutschland weit verbreitet sind. Das Boot wurde also höchstwahrscheinlich im Ulmener Maar eingesetzt.«

Bevor ich etwas erwidern konnte, zerriss ein knarrendes Geräusch die Stille und ließ mich zusammenfahren. Die Scheunentür wurde aufgerissen, und kalte Nachtluft strömte in den Schober. Erschrocken wirbelte ich herum und stieß dabei mit dem Ellbogen einen auf einem Sims stehenden Keramikkrug um, der auf dem Boden zerbarst.

Ein gleißend helles Licht blendete mich. Mit einem jähen Ruck wandte ich den Kopf ab und starrte in eine schreckliche Fratze. Nur mühsam unterdrückte ich einen Schrei, bevor ich begriff, dass es nur mein eigenes Gesicht war, das mich verzerrt aus einem Hohlspiegel anstarrte, der an der Schoberwand hing. Laute Schritte hallten näher und näher auf mich zu. Erschrocken folgte mein Blick der Lichtquelle, und ich sah die eindrucksvolle Gestalt des Apothekers, der eine Laterne in der Linken hielt, während seine Rechte ein Jagdgewehr umklammerte. Er trug einen bequemen, offenbar ehemals kostspieligen Hausmantel, der aber inzwischen mit Flecken übersät war, die wohl von seinen Experimenten herrührten. Sein Haar war ungewaschen, er hatte glasige Augen und seine nackten Füße steckten in ausgetretenen Hauspantoffeln.

Erschrocken hastete ich auf das Boot zu, um mich dahinter zu verstecken. Aber bevor ich mein Ziel erreicht hatte, streifte mich der Lichtkegel der Lampe. Außer sich vor Wut brüllte Bertram Steinmetz mir einige Worte in Deutsch entgegen, die wie eine Kriegserklärung klangen. Ich rührte mich nicht, denn ich befürchtete, er könnte von seiner Schusswaffe Gebrauch machen.

Als der Apotheker mich erkannte, verzog sich sein Gesicht jedoch zu einem ungläubigen Staunen. »Was haben Sie in meinem Schuppen zu schaffen?«, fuhr er mich auf Französisch an. Dabei betrachtete er mich mit eher erschrockener als mit wütender Miene. Sein Atem roch nach hochprozentigem Alkohol, und noch immer hielt er das Gewehr auf mich gerichtet.

Wenigstens hatte sich Holmes hinter das Drachenboot geduckt und Bertram Steinmetz konnte ihn nicht sehen. Inständig hoffte ich, dass es Holmes gelang, unserem Gegner in den Rücken zu fallen, bevor dieser mich erschoss. Um den Blick des Apothekers nicht auf Holmes zu lenken, vermied ich geflissentlich in Richtung Boot zu schauen.

»Guten Abend, Mister Steinmetz«, grüßte ich den Hausherrn, um Zeit zu schinden. Dann ließ meine Phantasie mich im Stich. Was sollte ich sagen? Ich habe mich verlaufen? Es ist alles ganz anders, als es aussieht? All das war reichlich abgeschmackt. Ich sagte mir, dass Angriff die beste Verteidigung sei. »Ich glaube, Sie sind mir eine Erklärung schuldig! Was hat es mit diesem seltsamen Boot auf sich?«

»Ich weiß genau, was Sie jetzt denken, aber ich habe weder etwas mit Herberts Tod zu tun, noch mit dem Mord an dem Fotografen«, beteuerte Bertram Steinmetz. Er stellte die Lampe auf den Boden und wischte sich mit dem Ärmel die Stirn ab.

»Davon müssen Sie nicht uns, sondern den Staatsanwalt überzeugen«, erklärte Holmes in einem eisigen Tonfall. Mit einer Heugabel in der Hand stand er jetzt direkt hinter dem Apotheker.

Ich hatte ihn nicht herannahen gehört. Daher schrak ich genau wie der Hausherr zusammen.

»Ich hätte mir eigentlich denken können, dass Sie nicht allein in mein Grundstück eingedrungen sind ...«, knurrte Bertram Steinmetz mich an.

»Wenn Sie vielleicht so freundlich wären, Ihre Waffe auf den Boden zu legen, dann könnten wir uns viel besser unterhalten«, forderte Holmes den Apotheker auf, der uns noch immer mit dem Jagdgewehr bedrohte.

Bertram Steinmetz zögerte eine Sekunde und schulterte dann sein Gewehr.

»Was haben Sie eigentlich erwartet?«, fragte er empört. »Sie brechen in meine Scheune ein und wundern sich noch, dass ich versuche, mein Eigentum zu verteidigen!«

»Sie sind mit diesem Boot über das Maar gefahren, um Ihre Mitmenschen zu erschrecken«, stellte Holmes sachlich fest, ohne auf den nicht unberechtigten Vorwurf des Hausherrn einzugehen.

Bertram Steinmetz blickte schweigend auf den staubigen Scheunenboden und schüttelte dann mit hilflosem Gesichtsausdruck den Kopf. »Es sollte nur ein kleiner Schabernack sein. Wer hätte gedacht, dass daraus tödlicher Ernst wird«, lamentierte er dann. »Herbert hatte eine blühende Phantasie. Er glaubte, der Vulkan unter dem Ulmener Maar könnte jederzeit ausbrechen. Ich wollte mich mit der Rückkehr des legendären Riesenfischs revanchieren. Die Einbildungskraft meiner Mitbürger hat dann das Übrige getan. Das vermeintliche Seeungeheuer wurde sogar an Tagen gesehen, an denen ich nicht einmal in Ulmen war. Nach dem Tod meines Freundes hätte ich das verfluchte Boot am liebsten zerhackt oder verbrannt, befürchtete aber dadurch erst recht die Aufmerksamkeit der Nachbarn auf mich zu lenken.«

Holmes hatte gegen die Wand gelehnt gelauscht, die Heugabel noch immer in der Hand haltend.

Als er nichts erwiderte, schaute Bertram Steinmetz wieder einen Augenblick lang betreten auf den staubigen Scheunenboden und hob dann mit einer ruckartigen Bewegung das

Kinn. »Mister Sigerson! Ich hatte eigentlich gehofft, dass Sie und Mister Tristram die genauen Todesumstände meines Freundes aufklären würden«, behauptete er schließlich. Das war wohl die schamloseste Schutzbehauptung eines entlarvten Verbrechers, die ich jemals anhören musste. »Wie Sie sich vorstellen können, lebe ich seit Herberts Tod in der ständigen Sorge, man könnte mich der Tat bezichtigen. Und jetzt ist noch ein weiterer Mord verübt worden ...«

»Es war keine gute Idee zu behaupten, das Seeungeheuer habe Ihren Freund umgebracht«, bemerkte Holmes.

»Ich habe das Gerücht nicht in die Welt gesetzt. Aber ich konnte ja kaum zugeben, dass ich den Ichthyosaurier nur erfunden habe«, sprudelte der Apotheker erleichtert über den Themenwechsel los.

»Ja, die Geister, die ich rief«, entgegnete Holmes nicht mehr ganz so abweisend, aber noch immer reserviert. »Wenn Sie wirklich unschuldig sind, sollten Sie mir endlich alles erzählen, was Sie wissen und mir bei der Entlarvung des Täters helfen.«

Der Hausherr schluckte, presste die Lippen zusammen und nickte verbissen. »Wollen wir dazu nicht lieber ins Wohnhaus gehen? Wir haben lange genug in der kalten Scheune herumgestanden. Sie trinken doch mit mir einen Weinbrand auf den Schrecken?«

Dieses freundliche Angebot diente offenbar hauptsächlich dazu, selbst in den Genuss eines hochprozentigen Getränks zu kommen. Ohne Holmes' Antwort abzuwarten, schlurfte der Apotheker in seinem Hausmantel durch das Scheunentor, und uns blieb nichts anderes übrig, als ihm zu folgen. Holmes lehnte die Heugabel zurück an die Scheunenwand und verließ ebenfalls den Schuppen. Mein Herz schlug noch immer heftig, als ich mich den beiden anschloss. Der leicht schwankende Gang des Hausherrn lieferte mir den letzten Beweis, dass er die Nase zu tief in die Flasche gesteckt hatte.

Als wir das Haus betraten, schlug irgendwo eine Standuhr halb eins. Diele und Treppenhaus waren frisch gestrichen, auf den Böden versiegeltes Parkett ausgelegt und die Wände zierten Konterfeis der Familie des Apothekers. Alles war so akkurat an seinem Platz, dass man nicht vermutet hätte, dass hier eine fünfköpfige Familie mit Kindern lebte. Bertram Steinmetz gelang es erst im zweiten Anlauf, einen kleinen Waffenschrank in einer Seitenkammer aufzuschließen, in dem sich genug Waffen befanden, um eine Armee auszurüsten. Als er sein Jagdgewehr darin deponiert hatte, entspannte sich meine Haltung. Erst jetzt fühlte ich mich nicht mehr bedroht.

Der Hausherr geleitete uns eine frisch gebohnerte Holztreppe hinauf in den Salon, der fast den ganzen ersten Stock des Wohnhauses einnahm, zündete dort eine Gaslampe an und komplimentierte uns in Sessel mit schwarzen Holzteilen und purpurroten Plüschbezügen. An der Schmalseite des Raums hing ein mannshoher, oben rund abgeschlossener Spiegel mit schwarz gestrichenem Rahmen. Auf der neubarocken Kommode war ein Orientteppich drapiert, in der Mitte des polierten Büfetts stand ein silberner Tafelaufsatz, und in der Raumecke balancierte eine bronzene Fortuna auf einer Kugel. In ihren ausgestreckten Armen trug die Göttin den Lorbeerkranz des Siegers. Der Fahrtwind presste ihr dünnes Kleid an ihren üppigen Körper, was aber ihrer sorgfältigen Lockenfrisur keinen Abbruch tat. Selbst mein geschäftstüchtiger Schwager Andrea hätte sich gescheut, eine derart schwülstige Statue herzustellen.

Auch die restliche Einrichtung des Salons war überladen und protzig. Nur ein duftig gemaltes Familienporträt, das über dem Flügel hing, brachte eine freundliche Note in den düsteren Raum.

Der Herr dieser Pracht verschwand wortlos in ein Nebenzimmer. Man hörte das Klirren von Gläsern, dann das Gluckern einer Flüssigkeit, gefolgt vom Rappeln einer Flasche, und ich fragte mich, was der Apotheker in seinem angetrunkenen Zustand gerade anstellte. Aber ich hatte ihm unrecht getan: Die Geräusche hörten bald auf und der Hausherr trug ein kleines Silbertablett herein, auf dem drei mit Weinbrand gefüllte Gläser und die dazugehörende Flasche standen. Er kam an den Tisch und stellte das Tablett ohne etwas zu verschütten auf die Mitte der Tischplatte.

Jemand polterte die Treppe vom Dachgeschoss herunter. Die Schritte kamen näher, und ein träges Bauernmädchen im Nachthemd, das einen Kerzenständer in der Hand hielt, lugte durch die Tür. Das Dienstmädchen stellte dem Hausherrn eine Frage, wohl ob er ihre Dienste benötige, aber Bertram Steinmetz winkte ab. Sichtlich erleichtert stapfte das verschlafen blinzelnde Mädchen wieder mit lethargischen Bewegungen nach oben.

»Sie werden mich für einen Moment entschuldigen«, murmelte Bertram Steinmetz und schon war auch er davongeeilt.

Nachdem er sich in seinen weich gepolsterten Stuhl zurückgelehnt hatte, drehte Holmes das Glas in der Hand und begutachtete die Farbe des Weinbrands. Mein durch den Salon schweifender Blick streifte das erboste Gesicht einer gipsernen Beethovenbüste auf dem Kaminsims und blieb auf einer Palme zur Linken der Samtgardinen haften, bevor er zum Glas unseres Gastgebers zurückwanderte, der noch immer auf sich warten ließ.

Wenige Minuten später kehrte Bertram Steinmetz korrekt gekleidet zurück. Mit kummervoller Miene setzte er sich auf die Kante eines Sessels und schluckte einen Mundvoll des ausgezeichneten Weinbrands herunter, der mehr Aufmerksamkeit verdient hätte. Seiner Alkoholfahne nach zu schließen war es mindestens der dritte an diesem Abend. Dann begann er von sich aus zu erzählen: »Sie wollen sicherlich wissen, woher das Boot stammt. Letztes Jahr haben wir das Haus eines Onkels meiner Frau geerbt. Ich glaube jedenfalls, dass er ihr Onkel war. Meine Frau hat eine so weitläufige Familie, dass sie selbst schon den Überblick verloren hat. Jedes Jahr treffe ich Unbekannte, die Onkel oder Vetter zu mir sagen ...«

»Dieser Erbonkel wohnte in Ulmen?«, unterbrach ihn Holmes, der während der vorangegangenen Ausführungen seine Pfeife gestopft hatte, die er nun anzündete.

»Nein, in Trier. Er ist in seiner Jugend zur See gefahren. Auf seinem Dachboden fanden wir ein Sammelsurium von Gegenständen, die er aus der großen weiten Welt mitgebracht hat: Einen ausgestopften Tiger, das präparierte Krokodil, das ich in meiner Apotheke aufgehängt habe, eine ganze Schar asiatischer Götzenbilder – und das unselige chinesische Boot.« Bertram Steinmetz stockte und blickte in sein Glas.

»Wer weiß, dass Sie hinter dem Spuk stecken?«, fragte Holmes gnadenlos.

»Nur meine Frau. Erzählen Sie bloß meinen Schwiegereltern nicht, dass ich sie zum Lügen angestiftet habe! Das wäre nur Wasser auf ihre Mühlen!« Der Apotheker rutschte nervös auf seinem Sessel hin und her. Die flackernde Lampe ließ Schatten auf seinem Gesicht tanzen, die ihm einen diabolischen Ausdruck verliehen.

»Als Sie das Boot hierher transportiert haben, musste das doch der ganze Ort mitbekommen haben«, wandte ich ein.

»Nein, denn als ich das Drachenboot sah, plante ich sogleich, es in einen Fisch umzugestalten, um Herbert damit zu foppen. Daher habe ich es in einer vernagelten Kiste nach Ulmen transportieren lassen.«

»Das war aber auch alles andere als unauffällig«, gab ich zu bedenken.

Unser Gastgeber spielte gedankenverloren mit seinem leeren Glas. Ich hätte zu gern gewusst, was in ihm vorging.

»Ich nehme an, Ihre Gattin hat wegen Herbert Bechers Tod den Ort verlassen?«, fragte Holmes. Seine Pfeife, die er in seiner Linken hielt, stieß graue Rauchwolken aus.

Der Apotheker starrte einen Augenblick lang mit verkniffenem Gesicht den glimmenden Tabak an. Dann wandte er sich ab, um wenigstens dem übelsten Qualm zu entgehen. »Meine Frau besucht jedes Jahr um diese Zeit ihre Eltern. Aber diesmal ist sie früher als sonst aufgebrochen, denn ich wollte nicht, dass sie meinetwegen eine Falschaussage macht. Schließlich habe ich ihr die ganze Sache eingebrockt«, sagte er mit leiser Stimme, die langsam schleppend zu werden begann.

»Vielleicht sollten Sie dem Gendarmen reinen Wein einschenken. Schließlich haben Ihre Bootsfahrten gegen keine Gesetze verstoßen«, schlug ich angesichts der unübersehbaren Nervosität des Apothekers vor.

Erst nachdem er sein Glas wieder gefüllt hatte, ging er auf meinen Vorschlag ein. »Sie kennen unseren Gendarmeriewachtmeister nicht so gut wie ich. Er macht zwar auf den ersten Blick einen phlegmatischen Eindruck. Aber er träumt schon seit Jahren davon, einen richtigen Verbrecher zu verhaften. Wahrscheinlich liest er diese neumodischen Kriminalromane!«

»Sie erwähnten vorhin, dass der vermeintliche Fischsaurier auch an Tagen gesichtet wurde, an denen Sie nicht in Ulmen waren. Ich vermute, Sie haben damals Ihre Verwandtschaft besucht?«

Verdächtigte Holmes den Apotheker, Herbert Becher ermordet zu haben, weshalb er nun sein Alibi überprüfte?

Unser Gastgeber beugte sich auf seinem Sessel vor, schaute an mir vorbei auf das mit schweren Vorhängen verhängte Fenster und auf die Statue der wankelmütigen Glücksgöttin, richtete den Blick dann aber wieder auf Holmes. »Ja, meist besuchte ich jemanden: Meine Verwandtschaft, die Verwandtschaft meiner Frau oder alte Kameraden von der Armee.«

»Also angesehene Bürger, die ihren Aufenthalt bezeugen können«, konstatierte Holmes nüchtern. »Ich wäre Ihnen sehr verbunden, wenn Sie mir bis morgen Mittag eine Liste aller Termine zusammenstellen könnten, an denen Sie nicht in Ulmen waren. Beginnen Sie bitte mit dem Tag, an dem Sie dieses Boot mitgebracht haben.«

Bertram Steinmetz wirkte, als ob er protestieren wollte, besann sich dann aber. »Wenn es denn sein muss«, brummte er resigniert. »Dabei bin ich selbst nur zweimal mit dem verwünschten Boot gefahren.«

»Wissen Sie, dass Herbert Bechers Frau noch lebt?«

Der Apotheker, der nach der Flasche gegriffen hatte, verharrte einen Moment lang mitten in der Bewegung. »Wollen Sie mich zum Besten halten?«, sagte er dann und goss sich einen kleinen Schluck ein. Plötzlich ging ein Aufleuchten über sein Gesicht. »Dann hat Henriette sich also neulich doch nicht versprochen, als sie von Gisela in der Gegenwart sprach.«

Holmes berichtete, dass die ehemalige Frau des Lehrers wieder geheiratet hatte. Ich fragte mich, was in ihn gefahren war. Sonst weihte er doch auch keine Tatverdächtigen in unsere laufenden Ermittlungen ein. »Aber bitte erzählen Sie es nicht weiter«, endete er, was ein probates Mittel war, jemanden zum Tratschen aufzufordern.

»Nein, das bleibt unter uns. Sicherlich wollte Herbert nicht, dass sich im Ort herumspricht, dass ihm seine Frau davongelaufen ist, und noch dazu mit einem Eisenbahner.« Bertram Steinmetz leerte das Glas in einem Zug und schenkte sich abermals nach. »Aber ich muss mich doch sehr über Gisela wundern! Sie ist schließlich die Tochter eines Arztes! Wenn man sich schon nicht mehr auf die Akademiker verlassen kann, dass sie ihre Kinder zu moralischen Menschen erziehen, was soll man dann von den einfachen Bauern erwarten? Ich kann es gar nicht gutheißen, dass meine Henriette weiterhin mit dieser sittenlosen Person verkehrt.«

»Verkehren wäre wirklich zu viel gesagt. Sie ist ihr nur zufällig in Wiesbaden über den Weg gelaufen«, versuchte ich ein gutes Wort für die Apothekergattin einzulegen.

»Ich möchte Ihnen nicht länger die Nachtruhe rauben und werde Sie daher verlassen«, verkündete Holmes mit einer ironischen Verbeugung. »Morgen früh um zehn spreche ich in Ihrer Apotheke vor, um die Aufstellung abzuholen.«

»Sie werden mir noch meine Kunden vertreiben, wenn Sie ständig in meinem Geschäft herumstehen«, brummte der Hausherr ungesellig zurück.

»Im Gegenteil! Die Gelegenheit, uns bei Ihnen anzutreffen, wird Ihre Kunden anlocken«, widersprach Holmes ohne jede Verlegenheit.

Als wir das Haus durchquerten, blickte ich zufällig durch die offenstehende Tür des Badezimmers. Es war mit den neuesten technischen Errungenschaften ausgestattet wie einem Porzellanwaschbecken und einer gusseisernen Wanne. Warf seine Apotheke wirklich so viel ab, oder lebte ihr Besitzer über seine Verhältnisse?

»Ich weiß auch nicht, wie ich in diese Geschichte hineingeraten konnte«, stammelte der Apotheker, bevor er die Haustür für uns öffnete. »Ich wäre Ihnen sehr verbunden, wenn Sie den anderen gegenüber nicht mein Boot erwähnen.«

»Gute Nacht, Herr Steinmetz, Sie hören von mir«, entgegnete Holmes scharf und stieg dann die Stufe zur Gasse hinunter. Auf der Gasse blieb er nochmals stehen und drehte sich um. »Ich werde Ihr Geheimnis für mich behalten«, fügte er etwas versöhnlicher gestimmt hinzu. »Aber es ist nur eine Frage der Zeit, bis einer Ihrer Nachbarn durch das Fenster Ihrer Scheune schaut.«

»Gute Nacht, Mister Sigerson, gute Nacht Mister Tristram! Kommen Sie gut heim!«, verabschiedete der Apotheker uns hörbar erleichtert.

»Ein zwielichtiger Zeitgenosse! Bestimmt hat er das Drachenboot nach Ulmen gebracht, um den Lehrer zu ermorden, weil er seiner Frau den Hof gemacht hat. Jetzt bereut er seine Tat und sucht Zuflucht im Alkohol«, stellte ich fest, nachdem wir um die Ecke gebogen waren.

Wir gingen langsam, denn Wolken hatten sich wieder vor den Mond geschoben, und die Nacht war stockfinster.

»Wie Sie seiner Gesichtsfarbe entnehmen können, war er dem Weinbrand schon länger zugetan«, widersprach Holmes und schaute mit finsterer Miene zum schmucken Haus des Apothekers zurück. »Es ist höchste Zeit, dass seine Familie aus Trier zurückkommt. Sonst trinkt er sich noch zu Tode.«

Die Erwähnung von Trier erinnerte mich an etwas, was mich verwundert hatte. »Warum haben Sie ihn nicht auf den Antiquitätenhändler in Trier angesprochen? Schließlich befindet sich sein Ladengeschäft nur einen Katzensprung von seinen Schwiegereltern entfernt.«

»Solange wir nicht wissen, wer an der Quelle gegraben hat, möchte ich den zwielichtigen Antiquitätenhändler lieber nicht ins Spiel bringen«, erläuterte Holmes. »Jetzt haben wir zwar die wahre Natur des Fischsauriers erkannt, aber wir wissen weder, wie Herbert Becher gestorben ist, noch haben wir dem Mörder des Fotografen das Handwerk gelegt.«

»Ob man uns die Belohnung für das Foto das Seeungeheuers auszahlt, wenn wir ein Lichtbild des Bootes einsenden?«, fragte ich halb im Scherz.

»Ich bezweifele es!« Holmes machte eine vage Handbewegung nach vorn. »Aber selbst wenn das Bild veröffentlicht würde, wären die Zeitungsleser wohl nicht dazu bereit, sich ihren Glauben an den Riesenfisch nehmen zu lassen. Schließlich können sie sich sogar auf Sebastian Münster berufen.«

24. Die Vorbereitung

Die restlichen Stunden, die mir von der Nacht noch blieben, wälzte ich mich unruhig im Bett hin und her. Als ich am nächsten Morgen gegen acht den Frühstücksraum betrat, beugten sich in einer dunklen Ecke zwei Männer über einen massiven Holztisch und wandten mir den Rücken zu. Der eine war ungewöhnlich groß und hager, der andere um einiges kleiner und korpulenter.

»Haben Sie wirklich nichts vergessen?«, hörte ich Holmes fragen, der, wie ich schon vermutet hatte, der Hochgewachsene der beiden war.

»Nein, ich habe in dem Kalender nachgeschlagen, in dem ich alle meine Termine notiere«, entgegnete Bertram Steinmetz, der unserem Besuch in seiner Apotheke zuvorgekommen war.

Befürchtete er, Holmes könnte sich wieder über seine Experimente lustig machen, oder glaubte er wirklich, wir würden seine Kunden vertreiben?

»Ich sehe bereits auf den ersten Blick, dass diese Aufstellung sehr aufschlussreich ist«, sagte Holmes erfreut und schaute eine Zeitlang angestrengt auf den vor ihm liegenden Zettel.

Die Tür wurde schwungvoll aufgerissen und die Wirtin betrat den Raum.

»Herr Sigerson! Im Eingangsbereich warten zwei Frauen, die mit Ihnen sprechen möchten«, verkündete sie so empört, dass es sich eigentlich nur um Prostituierte handeln konnte.

»Sie werden doch sicherlich einen Namen haben?«, fragte Holmes aufgeräumt zurück.

Mir war schleierhaft, wie er es schaffte, nach den Anstrengungen der vergangenen Nacht so munter zu sein.

»Die eine ist diese Witwe Henkel, die Zimmer an Auswärtige vermietet, die dann ...« Der restliche Satz verebbte in verärgertem Nuscheln. Dann räusperte sich die Wirtin lautstark. »Sie wird begleitet von Klara, der Tochter des alten Joseph. Ich hätte sie fast nicht wiedererkannt in ihrer feinen Aufmachung. Wenn ich mir eine Bemerkung erlauben darf: Herr Sigerson, Sie haben keinen besonders guten Einfluss auf das Mädchen. Zuerst stiften Sie sie an, dem halben Ort neugierige Fragen zu stellen, und dann geben Sie ihr auch noch Geld.«

»Dann möchte ich die beiden Damen nicht länger warten lassen!« Holmes rollte den Zettel zusammen, steckte ihn in die Tasche seines Gehrocks und eilte zum Empfang.

Klara, die neben der Theke stand, sah in frisch gewaschenem Kleid, damenhaften Schnürstiefeln und dem Strohhut mit breiter Krempe aus wie das blühende Leben. Witwe Henkel hingegen saß auf einem Stuhl und ließ bekümmert den Kopf hängen. Sie trug die gleichen rustikalen Kleidungsstücke wie bei unserer ersten Begegnung, nur dass ihre Garderobe diesmal derangiert wirkte: Der Rocksaum hing schief, die Bluse schlug an der Schulter Falten, und der vorletzte Knopf des Mieders war nicht zugeknöpft. Vor allem aber hatte sie vergessen, sich das Haar mit der Witwenhaube zu verhüllen, was dazu beitrug, dass ich sie noch attraktiver als bei unserer ersten Begegnung fand.

»Witwe Henkel möchte ganz dringend mit Ihnen sprechen!«, erklärte Klara, nachdem sie uns bemerkt hatte.

»Wollen wir uns nicht lieber in den Frühstücksraum zurückziehen? Dort können wir uns ungestört unterhalten«, schlug Holmes vor, nachdem er die beiden Besucherinnen höflich begrüßt hatte.

»Ich kann auch solange in die Küche gehen«, bot die Wirtin an. Ihr beleidigter Gesichtsausdruck strafte ihre freundlichen Worte Lügen, aber sie verließ wie versprochen den Empfangsbereich.

Kaum hatte sich die Tür hinter der Wirtin geschlossen, sagte Witwe Henkel, ohne sich lang mit Höflichkeitsfloskeln aufzuhalten, etwas zu der jungen Dolmetscherin.

»Man hat meinen Mieter heute Morgen aus Mangel an Beweisen aus der Haft entlassen«, übersetzte Klara. »Nun fürchte ich mich, so ganz allein mit einem Mörder unter einem Dach. Wer hätte das von einem preußischen Lehrer gedacht! Ich kann doch kaum alle meine Messer wegsperren, um mich einigermaßen sicher zu fühlen. Schließlich brauche ich sie zum Kochen.«

»Sind Sie ganz sicher, dass die Tatwaffe aus Ihrer Küche stammt?«, erkundigte sich Holmes höflich.

Nervös spielte die Witwe mit einer blonden Haarsträhne, die sich aus dem nachlässig festgesteckten Knoten gelockert hatte. »Ja, daran besteht kein Zweifel. Aber das Messer, das man am Tatort gefunden hat, wurde nicht aus meiner Küche entwendet. Ich hatte es zur Gartenarbeit mit nach draußen genommen und muss es wohl auf dem Fensterbrett vergessen haben. Daran habe ich mich erinnert, als der Gendarm mir auf seinem Revier das Messer zeigte«, gab sie dann etwas kleinlaut zu. »Deshalb hat er Herrn Matuschke auch wieder freigelassen. Ich wünschte, ich hätte meinen Mund gehalten!«

»Solange Sie ihm nicht nachspionieren, droht Ihnen keinerlei Gefahr von Ihrem Mieter«, versicherte Holmes, und ich überlegte, wie er das meinte. »Ich nehme doch an, dass Sie in der Vergangenheit in seinen Sachen herumgestöbert haben?«

Klara warf Holmes einen skeptischen Blick zu, bevor sie die Frage übersetzte.

»Ich habe bei ihm geputzt und dabei ließ es sich gar nicht vermeiden, dass ich mich in seinem Zimmer umgeschaut habe«, entgegnete die Witwe ohne den geringsten Anflug von Verlegenheit.

»Lag zufällig irgendwann einmal ein Schreiben eines Antiquitätenhändlers Johann Theiß aus Trier bei ihm herum?«, wollte Holmes wissen.

Die Witwe schüttelte ohne lange nachzudenken den Kopf, als ihr die Frage übersetzt wurde.

»Mit wem hat er sonst regelmäßig korrespondiert?«, fragte Holmes als Nächstes.

»Diese Fragen habe ich bereits dem Gendarmen beantwortet! Fritz Matuschke hat nur ab und zu Briefe von einer gewissen Louise F. aus Berlin erhalten, die es nicht für nötig befindet, ihre mit Rosenwasser parfümierten Schreiben mit ihrer vollständigen Adresse zu versehen. Das junge Fräulein steckt bestimmt mit Herrn Matuschke unter einer Decke«, ließ Witwe Henkel mit verkniffenem Gesichtsausdruck ausrichten, der keinen Zweifel daran ließ, dass sie auf die Briefschreiberin eifersüchtig war.

»Vielleicht ist die Dame so zurückhaltend, weil sie verheiratet ist«, schlug ich vorsichtig vor, denn es war noch nicht ausgemacht, dass sie wirklich jung war. »Oder ihre Eltern dürfen nichts von der Verbindung zu dem Lehrer wissen, da sie ihre Tochter lieber mit einem Rechtsanwalt verheiraten möchten.«

Die Witwe rang sich ein schwaches Lächeln ab, als Klara ihr meine Überlegungen übersetzt hatte.

»Heute Morgen ist ein Brief von Herbert Bechers geschiedener Frau angekommen. Ich kann Ihnen versichern, dass er im Ort wie eine Bombe eingeschlagen ist!«, mischte sich Klara in das Gespräch ein. »Heinrich Decker hat zuerst abgestritten, ihn erhalten zu haben, aber der Briefträger hatte beim Austragen den Absender bemerkt und bereits dem ganzen Ort berichtet, dass Gisela Becher offenbar am Leben ist.«

»Konnte er mit dem Namen Gisela Müller etwas anfangen?«, fragte ich erstaunt und selbst Holmes schaute irritiert von seinen Notizen hoch.

»Selbstverständlich!«, rief Klara belustigt aus. »Dazu bedurfte es keines detektivischen Scharfsinns. Jeder im Ort weiß, dass die Schwester des Handlungsreisenden Gisela hieß, und Müller war der Name eines der Angestellten der Eisenbahngesellschaft, die mit dem Bau des neuen Streckenabschnitts der Eifelquerbahn beschäftigt waren. Es passte also alles zusammen, zumal der Brief an Giselas Bruder Heinrich Decker adressiert war.«

Trotz der wenig tröstlichen Auskunft, dass Fritz Matuschke nur dann ungefährlich sei, wenn man ihm nicht nachspioniert, schien Holmes die Witwe beruhigt zu haben. Hoch aufgerichtet saß sie auf ihrem Stuhl, und auch ihre blauen Augen leuchteten wieder erwartungsvoll. Ich habe oft festgestellt, dass Holmes' vertrauenerweckende Art diese Wirkung auf Frauen hat, aber selten hat es mich derart verblüfft.

»Aber wollen Sie nicht selbst nachschauen, ob Sie etwas Verdächtiges finden?«, ließ Witwe Henkel nachfragen. »Ich lade Sie beide heute zum Mittagessen zu mir ein und Sie könnten bei dieser Gelegenheit einen Blick in das Zimmer meines Untermieters werfen.«

»Das müsste sich einrichten lassen«, sagte Holmes ohne große Begeisterung. »Wir kommen am Besten schon um zwölf vorbei. Um diese Uhrzeit müsste der Lehrer noch in der Schule sein.«

Auch ich war nicht besonders erpicht auf diese Einladung, denn ich erinnerte mich noch unangenehm an den bitteren Zichorienaufguss, denn die Witwe uns das letzte Mal aufgetischt hatte.

Die Witwe zeigte sich hocherfreut von unserer Zusage, und auch Klara stimmte ohne Zögern zu.

»Verhalten Sie sich ganz natürlich, so als ob Sie nicht den geringsten Verdacht geschöpft hätten«, schärfte Holmes der Witwe Henkel zum Abschied ein. »Sollten Sie dennoch etwas Beunruhigendes beobachten, so setzten Sie mich bitte augenblicklich davon in Kenntnis.«

Sie zögerte kurz, bevor sie uns zum Abschied die Hand schüttelte. Ein zuversichtliches Lächeln umspielte die Lippen der Witwe, als sie das Gasthaus verließ.

Holmes machte keine Anstalten, sie aufzuhalten. Aber als Klara im Begriff war, sich ihr anzuschließen, winkte Holmes sie zurück. »Haben Sie zufällig nach dem Mittagessen noch etwas Zeit? Ich würde heute gern noch mit einigen Leuten sprechen«, erkundigte er sich.

»Mit dem größten Vergnügen!«, versprach Klara, bevor sie ihrer Geschlechtsgenossin nacheilte. Wahrscheinlich wollten die beiden in der Zwischenzeit ausgiebig über uns tratschen.

»Mister Tristram, Sie haben ja noch gar nicht gefrühstückt«, erinnerte mich die Wirtin, die aus der Küche zurückgekehrt war. Holmes hatte sie wohl als hoffnungslosen Fall aufgegeben.

Der angenehme Duft frischgebackener Brötchen stieg mir in die Nase, und ich ließ mich nicht zweimal bitten. Aber man setzte mir nur den üblichen Korb mit Schwarzbrot vor. Nachdem ich zwei Scheiben davon vertilgt und eine Tasse Kaffee heruntergeschlürft hatte, schaute ich Holmes über die Schulter, der auf dem großen Tisch im Frühstücksraum seine Notizen ausgebreitet hatte.

»Welche neuen Erkenntnisse haben Sie aus der Aufstellung des Apothekers gewonnen?«, fragte ich ohne große Hoffnung auf eine Antwort.

»Bertram Steinmetz hatte recht mit seiner Beobachtung. Der große Fisch wurde meist an Tagen gesichtet, an denen der Apotheker Ulmen verlassen hatte«, antwortete Holmes in einem für die Tragweite dieser Bemerkung erstaunlich nüchternen Tonfall. »Die anderen Sichtungen gehen wohl auf die überspannten Nerven und die blühende Phantasie seiner Mitbürger zurück.«

»Das heißt, Bertram Steinmetz ist unschuldig«, folgerte ich.

»Möglicherweise kann man auch das Gegenteil daraus schließen. Vielleicht hat er zuerst den Ort in auffälliger Manier verlassen, um sich ein Alibi zu verschaffen und ist dann heimlich zurückgekehrt«, widersprach Holmes. »Zumindest müsste man seine angeblichen Abwesenheitsbeweise gründlich überprüfen.«

Eben hatte ich noch gedacht, unser Fall sei so gut wie gelöst, schon brachte Holmes meine schönen Theoriegebäude zum Einsturz. Wortlos beugte er sich wieder über seine Aufstellung und ich vertrieb mir die Zeit mit einem kleinen Verdauungsspaziergang.

Kurz vor zwölf fand ich mich vor dem Haus der Witwe ein, wo ich ungeduldig auf Holmes wartete, der sein Missfallen über die unwillkommene Einladung zum Ausdruck brachte, indem er fünf Minuten zu spät erschien. Er klopfte nicht an, sondern zog einfach die Haustür auf. Als wir die Küche betraten, rührte die Hausfrau gerade in einem unförmigen Kessel herum, in dem ein Gemüseeintopf brodelte, der recht kohllastig zu sein schien. Als sie uns sah, unterbrach sie ihre Arbeit und kam uns entgegen. Klara, die auf der Eckbank gesessen hatte, stand auf und übernahm den Kochlöffel.

»Es ist das erste Zimmer im Obergeschoss, rechts neben der Treppe«, instruierte uns die Witwe und überreichte uns einen dieser einfachen Bartschlüssel, die man aus dem Gedächtnis beim Eisenwarenhändler nachkaufen kann.

»Sollten Sie Fritz Matuschke herannahen sehen, so verwickeln Sie ihn bitte vor dem Haus in eine möglichst lautstarke Unterhaltung«, ließ Holmes ausrichten, bevor wir eilig die Treppe hinaufstiegen.

Warum musste die Witwe einen Raum im ersten Stockwerk vermieten? Im Erdgeschoss hätten wir uns im Zweifelsfall durch das Fenster aus dem Staub machen können. Holmes ging bis zur Zimmertür und griff nach der Klinke, aber die Tür war verschlossen.

»Ich finde das sehr verdächtig. Die Einheimischen schließen nicht einmal die Haustüren ab«, bemerkte ich, während Holmes den Schlüssel im Schloss herumdrehte.

Das Zimmer war mit einem unbequemen Bett, einem schmalen Kleiderschrank, einem klapprigen Stuhl und einem Brett, das als Tischplatte diente, einfach um nicht zu sagen spartanisch eingerichtet. Hinter dem Kopfende des Bettes stand eine Gemüsekiste, die der Mieter des Raums wohl dort aufgestellt hatte, um seine Bücher mehr schlecht als recht unterzubringen.

Ich hob zwei Wörterbücher hoch, bis ich etwas sah, das meine Aufmerksamkeit erregte. »Schauen Sie nur!«, sagte ich ganz aufgeregt zu Holmes, der gerade den Inhalt der Jacken- und Hosentaschen des Lehrers untersuchte, und deutete auf einen bebilderten Führer der Porta Nigra.

»Das erstaunt mich nicht im Mindesten«, entgegnete Holmes, bevor er die Zettel und Briefe auf der Schreibplatte begutachtete.

Plötzlich hörte ich Klaras Stimme aus dem Vorgarten hochschallen. Sie begrüßte Herrn Matuschke so lautstark, als ob er schwerhörig wäre. Wir ließen alles liegen, stürzten aus dem

Raum und schlossen hastig hinter uns ab, bevor wir die Treppe hinunterrannten. In aller Eile schafften wir es gerade noch, unbemerkt die Küche zu betreten und am Tisch Platz zu nehmen. Mit vor Aufregung zitternden Händen schöpfte die Hausherrin einen Eintopf in tiefe Schalen, dem eine Fleischeinlage nicht geschadet hätte. Offenbar hatte die Witwe auch ihren Untermieter zum Mittagessen eingeladen, denn der Tisch war für fünf Personen gedeckt.

Vehement riss Fritz Matuschke die Tür auf und stieß bei unserem Anblick einen deftigen, mehrsprachigen Fluch aus.

»Sie schon wieder! Wenn ich gewusst hätte, dass Sie hier sind, wäre ich lieber im Regen angeln gegangen«, schimpfte er dann los, und ich schaute verblüfft aus dem Küchenfenster. Das Wetter hatte sich tatsächlich in der Zwischenzeit verschlechtert. Schwarze Wolken hingen über Ulmen, die einen direkt bevorstehenden Wolkenguss befürchten ließen. »Es muss eine große Enttäuschung für Sie gewesen sein, dass man mich nicht im Gefängnis behalten hat«, fügte Fritz Matuschke sarkastisch hinzu und rückte seinen Kneifer zurecht.

Niemand tat dem Lehrer den Gefallen, das Gegenteil zu behaupten. Die Hausherrin faltete die Hände und sprach ein Tischgebet. Dann wünschte sie uns einen guten Appetit.

»Wir würden uns gern ein wenig in der Region umschauen und könnten daher ein paar Ratschläge gebrauchen. Kennen Sie sich zufällig in Trier aus?«, fragte Holmes in einem beiläufigen Plauderton und schob sich dann einen Löffel Suppe in den Mund.

»Ich wüsste nicht, was Sie das angeht!«, brummte Herr Matuschke ungesellig zurück. »Aber andererseits, mir soll es recht sein, wenn Sie auch einmal woanders herumschnüffeln. Ich kann Ihnen daher nur wärmstens empfehlen, Trier zu besuchen. Es ist eine schöne Stadt, die viele Sehenswürdigkeiten besitzt. Köln ist auch sehr interessant und versäumen Sie nicht, einen Abstecher zur Abteikirche Maria Laach und zur Burg Eltz zu unternehmen.«

»Ich glaube, Trier ist das Richtige für mich«, behauptete Holmes. »Ich würde vor meiner Abreise nach Norwegen nämlich gern ein paar antike Fundstücke erwerben. Vielleicht werde ich ja dort fündig.«

Fritz Matuschke machte eine wegwerfende Handbewegung.

»Trier ist doch tiefste Provinz! Wenn es Sie einmal nach Berlin verschlagen sollte, dort könnte ich Ihnen einige erstklassige Adressen nennen.«

»Sie interessieren sich für das Altertum?«

»Ja, eigentlich wäre ich lieber Archäologe geworden, wenn nur die Berufsaussichten nicht so verheerend wären.« Nach diesem Geständnis dachte ich, Fritz Matuschke hätte endlich das Kriegsbeil begraben. Aber die Adern auf seinen Schläfen traten plötzlich wieder hervor und er sah feindselig zwischen Holmes und mir hin und her. »Wenn ich Sie noch ein einziges Mal in diesem Haus antreffen sollte, suche ich mir eine neue Bleibe!«, verkündete er dann ultimativ.

Der ruhige Blick der Witwe begegnete dem seinen ohne auszuweichen, woraufhin der Lehrer betreten auf seinen Suppenteller schaute.

»Wie wäre es mit Herbert Bechers ehemaligem Haus!«, schlug ich vor, und Klaras Gesicht verzog sich zu einem Grinsen. »Es ist ja schon wieder frei geworden.«

Die Witwe bekreuzigte sich, vermutlich hatte sie den Namen des verstorbenen Lehrers aufgeschnappt. Ein verlegenes Schweigen breitete sich aus, denn niemandem gefiel es, einen Mörder in unserer Mitte zu haben. Die Stimmung bei Tisch war bald so bedrückend, dass ich mich nicht einmal entsinne, wie die Suppe schmeckte, die wir hastig in uns hineinlöffelten. Fritz Matuschke war der Erste, der sich von der Tafel erhob und eine halbherzige Entschuldigung vor sich hinmurmelnd auf sein Zimmer stürmte.

»Sie sollten sich keine unnötigen Sorgen machen«, ließ Holmes der Hausherrin ausrichten, bevor er ankündigte, dass auch er bald aufbrechen müsse.

Klara verließ rasch die Küche, wahrscheinlich suchte sie den Abort auf.

»Was haben Sie nun vor?«, fragte ich leise, während die Witwe das schmutzige Geschirr wegräumte.

»Jetzt sind endlich alle Hauptpersonen des Dramas deutlich zu erkennen!«, erklärte Holmes enthusiastisch. »Es fügt sich alles zusammen. Ich muss nur noch unserem Mann eine Falle stellen!«

»Wissen Sie, wer es ist?«

»Selbstredend. Aber ich glaube nicht, dass er so dumm ist, die Tat zu gestehen. Daher möchte ich ihn aus der Reserve locken.«

»Und wie genau möchten Sie das bewerkstelligen?«

»Glücklicherweise ist morgen Sonntag, und die Apotheke hat Ruhetag. Ich werde Bertram Steinmetz dazu überreden, am Tag des Herrn endlich einmal wieder seine Schwiegereltern in Trier zu besuchen. Dem Hausmädchen soll er Urlaub geben und ihr anraten, bei ihrer eigenen Familie vorbeizuschauen. Außerdem soll er das Gartenportal nicht abschließen und dann werden wir ja sehen, wer in unsere Falle tappt«, erklärte Holmes zu meiner Überraschung, denn ich hatte nicht auf derart exakte Informationen gehofft. »Wenn Klara zurückkommt, werde ich mich mit ihrer Hilfe mit einigen Dorfbewohnern unterhalten. Dabei werde ich nebenbei publik machen, dass das Boot des Apothekers angeblich hässliche rote Flecken aufweist, deren Ursprung ich mir nicht erklären kann. Falls Sie also heute zufällig mit einem Einheimischen ins Gespräch kommen sollten, verfahren Sie bitte ebenso.«

»Hatten Sie nicht dem Apotheker zugesagt, ihn nicht zu verraten?«, fragte ich empört.

»Ich werde das Boot nicht beim Namen nennen«, beteuerte Holmes. »Ich gehe doch davon aus, dass Bertram Steinmetz auch ein herkömmliches Boot besitzt. Aber das schlechte Gewissen des Mörders wird bewirken, dass er meint, ich würde vom chinesischen Drachenboot sprechen.«

In diesem Augenblick kehrte Klara zurück und beendete damit unsere Lagebesprechung.

25. Die Falle

Am nächsten Morgen stieg ein sanfter Nebel aus den Tälern auf, aber der Tag versprach schön zu werden. Als wir Bertram Steinmetz gegen acht Uhr besuchten, leuchtete das Maar im tiefen Azurblau der Mäntel italienischer Madonnen. Zehn Minuten später wurde der Apotheker vom Fuhrmann abgeholt, dem er am Vorabend den Auftrag erteilt hatte, ihn nach Mayen zu transportieren. Holmes blieb reglos vor dem Haus stehen, bis das Fahrzeug nicht mehr zu sehen war. Glockengeläut schallte durch das Tal und rief die Gläubigen in die Kirche. Sobald der letzte Glockenschlag verklungen war, begannen die Vögel, die vorher eingeschüchtert auf den Dächern gehockt hatten, wieder zu jubilieren.

»Sie haben ihn heute Morgen besucht, weil Sie wollten, dass ganz Ulmen die Abfahrt des Apothekers mitbekommt?«, fragte ich, als Holmes endlich Anstalten machte, zum Gasthaus zurückzukehren.

»Vor allem wollte ich mich selbst davon überzeugen, dass er verschwindet«, entgegnete er und schaute nochmals in die Richtung, in die das Gespann abgefahren war.

»Sie haben ihn also aus dem Kreis der Verdächtigten ausgeschlossen?«, erkundigte ich mich, während wir uns von der Apotheke entfernten.

»Keinesfalls. Aber falls Bertram Steinmetz unschuldig sein sollte, ist es wichtig für das Gelingen unseres Plans, dass unser Mann das Haus für leer hält.«

»Aber was ist, wenn er am Ortsausgang wieder aussteigt und auf Schleichwegen zurückkommt?«, fragte ich zurück.

»Das käme einem Schuldgeständnis gleich!«

Im Gasthaus tranken wir schnell einen Kaffee, den uns der Wirt servierte, denn seine Frau besuchte die Messe. Dann brachen wir wieder auf. Als wir zum Anwesen des Apothekers spazierten, ließen die am Sonntagmorgen leeren Gassen Ulmen wie eine Geisterstadt wirken. Das Gartentor seines Hauses zwischen den beiden Steinpfosten war – wie vereinbart – nicht abgeschlossen, und wir konnten ungehindert das Grundstück betreten. Holmes lehnte das Metallgitter sorgfältig an, sodass es nicht ins Schloss fiel. Ich hatte das Innere des mauerumgürteten Anwesens bisher nur bei Nacht gesehen und ließ meinen Blick neugierig schweifen. Neidlos musste ich den Eindruck bestätigen, den ich bei unserem nächtlichen Besuch gewonnen hatte: Der Hof war in einem ausgezeichneten Zustand. Das frisch verputzte Wohnhaus am Kopfende des schmalen, langgestreckten Gartens, der zum See hin abfiel, war eines der schönsten des Ortes. Neben dem Hauptgebäude stand eine Remise für Kutschen, während dicht am Wasser die Scheune lag, der wir in der vorletzten Nacht einen Besuch abgestattet hatten. Zu Hecken gestutzte Buchen mit saftig grünen Trieben wuchsen entlang der Mauer. Auch die Blätter der Obstbäume waren noch frühlingshaft hell und die Wiese, die den Rest des Terrains bedeckte, war frisch gemäht.

Holmes ging mit langen Schritten über den mit Kieselsteinen belegten Weg zum Schuppen, und ich schloss mich an. Neben dem Scheunentor sah ich einen massigen Mann im Schatten auf einem Baumstumpf sitzen – und ich blieb wie vom Donner gerührt stehen. Der Doppelmörder, durchfuhr es mich. Ich bedauerte, keine Waffe bei mir zu führen, und blickte mich erschrocken nach Holmes um, der aber zu meiner Erleichterung dem Fremden zum Gruß zunickte.

»Da sind Sie endlich! Ich dachte schon, Sie kommen gar nicht mehr«, erklärte dieser in holprigem Englisch, und erst jetzt erkannte ich den Ulmener Gendarmen. »Gut, dass Sie Herrn Tristram mitgebracht haben«, sagte er bei meinem Anblick erfreut. Dann setzte er sich seine Pickelhaube auf, die neben ihm im Gras gelegen hatte, und stützte sich mit der rechten Handfläche vom Baumstumpf ab. Schwerfällig stand er auf und kam uns ein paar Schritte entgegen. »Wir brauchen Sie als dritten Mann zum Skat-Spielen.«

Einen Augenblick lang fühlte ich mich vor den Kopf gestoßen, hatte ich mich doch gefreut, dass endlich einer der Einheimischen meine Existenz zur Kenntnis nahm. Dann musste ich über den Kommentar des Gendarmen lachen. Das war wohl kaum der richtige Zeitpunkt, um Karten zu spielen.

»Zuerst sollten wir uns einen geheimen Beobachtungsposten suchen«, entgegnete Holmes sichtlich enerviert. Sein Blick blieb auf der Pickelhaube des Gendarmen haften. »Ich wäre Ihnen sehr verbunden, wenn Sie Ihren Helm wieder ablegen könnten. Mit dieser aufsehenerregenden Metallspitze kann man sich nicht verstecken!«

Der Ordnungshüter runzelte die Stirn und seufzte leise, bevor er Holmes' Wunsch nachkam. Neben dem Gartenweg standen volle Weißdornbüsche, sodass es nicht schwer war, ein Versteck zu finden. Auf dem Weg dorthin trampelte der schwerfällige Gendarm ungeniert durch die Blumenbeete. Holmes verzog das Gesicht, sagte aber nichts. Wir suchten eine Stelle, die vor Blicken geschützt war und sich zugleich nahe am Eingang der Scheune befand.

»Wenn unser Mann kommt, unternehmen Sie bitte nichts, bis ich ein Zeichen gebe«, schärfte Holmes uns ein, während wir uns hinter einem der Büsche auf dem Rasen hinkauerten. »Dann muss unverzüglich die Rückseite des Schuppens gesichert werden, um eine Flucht durch das Hinterfenster zu verhindern. Ich wäre Ihnen sehr verbunden, wenn Sie das übernehmen könnten«, trug er dem Gendarmen auf.

Der Ordnungshüter nickte, wenn auch mit finsterem Gesichtsausdruck, denn hier in Ulmen war er es natürlich nicht gewohnt, Anweisungen zu erhalten.

»Und was mache ich?«, fragte ich aus Sorge, Holmes könnte mich bei seinem Schlachtplan vergessen haben.

»Sie bewachen das Fenster an der Längsseite der Scheune. Ich hingegen postiere mich vor dem Eingang.«

Mit einem mulmigen Gefühl sah ich hinüber zu den angewiesenen Positionen. Der Schuppen war von allen Seiten einsehbar – es gab keine Möglichkeit, sich zu verbergen. Doch ich sagte nichts und versuchte stattdessen, meine unbequeme Haltung ein wenig zu erleichtern.

»Wenn Sie uns kurz in die Regeln des Spiels einweihen könnten«, forderte Holmes dann den Gendarmen gönnerhaft auf.

Das ließ sich der Ordnungshüter nicht zweimal sagen. Mit wichtigtuerischer Miene zog er ein abgegriffenes Kartenspiel aus der Jackentasche, mischte den Stapel und teilte aus. Gedankenverloren begutachtete ich mein Blatt und stutzte, denn die Karten hatten ungewohnte Farben und zeigten seltsame Dinge wie Blätter und Eicheln.

»Solche Spielkarten habe ich noch nie gesehen«, murmelte ich vor mich hin.

»Das ist ein deutsches Blatt«, verkündete der Gendarm mit Stentorstimme, doch sofort signalisierte ihm Holmes' Finger vor dem Mund, sich ruhig zu verhalten.

Der bullige Mann zuckte entschuldigend mit den Schultern und erklärte uns dann mit gedämpfter Stimme ein reichlich kompliziertes Kartenspiel, das eine höhere Aufmerksamkeit erforderte, als ich in dieser Situation aufbringen konnte. Ich verstand eigentlich nur, dass er mit mir gegen Holmes spielen wollte. Aber wenigstens verging über dem Probespiel die Wartezeit etwas weniger schleppend.

Ein Schwarm von Krähen, der auf einem Baum im Nachbargrundstück saß, stieß plötzlich markerschütternde Schreie aus und stieg flatternd und schimpfend auf.

Holmes bedeutete uns mit einer ungeduldigen Geste zu schweigen und der Gendarm erstarrte wie ein Jagdhund mitten in der Bewegung. Kurze Zeit später fiel die Tür lautstark ins Schloss, dann hörte ich den Kies des Gartenwegs unter den Füßen eines Besuchers knirschen. Er schritt entschlossen, aber ohne Hast aus. Vorsichtig lugte ich durch die Zweige des Busches und sah einen mittelgroßen Mann, der grobe Arbeitskleidung und derbe, schlammverschmierte Stiefel trug. Er trug einen alten Filzhut, der sein Gesicht verschattete. Was um Himmels willen hatte dieser Vagabund hier zu schaffen? War das wirklich der Mann, den wir erwarteten? Hatte am Ende doch ein Landstreicher den Fotografen erstochen? Der Unbekannte kam näher, aber seine Gesichtszüge waren noch immer nicht zu erkennen. Bald hatte er den Busch, hinter dem wir uns verbargen, erreicht und schließlich hinter sich gelassen.

Ein heftiger Windstoß fegte durch den Garten, und ich hob instinktiv die Hand, um mich vor den peitschenden Zweigen des Busches zu schützen, bevor ich begriff, dass ich besser jede unnötige Bewegung vermieden hätte. Der geheimnisvolle Besucher blieb stehen und schaute zurück. Hatte er Verdacht geschöpft? In unserem Versteck herrschte atemlose Stille, niemand wagte, sich zu rühren oder auch nur tief zu atmen. Bald hörte ich das Blut in meinen Ohren rauschen und hatte den Eindruck, dass die Zeit still stand. Endlich setzte der Unbekannte mit zögernden Schritten seinen Weg fort, und ich atmete erleichtert auf. So vergingen einige Sekunden lähmenden Lauerns, bis uns endlich das laute Quietschen der Türangeln erlöste. Aber Holmes gab uns noch immer nicht das versprochene Zeichen. Worauf wartete er noch?

Blitzschnell kroch er hinter der Deckung der Büsche bis kurz vor das Gartentor. Dann hechtete er zum Gatter und schloss es mit einem Dietrich ab. Angespannt beobachtete ich Holmes' Aktivitäten, da ich befürchtete, der Eindringling könnte die Scheune sofort wieder verlassen und ihn bemerken.

Holmes eilte zum Tor des Schuppens, und auf halber Strecke hob er endlich die rechte Hand. Der Gendarm und ich sprangen auf und verließen nun ebenfalls die schützende Deckung. Mit einer Geschwindigkeit, die ich dem gewöhnlich so behäbigen Burschen niemals zugetraut hätte, preschte der Ordnungshüter nach vorne. Ich folgte etwas langsamer und lenkte meine Schritte dann nach rechts, wie vereinbart. Als ich das Scheunentor passierte, zögerte ich unwillkürlich. Aber Holmes, der sich vor dem Eingang aufgebaut hatte, bedachte mich mit einem mörderischen Blick, und ich lief schleunigst um die Ecke.

Ich erreichte das seitliche Fenster und reckte mich vor, um durch die schmutzige Fensterscheibe zu sehen, konnte aber nichts erkennen. Mit angehaltenem Atem wartete ich darauf, dass der Verdächtige den Schuppen wieder verließ. Aber für einige Minuten, die mir wie eine Ewigkeit erschienen, geschah gar nichts.

Mit einem Mal nahm ich einen leichten Brandgeruch wahr. Erschrocken trat ich zurück und sog scharf die Luft ein. Tatsächlich! Ich hatte mich nicht geirrt: Ein beißender Rauch drang aus der Scheune und breitete sich im Gelände aus. Dieser Taugenichts hat ein Feuer gelegt!, durchfuhr es mich. Was sollte ich nun tun? Hin- und hergerissen zwischen dem Verlangen, im Schuppen nach dem Rechten zu sehen, und meiner Zusage, den mir zugewiesenen Posten nicht zu verlassen, presste ich meine Stirn gegen das Fensterglas. Ich hörte Stimmen im Inneren des Baus, konnte aber kein Wort verstehen.

Unschlüssig wich ich zurück, um mir einen Überblick zu verschaffen, und musste erschrocken feststellen, dass die Flammen schon am Dachstuhl leckten. Ich beschloss, Holmes' Weisungen um seiner eigenen Sicherheit willen zu ignorieren und den Gang in die Scheune zu wagen. Gerade rechtzeitig, wie ich nur einen Atemzug später feststellen musste, denn plötzlich barst neben mir die Glasscheibe mit einem lauten Knall. Instinktiv warf ich mich aufs Gras, um nicht von den herumfliegenden Glassplittern getroffen zu werden.

Mit über dem Kopf verschränkten Armen wartete ich einen Moment lang reglos, dann rappelte ich mich – glücklicherweise unverletzt – auf, und lief mit schnellen Schritten zum Eingang. Als ich die schwere Holztür aufriss, schlug mir schwelender Qualm entgegen. Er kam vom Drachenboot, das lichterloh brannte. Holmes stand daneben und rief dem Unbekannten etwas zu. Seine Stimme wurde lauter, schärfer und drohte sich zu überschlagen, bis sich seine Lunge mit Rauch gefüllt hatte und er vor Heiserkeit kein Wort mehr herausbekam. Der Eindringling hatte sich auf einen schmalen Zwischenboden an der Rückwand geflüchtet und warf mit beiden Händen Heu auf das brennende Boot. Die Flammen züngelten bereits die rechte Wand entlang. Das Holz, das noch nicht dem Brand zum Opfer gefallen war, begann sich zu verfärben. Aus den Augenwinkeln nahm ich den Gendarmen wahr, der sich schwerfällig durch das Rückfenster zwängte und begann, die Leiter zu erklimmen.

Ich zögerte nur eine Sekunde, dann huschte ich ebenfalls in die Scheune. Mit jedem Schritt klopfte mein Herz heftiger. Ein beißender Rauch erfüllte die Luft, und ich legte mir ein Taschentuch über Mund und Nase. Meine Augen begannen zu tränen und das Haar klebte mir auf der verschwitzten Stirn. Ich sah, wie Holmes ebenfalls einen Fuß auf die untere Sprosse der Leiter setzte, aber von einem bösartigen Hustenanfall außer Gefecht gesetzt wurde.

Aller Atemnot zum Trotz kämpfte ich mich voran. Der Gendarm hatte wider Erwarten den Zwischenboden erreicht. Er stellte den heruntergekommenen Kerl zur Rede, und einen Augenblick lang verharrten die beiden Männer reglos und fixierten einander. Dann schnellte der Eindringling herum, sprang erstaunlich behände auf den Boden unter ihm, landete geschickt auf den Füßen und rannte Richtung Seitenfenster. Das war ungesichert! Ich wirbelte herum, um den Mann vor der Scheune abzufangen, als ich einen durchdringenden Schmerzensschrei hörte. Im Zurückblicken sah ich den Gendarmen mit schmerzverzerrtem Gesicht auf dem Scheunenboden kauern. Er hatte es dem Flüchtenden gleichtun wollen, war aber beim Sprung vom Zwischenboden auf seinen Knöchel gefallen, den er nun mit den Händen umklammerte. Obwohl das Dach und die morschen Holzwände wie Zunder brannten, hastete Holmes mit hochrotem Kopf und immer noch hustend zu dem Verletzten.

Ich ärgerte mich, dass ich mich durch den Zwischenfall hatte ablenken lassen, und durchquerte eilig die raucherfüllte Scheune. Der Unbekannte rannte bereits mit schnellen Schritten auf das Gartentor zu. Ich spurtete ihm nach, doch der Vorsprung war groß. Schwer atmend erreichte er vor mir das Gartentor, griff nach der Klinke, drückte sie herunter, konnte jedoch das Tor nicht öffnen. Er stieß einen lauten

Fluch aus und rüttelte mit aller Kraft an dem Metallgitter, aber das Gartentor gab nicht nach. Nach einem flüchtigen Blick zurück, setzte er zum Sprung an, bekam die Oberkante des Gitters zu fassen und zog sich hoch. Zu spät, denn ich hatte ihn inzwischen eingeholt! Ich packte ihn von hinten und trotz seiner verzweifelten Versuche, sich aus der Umklammerung zu winden, gelang es mir unter Aufwendung aller Leibeskräfte, ihn zurück zu zerren. Unsanft fiel er auf den Boden.

Holmes, der noch immer gegen einen Hustenreiz ankämpfte, kam am Tor an, gefolgt vom jämmerlich hinkenden Gendarmen. Mit einem entschlossenen Ruck riss ich dem gestellten Flüchtling den Hut vom Kopf. Endlich konnte ich das rußgeschwärzte Gesicht des Tunichtguts sehen. Einen Augenblick lang glaubte ich meinen Augen nicht zu trauen. Ich war auf das wütende Gesicht des immer schlecht gelaunten Fritz Matuschkes gefasst, aber es waren die sanften Züge des zurückhaltenden Handlungsreisenden, der sich als Landarbeiter verkleidet hatte!

Wortlos legte der Gendarm Heinrich Decker, der jede Gegenwehr aufgegeben hatte, Handschellen an. Wie ich selbst waren die beiden Kontrahenten noch immer außer Atem von der Verfolgungsjagd. Als ich zur Scheune zurückschaute, schauderte mich: Sie brannte lichterloh und war nicht mehr zu retten. Funken stoben durch die Fensteröffnungen und ein fast gespenstisches Zischen kündigte das laut polternde Zusammensacken des Daches an. Um ein Haar wäre es über mir zusammengebrochen!

Holmes' Stirn war verschwitzt, und sein bleiches Gesicht mit den geröteten Augen zeugte davon, dass er nur knapp einer Rauchvergiftung entgangen war. Inmitten der umherfliegenden Asche betrachtete er konzentriert jeden einzelnen

Finger des Gefangenen, der stoßweise atmend vor sich hin fluchte.

»Ihre sauberen, gepflegten Fingernägel und die frisch gewaschenen Haare hätten den Argwohn jedes aufmerksamen Beobachters erweckt, denn sie passen nicht zur übrigen Maskerade«, stellte Holmes dann sachlich fest und verschränkte die Arme vor der Brust. »Sie waren es also, der das chinesische Boot benützt hat, wenn der Apotheker nicht in Ulmen war.«

Nachdem der Gendarm Holmes' Worte übersetzte hatte, verengten sich die Augen des Handlungsreisenden zu Schlitzen, bis von deren Blau fast nichts mehr zu sehen war.

»Es war alles seine Idee! Bertram Steinmetz hat die antiken Statuen bei der Quelle gefunden und er hat mir auch die Adresse von Herrn Theiß in Trier gegeben! Ich habe die ganze Drecksarbeit erledigt, und er hat mich lediglich mit einem Taschengeld abgespeist. Wen wundert es, wenn ich während seiner Abwesenheit auf eigene Kosten grabe!«

»Warum haben Sie Herbert Becher ermordet?«, fragte Holmes, ohne auf die Ausflüchte des entlarvten Verbrechers einzugehen.

»Ich habe ihn nicht umgebracht! Es war ein Unfall«, übersetzte der Gendarm Heinrich Deckers Beteuerungen. Sein ohnehin nicht sehr ausgeprägtes Selbstbewusstsein war völlig von ihm abgefallen. »Der Briefträger hat aus Versehen meinem Schwager einen Brief des Antiquitäten-Händlers ausgehändigt. Er war wohl mit den Gedanken woanders gewesen und hatte offenbar *Herr Becher* statt *Herr Decker* gelesen. Herbert ist daraufhin zur Ausgrabungsstätte geeilt, um mich zur Rede zu stellen. Dort ist er im Nebel auf dem feuchten Gras ausgerutscht und in die Grube gefallen. Wie er so leblos dalag, hielt ich ihn für tot. Ich habe ihn aber noch mit dem Boot in die Nähe des Ortes transportiert, damit man ihn wenigstens recht bald findet.«

Hinter uns schossen Flammen aus dem brennenden Schuppen in den Himmel. Glücklicherweise stand das Holzgebäude mindestens dreißig Yards vom Wohnhaus entfernt, sodass bei den derzeitigen Windverhältnissen nicht die Gefahr bestand, dass das Feuer auf das Wohnhaus übersprang.

»Sie hätten einen Arzt holen können. Vielleicht hätte man das Leben des Verletzten retten können«, hakte Holmes in einem Tonfall nach, der erkennen ließ, dass er den Ausreden des überführten Verbrechers nicht glaubte. Dann wurde er wieder von einem Hustenanfall geschüttelt. Der Gendarm klopfte ihm beruhigend auf den Rücken, was Holmes mit einer abwehrenden Handbewegung quittierte.

»Was hatte es eigentlich mit den großen Tieren auf sich, die Herbert Becher vor seinem Tod erwähnt hat?«, ließ ich nachfragen, solange Holmes vom Sprechen abgehalten wurde.

Mit zusammengepressten Lippen sah der Handlungsreisende mich verlegen an, bevor er mit schwacher Stimme antwortete. »Damit meinte er wahrscheinlich die fast lebensgroßen Skulpturen von Löwen, Wildschweinen und Jagdhunden, die ich gerade ausgegraben hatte, als mein Schwager mich an der Quelle überrascht hat.«

Ich setzte an, mich nach dem Verbleib dieser antiken Skulpturen zu erkundigen, aber Holmes kam mir zuvor.

»Und Johannes Grünewald haben Sie umgebracht, weil er Ihnen auf die Schliche gekommen ist?«, fragte er mit scharfer Stimme.

Als der Gendarm die Frage weitergeleitet hatte, nahm das Gesicht des Handlungsreisenden einen wütenden Ausdruck an. »Er war ein abgefeimter Erpresser! Es ist ihm gelungen, das Drachenboot zu fotografieren. Dummerweise war das

Bild so gestochen scharf, dass ich darauf zu erkennen war. Dann hat der Fotograf Geld für sein Schweigen verlangt und das nicht zu wenig!«

»Mister Sigerson! Würden Sie bitte die Freundlichkeit besitzen, das Gartentor zu öffnen?«, fragte der Gendarm, nachdem er das Geständnis übersetzt hatte. Er schien in der letzten halben Stunde zwei Inches gewachsen zu sein, so stolz war er darauf, eigenhändig einen zweifachen Mörder verhaftet zu haben.

»Einen Augenblick bitte«, entgegnete Holmes und betrachtete die noch dampfenden traurigen Überreste der Scheune. Nur die verrußten, nackten Wände standen noch. Das Innere war völlig ausgebrannt. Vom chinesischen Boot war nur ein Kohlehaufen übriggeblieben. Schwarzer, übelriechender Rauch stieg in den Himmel, und rote Fünkchen tanzten über den glimmenden Holzbalken. Aber das Feuer war bereits dabei, aus Mangel an Brennbarem zu erlöschen.

Holmes holte den Dietrich aus der Hosentasche, schloss die Pforte auf, blieb aber neben dem Türrahmen stehen.

»Nichts für ungut, Herr Sigerson! Aber bei Ihren beängstigenden Talenten bin ich froh, wenn Sie unseren Ort bald verlassen«, murmelte der Gendarm und wischte sich mit dem Ärmel über die breite Stirn, auf der die Schweißperlen standen.

»Ich habe meine Talente stets in den Dienst der Verbrechensbekämpfung gestellt!«, betonte Holmes entrüstet.

Er machte keine Anstalten, sich dem kräftigen Gendarmen anzuschließen, der noch immer auf dem rechten Fuß hinkend seinen Gefangenen vor sich herschob.

»Heinrich Decker könnte seinen Schwager auch von hinten mit der Schaufel erschlagen haben«, sagte ich, als der Ordnungshüter außer Hörweite war. »Er ist selbstsüchtig und nicht bereit, Verantwortung zu übernehmen. Ich kenne den Typ zur Genüge.«

»Darüber wird das Gericht entscheiden. Aber es ist fast gleichgültig, ob der Handlungsreisende Herbert Becher erschlagen hat, denn er hat eben vor Zeugen den Mord an dem Fotografen gestanden«, entgegnete Holmes.

»Außerdem wird er sich wegen Brandstiftung verantworten müssen«, ergänzte ich. »Wie es so aussieht, wird der Apotheker mit einer Geldstrafe davonkommen.«

»Auch darüber muss der Richter sein Urteil fällen«, meinte Holmes nüchtern. »Sie sehen, es hat Bertram Steinmetz nichts genützt, dass ich Stillschweigen über das Boot bewahrt habe. Sein Komplize hat ihn verraten.« Holmes warf einen letzten Blick auf die Ruine der Scheune. »Ich glaube, nun haben wir uns wirklich eine kleine Stärkung verdient. Das Lokal *Zur Post* am Marktplatz soll gar nicht so schlecht sein.«

Ich glaubte einen Augenblick lang, mich verhört zu haben, denn bisher hatten wir uns in der Eifel mit einer Fleischwurst vom Metzger oder einem schnellen Imbiss in einer Schenke begnügt. Der Brandgeruch klebte mir auf der Haut und haftete auf Haar und Kleidung. Ich würde ihn bestimmt noch den Rest des Tages riechen und verspürte daher den starken Drang, mich zu waschen und umzuziehen. Aber ich befürchtete, Holmes könnte es sich in der Zwischenzeit anders überlegen. »Gern!«, stimmte ich daher freudig zu.

Holmes klopfte sich den Staub vom Gehrock, und wir verließen endlich das Grundstück des Apothekers. Als wir die Kirche passierten, war deren Portal weit geöffnet und die letzten Gläubigen, eine Gruppe von Matronen, stand plaudernd unter einer Eiche. Durch die engen Gassen drängten sich die Kirchgänger zum Mittagessen. Die Meisten gingen nach Hause zurück, aber einige lenkten wie wir ihre Schritte in Richtung Marktplatz.

Die Fenster des Gasthauses waren geschlossen und daher bemerkte ich erst, als ich die Tür geöffnet hatte, wie voll der Schankraum war. Männer und Frauen im Sonntagsstaat machten sich mit großem Appetit über ihre Suppen her, während die Tochter des Wirts etwas überfordert war, all die Bestellungen aufzunehmen und die Speisen auszutragen. Der Raum war erfüllt vom Klappern der Teller und vom Geplauder der Gäste, bei denen sich offenbar der Brand im Schuppen des Apothekers und die Verhaftung des Handlungsreisenden noch nicht herumgesprochen hatten.

»Wir werden wohl einen anderen Gasthof aufsuchen müssen«, meinte ich angesichts der vollen Gaststube enttäuscht, in der es verlockend nach geschmortem Fleisch und Bratkartoffeln roch.

Doch Holmes deutete in die Tiefe des Raums, wo sich gerade drei ältere Männer erhoben. Ihre geröteten Gesichter zeigten, dass sie einen Frühschoppen dem Gottesdienst vorgezogen hatten. Wir sicherten uns ihren Tisch und bestellten das Gericht des Tages. Erst als ein dampfender Spickbraten und zwei kühle Biere vor uns standen, redeten wir wieder über den Fall.

»Der eigene Vermieter hat den Fotografen umgebracht?«, entfuhr es mir. »Er hätte sich nicht die Mühe machen müssen, die Scheibe seines eigenen Hauses einzuschlagen.«

Holmes' tadelnder Blick brachte mich selbst auf die Idee, dass er dadurch den Verdacht von sich selbst hatte abwenden wollen.

»Glauben Sie, er hat Johannes Grünewald das Haus nur vermietet, um ihn zu ermorden?«

»Um ihn zu kontrollieren, auf jeden Fall.«

»Aber er hat ihn schon in der allerersten Nacht erstochen.«

»Weil der Unglückselige am Tag zuvor damit geprahlt hat, endlich das Seeungeheuer fotografiert zu haben. Vielleicht sagt der Handlungsreisende ja die Wahrheit, und man hat ihn tatsächlich zu erpressen versucht.«

Erst in diesem Augenblick kam mir ins Bewusstsein, dass der unscheinbare Handlungsreisende und treusorgende Ehemann nicht nur den Tod des Fotografen, sondern auch den des Lehrers auf dem Gewissen hatte.

»Ich kann es noch immer nicht fassen: Dieser Heinrich Decker hat seinen Schwager und seinen Mieter ermordet«, empörte ich mich. »Dabei hat er einen so harmlosen Eindruck gemacht.«

»So ist es nun einmal auf dem Lande. Hier ist jeder mit jedem verwandt oder wenigstens verschwägert. Aber auch in der Stadt geschehen mehr Verbrechen im Familienkreis als unter Fremden«, meinte Holmes und trank einen großen Schluck Bier.

»Und was hatten Sie mit dem Schreiben bezweckt, das Gisela Müller ihrem Bruder schreiben sollte?«

»Es sollte ihn nervös machen, damit er einen Fehler begeht. Was mich an der Geschichte aber am meisten erstaunt hat, war, dass dem Handlungsreisenden doch klar gewesen sein musste, dass er sich das Haus seiner Schwester nicht dauerhaft unter den Nagel reißen konnte«, überlegte Holmes und schnitt ein mundgerechtes Stück von seinem Braten ab. Gedankenverloren spielte er dann mit dem Messer herum, als wollte er damit ein Zauberkunststück zum Besten geben. »In gewisser Weise kann ich aber sein Verhalten, was das Haus betrifft, verstehen, auch wenn ich es selbstverständlich nicht gutheißen kann. Seine Stiefschwester Gisela ist einfach verschwunden, ohne sich auch nur zu verabschieden, und als der Handlungsreisende endlich glaubte, über das Erbe seiner Eltern verfügen zu können, machte sie ihm einen Strich durch die Rechnung. Wahrscheinlich hatte er sein ganzes Leben lang das Gefühl, zu kurz gekommen zu sein, was ihn im Endeffekt zum Verbrecher gemacht hat.«

»Ich hatte ja die ganze Zeit Fritz Matuschke und Bertram Steinmetz im Verdacht gehabt«, gab ich zu, während mein Blick durch das überfüllte Lokal schweifte.

»Wenn ich den Apotheker für einen Mörder gehalten hätte, hätte ich nicht auf seine Dienste als Dolmetscher zurückgegriffen«, bemerkt Holmes belustigt. »Außerdem sind seine Füße zu groß, um zu einer der Fährten an der Quelle zu passen. Als ich die Ausgrabungsstelle sah, wusste ich, dass irgendjemand die Massenhysterie ausnützt, um die Landbevölkerung vom See fernzuhalten.«

»Wie ist der Apotheker wohl auf die Idee verfallen, den Handelsvertreter zu seinem Komplizen zu machen?«, sinnierte ich, nachdem ich einen Bissen meines köstlichen Bratens verzehrt hatte.

»Die beiden verband, dass sie mehr Geld ausgaben, als ihr Gewerbe abwarf«, entgegnete Holmes und stocherte mit der neugierigen Miene eines Völkerkundlers in den Bratkartoffeln herum. »Sie haben ja selbst festgestellt, wie schwer es ist, Ulmen zu verlassen, ohne dass es der ganze Ort mitbekommt. Nur der Handlungsreisende konnte kommen und gehen, ohne Aufsehen zu erregen. Deshalb war der Apotheker auf seine Hilfe angewiesen.«

Verärgert über Holmes' Geheimniskrämerei leerte ich mein Bierglas in einem Zug. Eine wohlige Wärme stieg in mir auf, und ich wurde dadurch nachsichtiger gestimmt.

»Jetzt brauchen wir nur noch einen dritten Mann zum Skatspielen. Vielleicht leistet uns ja der Gendarm nachher noch etwas Gesellschaft«, sagte Holmes und schaute sich ebenfalls suchend im Lokal um.

Ich verschluckte mich fast vor Empörung. »Das ist doch wohl hoffentlich nicht Ihr Ernst«, entfuhr es mir konsterniert. »Haben Sie dieses vertrackte Spiel etwa verstanden?«

»Selbstverständlich!« Holmes' Gesicht verzog sich zu einem spitzbübischen Lächeln. »Ich weiß gar nicht, was Sie gegen das Skat-Spiel haben. Es ist eine gute Schulung der Beobachtungsgabe und des Zahlengedächtnisses«, belehrte er mich, erhob sich dann von seinem Stuhl und ging zur Theke. Einige Minuten später kam er mit einem abgegriffenen Kartenspiel zurück, das ihm der Wirt zur Verfügung gestellt hatte, und begann die Spielkarten nach einem für mich nicht nachvollziehbaren System zu sortieren.

»Legen Sie Patiencen?«, erkundigte ich mich.

»Nein, ich rekonstruiere, wie weit unsere Skatpartie bis zum Auftauchen des Mörders gediehen war. Ich hatte nämlich ein sehr gutes Blatt.«

Enerviert lehnte ich mich auf meinem Stuhl zurück. Ich konnte nur hoffen, dass der Gendarm nicht in der *Post* vorbeischaute.

Ein Sherlock Holmes ...

... der keine Wünsche offen lässt.
(deutsche-krimi-autoren.de)

Wolfgang Schüler
SHERLOCK HOLMES
IN LEIPZIG
Taschenbuch · 208 Seiten
978-3-942446-08-2 · 9,50 Euro

Wolfgang Schüler
SHERLOCK HOLMES
IN BERLIN
Taschenbuch · 288 Seiten
978-3-942446-46-4 · 9,50 Euro

Wolfgang Schüler
SHERLOCK HOLMES
IN DRESDEN
Taschenbuch · 256 Seiten
978-3-942446-84-6 · 9,50 Euro

„Für Fans des genialen Ermittlers eine hervorragende Adaption."
(histo-couch.de zu „Sherlock Holmes in Leipzig")

„Vortrefflich geratenes Abenteuer mit Sherlock Holmes und Dr. Watson. Hervorragend charakterisiert und raffiniert in Szene gesetzt. Auch in Deutschland zu Beginn des zwanzigsten Jahrhunderts beweist Sherlock Holmes, dass er noch lange nicht zum alten Eisen gehört."
(literra.info zu „Sherlock Holmes in Berlin")

www.kbv-verlag.de

SHM
4,40 Euro
Sherlock Holmes Magazin
SHM
Das Sherlock Holmes Magazin
Hintergrundartikel, Kurzgeschichten, Forschungsberichte, Neuvorstellungen u.v.m rund um das Thema *Sherlock Holmes* auf 32 durchgehend farbigen Seiten.
www.deutsches-sherlock-holmes-magazin.de
Viermal im Jahr

KBV HISTORISCH

Jürgen Ehlers

BLUTROT BLÜHT DIE HEIDE

Taschenbuch, 294 Seiten
ISBN 978-3-942446-67-9
9,90 EURO

Als Wilhelm Berger im September 1917 seinen Dienst als Kommandojäger auf der Försterei Jatty in Westpreußen antritt, erfährt er, dass in den Wäldern der Tucheler Heide ein Mörder sein Unwesen treibt. Ein Förster ist bereits getötet worden, und ehe die Polizei reagieren kann, schlägt der Mann ein zweites Mal zu. Der Täter ist bekannt. Es ist der Pole Franz Kleinschmidt, ein Wilddieb und Deserteur. Der Mann scheint nicht zu fassen; die kleinen Leute helfen ihm unterzutauchen. Paul Marquardt, der Polizist aus Berlin, würde den Mann am liebsten tot sehen. Berger will ihn lebend festnehmen. Gemeinsam mit der Polin Maria stellt er ihm eine Falle.
Der Kriminalroman beruht wie die anderen vier Romane um Wilhelm Berger auf einem historischen Fall. Dies ist Bergers erster Fall. Er ist noch kein Polizist, sondern Soldat, zum Schutz der Förstereien abkommandiert.

»Sowohl in die Recherche als auch in die sprachliche Präzision steckt Ehlers viel Arbeit. Er kann mit der atmosphärischen Dichte von Krimi-Größen wir Henning Mankell und Hakan Nesser durchaus mithalten.« (Harburger Anzeiger)